KB077834

송하
新무협 판타지 소설

귀혼 3

송하 新무협 판타지 소설

초판 1쇄 찍은 날 § 2007년 8월 27일
초판 1쇄 펴낸 날 § 2007년 9월 5일

지은이 § 송하
펴낸이 § 서경석

편집장 § 문혜영
편집책임 § 심재영
편집 § 이재권 · 유경화 · 유혜림

펴낸곳 § 도서출판 청어람
등록번호 § 제1081-1-89호
등록일자 § 1999. 5. 31
어람번호 § 제2-1278호

주소 § 경기도 부천시 원미구 심곡1동 350-1 남성B/D 3F (우) 420-011
전화 § 032-656-4452 팩스 § 032-656-4453
http://www.chungeoram.com
E-mail § eoram99@chollian.net

ISBN 978-89-251-0874-2 04810
ISBN 978-89-251-0787-5 (세트)

③

귀혼

송하 新무협 판타지 소설
FANTASTIC ORIENTAL HEROES

도서출판 청람

目次

第一章 추종(追從)

타락(墮落) 1

　"송 형은 도대체 행선지가 어디인 것이오?"

　이른 아침의 호수는 가볍게 안개가 끼어 제법 운치가 있었다. 진원명이 그 호숫가에 서 있던 송하진에게 물었다. 송하진이 몸을 숙여 호수에 떠 있는 연꽃을 건드리며 대답한다.

　"특별히 정해진 행선지가 있었던 것은 아니라오. 말했지 않소? 난 그저 발길 닿는 대로 세상을 떠돌고 있소."

　"하아, 그런데 계속 나와 방향이 겹치는 것이라면 정말이지 기가 막힌 우연이라 하지 않을 수 없겠구려."

　진원명의 한탄에 송하진이 씩 웃으며 몸을 일으킨다.

　"뭐, 곰곰이 따져 본다면 사람의 일에는 무엇이건 이유가 있는 법이지요. 진 형과 내가 이곳에서 이렇게 또 마주친 것 역시 마찬가지일 것이오."

진원명은 고개를 갸웃거렸다. 이자가 하는 말은 왠지 자신에게 익숙하다. 아마 자신과 비슷한 생각을 가지고 있기 때문이리라.

"하지만 어떤 이유에서건 송 형과 이렇게 함께 여행한 것이 일주일을 넘어가고 있소. 요전에도 말했다시피 나와 함께 있다간 자칫 위험한 상황에 휘말리게 될지도 모른다오. 나와 함께 있던 그 여인 역시 해서파에서 나를 감시하기 위해 붙인 인물이오."

"흐음, 그 정도 미녀라면 위험을 감수하고서라도 함께 이동할 가치가 있을 듯하니 너무 불평하지 마시구려."

"후우, 송 형은 모르겠지만 아주 고역이라오. 어쨌든 난 얼마간 이곳에 머무를 예정이니 송 형은 되도록 빨리 이곳을 지나가시기 바라오."

진원명은 그렇게 말하고는 송하진과 떨어져서 호숫가에 대어져 있는 한 조각배를 향해 걸어갔다. 저편에서 걸어오고 있는 단목영의 모습이 보이고 있었기 때문이다.

진원명은 어제저녁 악주에 도착했다.

하룻밤 새에 멸문했다는 상근명이라는 자의 장원은 악주의 서쪽에 위치해 있었는데 사람들에게 물어본 바로는 그곳까지 배를 타고 가지 않으면 꽤 돌아가야 한다고 하였다.

그래서 진원명은 조각배를 빌리기 위해 아침 일찍부터 호숫가로 나왔다. 그리고 호숫가에 서 있는 송하진의 모습을 발견하게 된 것이다.

다가온 단목영이 물었다.

"왕 공자, 배는 구했나요?"

진원명은 자신의 이름을 왕정(王正)이라 밝혔었다.

"아직 구하지 못했소."

송하진과 대화를 나누느라 배를 구하는 것을 잊고 있었다.

단목영이 진원명을 바라보며 눈살을 찌푸렸다. 그 눈빛이 마치 '이제껏 무엇을 한 거죠?'라고 책망하는 듯하다.

진원명은 그 눈빛에 쫓기듯 재빨리 앞에 있는 사공을 불렀다.

"거기 사공! 호수 서쪽으로 가는데 좀 태워주시오!"

"흐음, 이 배는 먼저 예약이 되어 있소만. 혹시 정확한 행선지가 어디시오?"

"상근명이라는 사람의 장원이오."

"도대체 잿더미밖에 남지 않은 곳에 무슨 볼 것이 있다고 그곳을 찾는 것인지 모르겠구려. 뭐, 어쨌든 먼저 예약되어 있는 사람들과 행선지가 같으니 그들에게 부탁해서 동승하는 것은 어떻겠소?"

진원명이 고개를 돌려서 슬쩍 단목영을 바라본다. 단목영의 눈치에 특별히 싫은 기색이 보이지 않는 듯하자 진원명은 사공을 향해 외쳤다.

"좋소. 한데 그들은 언제쯤 오는 것이오?"

"곧 올 것이오. 조금만 기다려 보시오."

"알겠소."

진원명이 단목영 곁으로 돌아와 묻는다.

"해서파의 형제들에게서 연락은 있었소?"

"아직 연락은 없었어요."

진원명이 고개를 끄덕인다.

전날 밤 단목영과 자신이 묵었던 객점은 해서파에서 운영하는 곳이라 하였다. 그곳이 연락책으로 쓰인다고 하였으니 그곳에서 머무르다 보면 가장 먼저 정보를 얻을 수 있을 것이다.

잠시 후 진원명은 길 저편에서 걸어가는 세 명의 도사 차림을 한 자들의 모습을 보았다.

그들을 본 진원명은 자연스럽게 고개를 숙이고는 근처에 있는 버드나무 그늘 속으로 이동했다.

"뭐 하는 거죠?"

단목영의 질문에 진원명은 문득 깨달았다.

이젠 자신이 굳이 저들을 피해야 할 이유가 없지 않은가?

"아무것도 아니라오."

다시 버드나무 그늘에서 걸어나오며 진원명이 말했다. 진원명이 본 세 명의 도사들은 무당파의 제자들이었다. 허리에

차고 있는 칼의 모양을 보면 쉽게 알 수 있다.

그들을 피하려 한 것은 불사귀 시절 몸에 밴 습관에 의한
것이었다.

마침 세 명의 도사들은 진원명이 있는 방향으로 걸어오고
있었다. 연배가 다 달라 보였는데, 한 명은 진원명과 비슷한
나이로 보였고, 한 명은 이십대 초반으로, 나머지 한 명은 삼
십대 중, 후반으로 보인다.

사공이 그 모습을 보고 말했다.

"저 도사들이 이 배를 예약한 분들이라오. 도사님들! 여기
두 분 손님이 도사님들과 같은 방향으로 이동하는데 동승을
하여도 괜찮겠습니까?"

도사들 중 한 명이 사공의 말에 고개를 끄덕였다.

"우리는 별 상관 없습니다."

사공이 희희낙락하여 말했다.

"두 분 잘되었구려. 동승이니 동전 일 문씩만 내시구려."

잠시 후 배는 다섯 명의 손님을 태우고 호수를 지나기 시작
했다.

진원명과 단목영은 서로 말이 없었고 무당파 도사 세 명은
이런저런 이야기를 나누고 있었는데 배가 작아 그 소리가 진
원명에게까지 들려왔다.

셋 중 가장 어려 보이는 도사가 말했다.

"아, 정말 오랜만에 하산한 것인데 삼사형은 너무 일정을

빡빡하게 잡는 것이 아닙니까?"

셋 중 가장 나이 들어 보이는 도사가 빙긋 웃으며 대답했다.

"지금 우리의 처지가 한가하지가 않으니 느긋하게 세상을 구경할 겨를이 없지 않느냐? 이번 사건이 마무리되면 돌아가는 길은 좀 느긋하게 가도록 하자꾸나."

"흐음, 하지만 벌써 사건이 일어난 지 한 달이 지났는데 아직까지 현장에 무슨 단서가 남아 있을까요?"

"육사제의 말도 맞다만, 그렇다 해도 힘닿는 데까지는 살펴보아야 우리를 파견한 대사형에게 할 말이 있지 않겠느냐?"

잠자코 있던 나머지 두 도사의 중간쯤 연배로 보이는 도사가 고개를 저으며 말한다.

"그런데 저는 정말 이해가 가지 않습니다. 당금 무림에 어느 세력이 이와 같은 일을 벌일 수 있겠습니까? 우리가 하산하기 전 이사형은 이번 일에 길보다 흉이 더 많을 것이라 하였습니다. 이사형의 추측대로 이번 일에 정말 그들이 관련되어 있다고 한다면 그것을 캐내려 하는 저희를 과연 그들이 내버려 둘지 의문입니다."

"음, 이사형의 추측이 사실이 아니길 빌어야지. 그리고 일을 행함에 있어 최대한 조심해야 할 것이야. 육사제 역시 이번 일을 결코 가볍게 여겨서는 안 된다. 명심하거라."

대화를 들어보니 저들 역시 자신과 비슷한 이유로 상근명의 장원을 찾는 듯 보였다. 이사형이라는 자가 추측했다는 그들은 아마 동창이 아닌가 생각되었다.

잠시 후 배가 건너편에 정박하자 도사들 중 한 명이 사공에게 말했다.

"볼일을 마치고 다시 돌아가야 하니 여기에서 기다려 주시오. 돌아가는 값은 세 배로 쳐드리겠습니다."

사공이 기뻐하며 고개를 숙여 보였다.

"아, 네. 물론입죠. 도사님들 모두 천천히 일들 보시고 오십시오."

행선지가 같으니 두 일행은 잠시 후 상근명의 장원 문 앞에 도착했다. 세 명의 도사 중 중간 연배의 도사가 말을 걸어왔다.

"형장께서도 이곳에 볼일이 있어 오신 것이었습니까?"

"볼일이라기보단 그냥 단순한 호기심일 뿐입니다."

진원명이 빙긋 웃으며 대답하자 도사는 고개를 살짝 가로젓고는 걸어가 버렸다.

진원명은 주변을 둘러보았다.

장원의 주변에는 다른 민가가 없었고 장원의 좌, 후면은 호수로 막혀 있었다.

장원의 넓이는 진가장보다 조금 좁은 듯했으나 불타고 남아 있는 건물들의 윤곽들만 보더라도 이곳이 자신의 장원과 비교도 되지 않게 웅장하고 화려했으리라는 것을 짐작할 수 있었다.

이런 크기의 장원이라면 분명 많은 사람들이 거주하고 있었을 것이다.

복면인들의 냉정한 칼날 아래 죽어갔을 그 장원의 사람들을 상상하며, 그 복면인들 사이에서 장원의 사람들을 향해 함께 칼을 휘두르고 있었을 아민을 상상하며 진원명은 나직하게 한숨을 내쉬었다.

"도대체 왜 이런 일을 벌여야 했던 것이냐?"

단목영이 장원의 대문 앞에 서서 안쪽을 들여다보고 있다가 고개를 돌려 진원명을 재촉한다.

"들어가 보지 않을 거예요?"

진원명은 쓸쓸하게 웃으며 단목영을 따라 장원으로 들어갔다.

석벽은 검게 그을려 있었고 가라앉아 있던 재 가루들이 진원명의 걸음에 맞추어 가볍게 떠오르고 있다.

무너지지 않은 벽 구석구석에 병장기 자국들이 남아 있었지만 이미 대부분의 흔적은 지워진 지 오래인 듯하다. 잠시 주변을 살펴보던 단목영이 말했다.

"상처가 보전된 시체나 당시 겨루었던 현장의 발자국 같은 것이 남아 있다면 모르겠지만 지금 남아 있는 단서만으로 그들에 대해 알아낼 만한 사실이 있을지 모르겠군요."

이미 시체들은 모두 치워졌고 당시의 발자국이 남아 있기에 한 달의 시간은 너무 길었다.

하지만 진원명이 알아내고자 하는 것은 지금 단목영이 찾고 있는 흔적들과는 다른 종류의 흔적이다.

"전 소저가 도와주는 것은 고맙지만, 지금 내가 알기를 원하는 것은 저들의 정체가 아니라 저들의 목적과 이동 방향이라오. 그러한 점에 초점을 맞춰 흔적을 찾아주기 바라오."

단목영이 진원명을 잠시 지그시 바라보더니 고개를 끄덕이고 다시 흔적을 찾기 시작했다.

이후 두 시진 가까이 장원 오른편을 돌아다녀 보았지만 둘은 별다른 흔적을 발견하지 못했다.

"이거, 전혀 단서랄 만한 게 보이지 않는구려."

진원명이 고개를 저으며 그렇게 투덜거렸다. 그때 단목영이 진원명의 뒤쪽을 가리키며 말한다.

"새로운 자들이 장원에 들어왔군요."

진원명이 뒤를 돌아보자 장원의 입구에 흑의를 입고 흑건을 쓰고 있는 일곱 명의 사내가 서 있는 모습이 보였다.

"동창이로군요."

단목영의 말에 진원명은 고개를 끄덕였다.

저들 중 한 명과는 이미 면식이 있는 사이이다. 그것도 상당한 악연이라 하지 않을 수 없다.

무리 중 가장 뒤편에서 다른 사내들보다 머리 하나는 더 큰 키로 주위를 둘러보는 사내는 바로 고목귀였다.

먼 거리였지만 저런 인물을 알아보지 못할 리가 없다. 다행히 저들은 자신들을 눈치 채지 못한 듯 보이고 있었다.

"저들과 마주쳐서 좋을 것이 없소. 옆문으로 빠져나갑시다."

진원명은 그렇게 말하고 바삐 옆문으로 걸음을 옮겼다. 그리고 역시 옆문을 통해 빠져나가던 무당파의 도사들과 만났다.

"도사님들도 돌아가는 길이라면 같이 배를 타고 가도 되겠습니까?"

진원명이 묻자 삼사형이라 불리던 나이 많은 도사가 흔쾌히 고개를 끄덕였다.

"그러도록 하십시오."

배가 멈췄던 장소로 향하면서 육사제라 불렸던 나이 어린 도사가 진원명에게 묻는다.

"형장은 장원 오른편을 조사하신 것 같아 보이던데 뭔가 발견한 게 있으신가요?"

진원명이 고개를 저었다.

"아무것도 없더군요. 시간만 낭비한 느낌입니다. 도사님은 뭔가 찾아내신 게 있으신가요?"

"저희도 역시 헛고생만 했답니다."

그렇게 말한 나이 어린 도사가 잠시 후 빙긋 웃더니 말을 잇는다.

"아, 그러고 보니 하나 발견한 게 있었지요."

"그게 무엇입니까?"

"온통 까맣게 차려입은 일곱 명의 불량배입니다. 형장께서도 그들 때문에 피해오신 것이지요?"

"육사제."

중간 연배의 도사가 눈살을 찌푸리며 나무라자 나이 어린 도사가 고개를 살짝 움츠리며 나이 많은 도사의 곁으로 붙어 버린다.

"사제가 철이 없으니 이해해 주십시오."

나이 많은 도사가 빙긋 웃으며 말했다. 자애로워 보이는 웃음이라 생각하며 진원명 역시 미소로 답하였다.

잠시 후 일행이 타고 왔던 조각배에 거의 다다랐을 때 문득 나이 많은 도사가 고개를 돌려 뒤를 바라보더니 말했다.

"장원에서 무언가 일이 벌어진 모양이다. 따라오너라."

나이 많은 도사는 그렇게 말하고는 곧바로 방금 왔던 길로 달려가기 시작했다. 진원명 역시 단목영을 돌아보고는 도사들을 따라 왔던 길로 돌아가기 시작했다.

얼마 가지 않아 장원 쪽에서 병장기 부딪치는 소리가 들려오기 시작했다.

이 먼 거리에서 저 소리를 들었던 것인가? 진원명이 내심 앞에서 달리는 도사의 공력에 감탄하고 있을 때 장원 쪽에서 누군가의 외침이 들려온다.

"천하의 동창이 나 한 사람을 감당하지 못해서 쩔쩔매는 꼴이 우습구려!"

장원 담장 위로 백의를 입은 한 사람의 신형이 솟아오르더니 호숫가로 달리기 시작했다. 그리고 곧바로 또 한 사람의 신형이 담장 위로 솟아올라 방금 달려간 사람의 뒤를 쫓기 시작했다.

흑의 무복에 대단한 기세의 경공, 백의인을 뒤쫓는 인물은 바로 동창의 고목귀였다.

백의인이 달리는 방향에 작은 배가 한 척 떠 있는 모습이 보인다. 하지만 고목귀의 경공이 대단하여 백의인이 배에 도착하기 전에 고목귀에게 따라잡힐 것으로 보이고 있었다.

멈춰 있던 배가 호수로 나아가기 시작했고 고목귀가 백의인의 일 장 거리로 좁혀들었다. 어린 도사가 묻는다.

"도와야 하지 않을까요?"

도사들과 진원명 일행은 멈춰 서서 그 모습을 지켜보고 있었다.

나이 든 도사가 어린 도사의 질문에 가볍게 고개를 저었을 때, 백의인이 달리는 기세대로 몸을 앞으로 한 바퀴 굴리며 뒤쪽으로 무엇인가를 뿌려댄다.

"투골침(透骨針)!"

고목귀가 그렇게 외치며 허공으로 뛰어올랐다. 달려가던

기세가 있어 곧바로 멈추기 어려웠던 탓이리라.

백의인은 다시 한 번 머리 위로 방금 전과 같이 무엇인가를 뿌려내고는 재빠르게 다시 가던 길을 달려가기 시작했다.

고목귀는 재빠르게 칼을 뽑아 허공에서 날아드는 침들을 쳐내었다. 고목귀가 백의인의 침들을 막기 위해 멈춰 있는 틈을 타 백의인은 재빠르게 몸을 날려 호수로 나아가는 배 위에 올라탔다.

고목귀가 배 위로 뒤따라 뛰려다가 머뭇거린다. 배 위로 뛰어드는 순간 방금과 같은 공격을 받아 자칫 물에 빠지기라도 하면 큰 낭패를 볼 수 있기 때문이다.

"으하핫, 천하의 고목귀라 하여 기대했건만 별거없구려. 오늘은 내 이만 실례하겠소. 다음에 또 만납시다."

뒤따르는 동창의 무사들이 그제야 도착했다.

고목귀가 잠시 떠나가는 배를 노려보며 이를 갈다가 소리쳤다.

"우리가 타고 왔던 배를 가져와라! 저들을 쫓을 것이다!"

동창의 무사들이 움직이는 것을 본 나이 든 도사가 말했다.

"우리도 저들을 쫓아가자꾸나."

중간 연배의 도사가 염려스런 표정을 지어 보인다.

"방금 저자가 정말 고목귀라 하면 너무 위험하지 않겠습니까?"

"멀리서 저들의 동정만을 살펴보도록 하자꾸나. 이런 눈앞에 놓인 단서를 그냥 놓쳐 버릴 수는 없지 않느냐?"

일행은 아까 전 타고 왔던 배가 있는 쪽으로 달려갔다. 물론 도사들뿐 아니라 진원명과 단목영도 함께였다.

중간 연배의 도사가 얼굴을 살짝 찌푸리며 진원명에게 말했다.

"우리는 저들을 쫓고자 하니 아무래도 당신들과 함께 가지 못할 것 같군요. 미안하지만 다른 배를 찾아보시오."

"우리 역시 저들이 누군지 관심이 있으니 함께 쫓아갑시다."

진원명의 대답에 중간 연배의 도사가 다시 무어라 말을 하려 들자 나이 든 도사가 만류한다.

"오사제, 지금 다투고 있을 시간이 없구나. 형장들도 무인들이니 스스로의 안위는 돌볼 수 있으리라 믿겠습니다. 어서 타도록 하시지요."

일행이 배에 타자 사공이 배를 저어가기 시작했다. 저편에 마침 배를 저어 나오는 동창 무인들의 모습이 보이고 있다.

"멀리서 저 배를 쫓아가 주시오."

일행의 분위기가 심각한 것을 본 사공이 조심스럽게 배를 몰아 고목귀가 탄 배를 뒤쫓기 시작했다.

고목귀가 탄 배는 호수 북쪽을 향하고 있었다.

그 뒤를 따라 약 반 시진을 이동하자 눈앞에 제법 울창한 갈대 숲이 나타났다.

이런 지형이라면 거리를 두다가는 자칫 앞의 배를 놓칠 우려가 있다. 고목귀의 배가 갑자기 속도를 내기 시작하는 것 역시 비슷한 이유일 것이다.

고목귀의 배가 멀어지기 시작하자 진원명이 탄 배의 사공 역시 속도를 내려 하였으나 힘이 부족한 듯 고목귀의 배를 따르지 못했다.

도사들과 진원명이 멀어지는 고목귀의 배를 안타깝게 바라보고 있을 때 단목영이 사공에게 말한다.

"잠시만 비켜보시겠어요?"

사공이 의아한 표정으로 비켜서자 단목영이 노를 쥐고 젓기 시작한다.

"이봐요, 소저."

사공이 당황한 표정으로 뭔가 말하려다가 멈칫한다. 순간 배가 빠른 속도로 앞으로 나아가기 시작했기 때문이다.

진원명과 나머지 도사들이 뜻밖이라는 표정으로 단목영을 바라보았으나 단목영은 고목귀의 배를 바라보며 노를 젓는 것에만 집중하고 있었다.

거리가 제법 가까워졌지만 갈대 숲으로 들어가게 되자 고목귀의 배는 전혀 보이지 않게 되었다.

단지 멀리 호숫가의 모습이 보이고 있으니 만약 적들이 배에서 내려 호숫가로 올라가게 된다면 그 모습을 보고 쫓을 수 있을 것이라 생각되었다.

잠시 후 방금 전 백의인의 목소리가 들려오기 시작했다.

"허허, 참으로 단순하구려. 고목귀 당신이라면 이런 뻔히 보이는 유인책이라도 반드시 걸려들 것이라 하여 반신반의했는데 정말 걸려들 줄은 몰랐소."

"난 너 같은 잡졸 따위 수백이 매복하고 있어도 두렵지 않다."

"당신은 지난번에도 몇몇 소년 소녀들에게 제법 쓴맛을 보았다고 들었는데 어찌 발전이 없소? 당신이 자랑하는 무공은 땅 위에서나 쓸모가 있는 법이라오. 오늘 혹시라도 살아나가거든 앞으로 밖을 나다니게 될 때는 반드시 철수귀의 손을 꼭 붙들고 다니시기 바라오."

"이런 개자식이!"

목소리가 들려오는 방향으로 점차 거리를 좁혀가기 시작하자 이내 갈대 사이로 멀리 보이기 시작한 호숫가에 배에서 막 내린 듯한 백의인의 모습이 보였다.

그 곁에는 두 명의 청의를 입은 사내가 서 있었다.

저들을 어디서 본 적이 있었던가?

갈대 사이로 언뜻언뜻 보이는 청의 사내들의 모습에서 왠지 모를 익숙함을 느낀 진원명이 고민하고 있을 때 두 사내가 각기 자신의 무기를 꺼내 드는 모습이 보인다.

그것을 본 진원명이 황급히 단목영에게 외쳤다.

"이런! 멈추시오. 배를 돌려야 하오!"

단목영이 의아한 눈으로 진원명을 바라볼 때 호숫가로부터 바람 가르는 소리가 들려온다. 진원명에게는 제법 익숙한 소리이다.

슈우우욱, 슈우우욱.

퍼엉, 퍼엉.

갈대 숲 저편에서 들려오는 욕설과 비명을 듣고 삼 장여를 치솟는 물기둥을 본 단목영은 당황하기보단 재빠르게 자신이 해야 할 것을 하기 시작했다.

바로 지금까지 향하던 반대 방향으로 노를 젓는 것이다.

"지, 지금 도대체 뭐가 날아온 것이지요?"

반면 단목영 덕에 마땅히 할 일이 없었던 사공은 잠시 주변에 있던 진원명과 도사들을 돌아보고는 그렇게 물어보았다.

그 물기둥을 일으킨 것이 한 발씩의 화살이라고는 직접 보고서도 믿기 어려웠을 것이다.

호숫가에서 새로운 화살을 꺼내 들고 있는 두 사내는 얼마 전 아민을 노렸던, 그리고 자신을 거의 죽음 직전까지 이르게 만들었던 자들, 통천이사였다.

타락(墮落) 2

단목영은 노를 젓는 속도를 빨리하기 시작했다.

자신들의 위치에서 저들이 보인다면 저들의 위치에서도 자신들이 보일지 모른다. 저들과의 거리가 칠십 장은 넘게 떨어져 있는 듯 보였지만 결코 안심할 수 없었다.

슈우우욱, 슈우우욱.

콰직 콰쾅.

한참의 매서운 폭풍 같은 사격이 지나가고 들려오는 소음도 조금씩 사그라질 즈음 단목영은 저들과의 거리를 백 장 가까이 벌려놓았다.

보통의 활이라면 충분히 안전하다고 생각할 만한 거리였

지만 일행은 안심하지 못했다. 방금 눈앞에 펼쳐진 광경을 통해 저 활의 위력이 결코 보통이라 부를 수 없는 것임을 확인했기 때문이다.

그리고 그러한 염려에 부응하듯 멀리서 또 한 번 익숙한 소음이 들려왔다.

이번엔 진원명의 배를 향하는 소음이었다.

슈우우우욱.

퍼엉.

화살은 다행히 배가 나아가는 방향으로 약 이 장 정도 앞에 떨어졌다. 하지만 안도의 한숨을 내쉴 틈도 없이 조금 전의 소음이 계속 들려온다.

슈우우욱, 슈우우욱, 슈우우욱.

퍼엉, 퍼엉, 퍼엉.

솟아오르는 물보라가 장막처럼 배의 앞길을 막는다. 배에서 이 장여 앞에 일렬로 화살을 날리는 솜씨는 실수로 빗나간 것이 아니라 의도적으로 그렇게 쏘아 보낸 것이 분명해 보였다.

이어지는 백의인의 목소리가 그 추측을 확인시켜 주었다.

"계속 도망가려 한다면 이번에는 배를 직접 맞출 것이오."

단목영은 배를 젓는 것을 멈췄다. 백의인이 말했다.

"이제 배를 이쪽으로 저어 오시오."

단목영이 입술을 질끈 깨무는 모습이 보인다.

배를 가까이 가져가면 적들의 화살이 지금보다 훨씬 더 정확하고 매서워질 것이 분명하지 않은가? 어차피 적의 공격을 받게 된다면 차라리 지금의 위치에서 받는 편이 나을 것이다.

"당신들의 신원을 확인하기 위함이니 가까이 다가오시기 바라오. 당신들이 동창과 무관하다 여겨지면 공격하지 않고 보내주겠소."

"우리가 동창의 무인들이라 해도 당신이 얼굴만 보고 알아볼 수 있으리라고는 생각하지 않습니다. 차라리 지금 여기에서 말로 신분을 밝히는 것이 낫지 않겠습니까?"

나이 많은 도사가 소리치자 백의인이 잠시 고민하다 외쳤다.

"그럼 그렇게 하시오. 음, 그럼 왼쪽에 있는 사람부터 차례대로 자신이 누구인지 말해주시오."

"우리 셋은 무당파의 제자입니다. 나는 청허라 하고 이들 두 명은 각각 청명, 청진이라 합니다."

"무당삼절(武當三絶) 청허 도사의 명성은 익히 들어 알고 있었소. 하지만 당신은 그것이 진정 자신이라 증명할 수 있소?"

그 말을 들은 나이 많은 도사, 즉 청허가 잠시 고민하다 몸을 일으킨다.

"마땅히 생각나는 것이 이것뿐이니 이해해 주시기 바랍니다."

청허는 가볍게 자세를 취하더니 검을 뽑아 휘두르기 시작했다.

쏴아아아.

검에서 나는 소리라고는 생각되지 않는 시원한 소리가 울려 퍼지기 시작한다.

청허가 지금 보여주는 것은 검무(劍舞)였다.

청허의 손이 가볍게 휘둘러지며 만들어진 흐름이 검을 움직인다. 그리고 그 검이 만들어낸 궤적을 따라 바람이 흐른다.

잠시 그 검무를 바라보던 진원명은 자신이 바라본 순서가 반대임을 알았다. 바람이 흐르는 것이 먼저였다. 그 흐름에 따라 검이 움직이고 몸은 마지막으로 움직인다.

잠시 후 다시 진원명은 고개를 저었다. 셋은 어느덧 함께 움직이는 것으로 보이고 있었다.

청허의 움직임은 멀리서 본다면 어린 소년의 모습으로 착각할지도 모른다 생각될 정도로 가볍고 경쾌했다.

청허의 움직임이 끝나는 순간, 진원명은 자신이 느끼기 시작한 아쉬움이 바로 그러한 이유 때문일 것이라 해석했다.

청허는 가볍게 검을 갈무리하고 자리에 앉았다. 하지만 다른 이들은 아직 청허가 검을 휘두르던 자리를 바라보고 있었다.

청허의 움직임과 별개로 청허와 함께 노닐던 바람은 그 흐름을 멈추지 않았기 때문이다.

조금 전 청허의 검이 떠돌던 배 좌측에서는 지금 호수의
물이 가는 줄기를 이루어 그 바람의 흐름을 타고 솟아오르는
모습이 보이고 있었다. 흐름이 더없이 고요하였기에 그 모습
은 마치 강물이 스스로 의지를 가지고 솟아오른 것처럼 보인
다.

"도, 도술, 도술이 아닙니까? 이건?"

사공이 덜덜 떨리는 목소리로 중얼거린다.

"내 실수요."

멀리서 백의인의 목소리가 들려온다. 청허가 묻는다.

"무슨 의미입니까?"

"방금 억지를 부려서라도 당신들의 배를 더 다가오도록 했
어야 했소. 절정에 이른 태극혜검(太極慧劍)을 좀 더 가까운
거리에서 볼 기회를 놓치다니 무인으로서 정말 큰 실수가 아
닐 수 없소."

"과찬의 말씀입니다."

청허가 가볍게 포권하며 말한다.

"당신들의 신분은 확인이 되었으니 이제 나머지 세 명의
신분만 확인하면 되겠구려."

"이 사내는 이 배의 사공입니다."

청허가 사공을 가리키며 말한다. 백의인이 고개를 살짝 갸
웃거린다.

"한데 사공이 아닌 엉뚱한 여인이 배를 몰고 있구려."

백의인의 말에 단목영이 대답한다.

"나는 해서파의 전목영이라 해요. 내 배 모는 실력이 사공보다 나으니 상황이 급박해지자 내가 노를 쥐었던 것이죠."

"해서파의 인물이라. 그러고 보니 전목영이라는 이름은 익숙하구려. 해서파 방주의 여식이 아니시오?"

"맞습니다."

"흠, 그럼 나머지 한 청년은 이름이 무엇이오?"

단목영이 진원명을 슬쩍 돌아보더니 대답한다.

"그의 이름은 왕정이라 해요. 해서파의 형제죠."

"흐음, 왕정이라."

백의인이 고개를 갸웃거리자 단목영이 다시 말한다.

"아마 해서파의 무명소졸이니 듣지 못했을 거예요."

"해서파가 최근 이곳에 많은 사람을 파견했다는 보고는 들어서 알고 있었소. 하지만 당신들이 진정 해서파의 사람들인지 어떻게 확인할 수 있겠소?"

"우리는 무당파의 도사님 같은 재주가 없으니 달리 확인시켜 드릴 방법이 없어요."

잠시 백의인은 뭔가 생각을 하는 듯하더니 가볍게 손을 들어 올리며 말했다.

"미안하지만, 당신의 말을 신뢰할 수 없구려."

"하지만 저희는……."

단목영의 목소리가 살짝 떨리는 것이 느껴진다. 멀리 백의인의 손짓에 따라 통천이사가 화살을 시위에 거는 모습이 보였기 때문이다.

"며칠 전 해서파의 여식인 전목영이 악주를 향했다는 보고를 들은 기억이 있소. 또한 전목영과 동행한 사내가 있는데 행색이 수상하고 해서파의 인물은 아닌 것 같다는 보고 역시 들은 기억이 있소."

백의인의 말에 단목영의 표정이 굳는다.

도대체 저들은 누구기에 그런 사실을 알고 있다는 것인가?

백의인이 말을 이었다.

"당장 세 가지 의문이 떠오르는구려. 전 소저는 해서파의 금지옥엽인데 무엇 때문에 악주를 찾아 이런 식의 미행마저 해야 했던 것이오? 해서파에는 사람이 그렇게도 없소?"

단목영은 순간 대답하지 못했다. 곧바로 백의인이 말을 잇는다.

"또 동창을 미행한다는 일이 얼마나 위험한 일인지 모르지 않을 텐데 고작 당신 곁에 있는 왕정이라는 무명소졸과 함께 이들을 쫓을 생각을 하게 된 것이오?"

"이분 무당파의 도사님들을 믿었기 때문이에요."

단목영이 곧바로 대답한다. 아마 이것은 단목영의 진심일 것이다.

"흐음, 그건 그렇다 친다면 마지막으로 왕정이 해서파의 인물이라면 분명 수적패일 터, 배를 움직이는 것에는 전 소저보다 훨씬 뛰어난 실력을 가지고 있지 않겠소? 한데 왜 전 소저가 직접 배를 저어야 했던 것이오?'

단목영이 순간 대답을 떠올리지 못한 채 입술을 깨무는 모습이 보인다.

"아마 그자가 만약 동창의 인물이라 가정한다면 말이 되겠구려. 동창에 대한 우호의 증거로 해서파의 방주가 자신의 금지옥엽이 동창의 무사를 따르도록 했을 것이고, 동창을 미행하는 무당파 도사들에게 접근하여 그들의 목적을 알아내려 했을 것이오. 같은 동창이니 동창에 대한 별다른 위협 없이 배를 타고 그들의 뒤를 미행했을 것이고, 동창의 인물이 배를 젓는 법을 알 리가 없으니 상황이 급박해지자 전 소저가 배를 저어야 했던 것이오."

"말도 안 되는 소리예요!"

"뭐, 사실은 아닐지도 모르지만 말은 되는 것 같구려. 미안하지만 그의 정체를 확신하기 어려우니 나로서도 어쩔 수가 없소."

백의인이 팔을 내린다.

그것을 신호로 통천이사가 활의 시위를 당긴다.

청허가 일어나 검을 뽑았고, 진원명 역시 허리의 검을 뽑아 들며 이를 갈았다. 발판이 부실하니 과연 저들의 화살을 몇 발이나 막아낼 수 있을지 장담하기 어려웠다.

"기다려요! 그의 진짜 정체를 말할 테니!"

슈우우욱, 슈우우욱.

단목영이 외쳤지만 화살은 이미 쏘아져 나온 뒤였다. 진원명이 들고 있던 연검을 통해 마공을 최대한 운용하기 시작한다.

째앵, 첨벙.

진원명이 최대한 힘을 흘려 화살을 튕겨냈으나 배가 크게 흔들린다. 게다가 호수에 떨어져 내린 화살에 호수물이 크게 솟구치며 배가 마치 파도를 만난 것처럼 이리저리 흔들렸다.

쩌엉, 첨벙.

청허는 공중으로 뛰어올라 화살을 쳐냈다.

분명 배에 반탄력을 주지 않는 방법이긴 하지만 청허의 몸이 대신 뒤로 이 장여를 튕겨져 나가 버린다.

청명이라 불린 중간 연배의 도사는 배가 흔들리는 와중에도 등 뒤의 봇짐을 풀어 청허에게 던졌다. 청허는 물에 빠지기 직전 그 봇짐을 차고 그 반발력으로 다시 배 위로 돌아왔다.

진원명이 긴장하여 호숫가를 바라보았지만 화살은 더 이어서 날아들지 않았다.

방금 만약 화살이 연이어 날아들었다면 자신을 제외한 나머지 일행의 목숨을 장담하기는 어려웠을 것이다. 호숫가에서 백의인이 손으로 통천이사를 제지하고 있는 모습이 보였다.

"그 화살들을 막아내다니 대단한 실력이오. 방금 전 소저의 외침을 들었소. 난 원래 한 번 거짓말을 한 사람은 잘 믿지 않지만 이번은 특별히 한 번 더 소저의 말을 믿어보겠소. 그 사내의 정체는 무엇이오?"

단목영이 다급한 눈으로 진원명을 바라본다.

진원명은 순간 머릿속으로 자신이 꾸밀 수 있는 자들의 목록을 떠올리기 시작했다.

"지금에 와서 뜸을 들이는 것을 나는 거짓말을 생각해 내려는 것이라고밖에는 해석하기 어렵구려."

멀리서 다시 백의인의 손이 올라가는 것을 본 단목영이 다시 소리친다.

"그는, 그는 바로……."

진원명이 놀라 바라보자 단목영이 입술을 질근 깨물며 말을 이었다.

"…나와 혼약(婚約)을 한 사이예요."

타락(墮落) 3

진원명은 저들과 거리가 멀었던 것이 다행이라 여겼다.

거리가 가까웠다면 자신의 당황한 표정을 통해 곧바로 단목영의 말이 거짓임을 알았을 것이다.

백의인이 외친다.

"그가, 당신의 약혼자란 말이오?"

단목영은 고개를 끄덕였다.

"그래요. 하지만 낭군과 저는 아직 정식으로 혼약을 한 사이는 아니에요."

"그게 무슨 소리요?"

"양가의 부모님이 저희의 혼인을 반대하시기 때문이에요."

진원명의 표정에 황당함이 더해지고 백의인이 목소리에 허탈함이 더해진다.

　"그걸 나보고 믿으라는 것이오? 무엇보다 소저는 아직 그 사내의 정체를 말하지 않았다오."

　"낭군의 정체를 밝히겠어요. 하지만 낭군이 이곳에 있다는 소문만은 제발 내지 말아주시기 바라요."

　낭군이라는 말이 무척 자연스럽게도 나오는군.

　진원명은 내심 그렇게 생각하며 자신의 황당해하는 표정이 혹시 보일까 우려해서 고개를 아래로 조금 숙였다. 백의인이 고개를 끄덕인다.

　"알겠소. 말하시오."

　"낭군의 이름은 진원명이라 해요. 파양(波陽)의 진가장을 들어보셨나요? 낭군은 바로 그곳 장주님의 둘째 아들이지요."

　진원명이 고개를 들어 단목영을 바라본다.

　단목영은 백의인이 있는 방향만을 바라보고 있었기에 그 표정이 보이지는 않았다.

　단목영이 자신의 진짜 정체를 알고 말한 것인지는 알 수 없었지만 적어도 단목영이 진원명과 지금 저기서 활을 겨누고 있는 자들 사이에 존재하는 악연에 대해 몰랐다는 것은 분명했다.

　놀람이 과하니 오히려 침착해진 것인지, 진원명은 단목영이 말한 자신의 정체에 대해 고민하기보다 '귀식공을 펼치고 물속으로 잠수하면 과연 적들이 자신이 죽었음을 믿어줄 것인지'나 '조금 전 청허가 위기를 극복했던 모습처럼 등 뒤의 짐을 풀며 그 짐들을 물에 던져 그것을 밟고 호수 한가운데로 뛴다면 적들과 얼마나 거리를 벌릴 수 있을 것인지'와 같은 지금 상황을 해결할 수 있는 여러 가지 대안들을 고민하기 시작했다.

그리고 잠시 후 진원명이 떠올렸던 여러 가지 대안들은 그 의미를 잃었다.

스스로 생각해 낸 대안이지만 그 실현 가능성에 대해서는 회의적이었기에 진원명은 그 사실에 아쉬움을 느끼지는 않았다.

"진가장에 대한 소문은 들어 알고 있소. 둘째 아들이 집을 나갔다고 하더니, 소저의 말에 의한다면 그것은 소저와의 혼약을 반대하는 자신의 집안에 대한 불만 때문이겠구려."

"맞아요. 낭군은 자신과 함께 떠나자고 했지만 나는 낭군처럼 쉽게 집안을 저버릴 수는 없었어요. 낭군은 나의 마음을 이해해 주었죠. 그래서 내 아버지의 마음을 돌리기 위해 이처럼 노력하고 있는 것이랍니다."

"우리를 쫓아온 것이 소저의 아버지와 무슨 상관이 있다는 것이오?"

"요즘 해서파에서는 한 달 전 상근명의 장원을 멸문시켰던 흉수가 누구인지에 대해 깊은 관심을 가지고 있기 때문이지요. 낭군은 위험을 무릅쓰고 공을 세워 아버님의 호감을 얻을 생각이었어요."

"두 사람의 사랑이 참 공교롭겠구려. 한편은 관에 깊은 연줄을 둔 진가장이고, 또 한편은 수적질을 생업으로 삼는 해서파라니 말이오. 허허, 이런 경우가 다 있다니."

지금의 대화는 마치 세상 물정 모르는 처녀가 이웃집 아저씨에게 연애 상담을 받고 있는 듯한 모습이다.

물론 세상 물정 모르는 처녀와 이웃집 아저씨의 진짜 정체를 알고 있는 진원명은 이런 식으로 대화가 이어지는 것에 어처구니없는 느낌을 받고 있었다.

"하지만 이렇게 위험한 일인 줄 알았으면 하지 않았을 거예요. 지금은 정말 후회하고 있어요."

"맞소. 사랑도 목숨이 붙어 있어야 할 수 있는 것이지요. 앞으로는 아무리 사정이 급하다 하여도 위험해 보이는 일에는 되도록 관여하지 말도록 하시오."

백의인의 말에 단목영은 가볍게 고개를 숙여 보이며 대답했다.

"충고 감사해요. 그럼 이제 내 말을 믿는 것인가요?"

"음, 한데 진 공자."

단목영의 물음에 대답하지 않고 백의인이 진원명을 부른다.

"왜 부르십니까?"

목소리가 이상하게 들리지 않을까 걱정하며 진원명이 대답했다.

"진 공자도 명심하기 바라오."

"무엇을 말하는 것입니까?"

"방금 말했듯 과한 욕심으로 자신의 안전을 구하지 못하는 경우를 조심하라는 말이오. 세상에는 단지 아는 것만으로도 목숨을 위협하는 일들이 제법 많소. 그리고 그런 일들에 대해 입을 함부로 놀리다가 제명에 죽지 못한 사람들을 나는 수도 없이 보아왔다오. 내 말 알아듣겠소?"

백의인의 말은 그들의 정체를 누설하지 말라는 경고로 들린다. 자신을 이대로 놓아주려는 생각인가?

"…알겠소."

"그럼 동창의 해충들은 이제 남아 있지 않은 듯하니 우리는 이만 가보겠소. 처음 두 발의 화살은 사과드리겠소. 그리고 전 소저와 진 공자, 두 분이 부디 좋은 인연으로 맺어지길 기원하겠소."

백의인과 통천이사는 떠나갔다.

저들의 저런 반응을 이해할 수 없었던 진원명은 멍한 표정으로 떠나가는 그들의 모습을 바라보았다.

*   *   *

진원명 일행이 객점이 위치한 호숫가로 돌아와 무당파의 도사들과 헤어졌을 때에는 이미 날이 저물고 있었다.

진원명이 객점을 향해 걷던 중 문득 단목영에게 묻는다.

"음, 그런데 왜 나를 피하는 것이오?"

"내가 왜 당신을 피한다는 것이죠?"

"그야, 아까부터 나를 쳐다보려고도 하지 않고 있지 않소? 지금도 왜 엉뚱한 곳을 바라보며 말하는 것이오?"

단목영은 조금 전부터 진원명이 있는 방향과 반대 방향으로 고개를 돌린 채 말하고 있었다.

"다, 당신을 굳이 바라보며 말해야만 하는 법이라도 있나요?"

"그건 아니오만."

진원명이 물어보고자 하는 것은 이것이 아니었다. 자신이 물어보고자 했던 것은……

"…왜 아까 나를 약혼자라고 말했던 것이오?"

"그, 그거야 당연히 적들이 믿어줄 만한 거짓말을 찾다 보니……"

단목영은 당황한 듯한 목소리로 말했다.

"그럼, 진원명이라는 이름은……"

진원명은 말을 흐렸다. 너무 직접적으로 언급한 것이 아닐까?

"진원명이라는 자는 그냥 소문을 통해 아는 사람일 뿐이에요. 얼마 전 가출을 했다고 하더군요."

그렇게 말한 단목영은 잠시 그렇게 고개를 돌린 채 걷다가 갑자기 고개를 돌려 진원명을 힐끗 노려본다.

"그리고 혹시라도 내가 당신에게 호감이 있어서 그런 소리를 했다고는 절대 생각하지 않길 바라겠어요."

그렇게 노려보지 않아도 그런 오해는 하지 않을 것이다.

어쨌든 진원명은 단목영이 진원명이라는 이름을 언급한 것이 자신의 정체를 알아서가 아니라 단지 우연이라는 사실을 알 수 있었다. 진원명에게는 다행스러운 일이 아닐 수 없다.

잠시 후 객점에 도착하자 진원명은 긴장이 풀리는 듯 약간의 피로를 느꼈다.

단목영 역시 진원명과 마찬가지인 듯 객점을 들어서자마자 곧바로 한숨을 내쉬며 근처의 의자에 털썩 걸터앉았다.

무사히 넘어가기는 했지만 어쨌든 조금 전은 무척 위험한 상황이지 않았던가?

진원명이 단목영을 바라보며 살짝 웃어 보이자 단목영 역시 진원명을 바라보며 가볍게 미소를 지어… 보이려 하다가 인상을 쓰며 눈을 부라린다.

진원명이 고개를 저으며 무거운 몸을 움직여 방으로 향하는 계단을 올라갔다.

"아, 그러고 보니 궁금한 게 있소."

진원명이 계단을 올라가다 문득 뭔가를 떠올리고는 멈춰 서서 단목영에게 말한다.

"말하세요."

"해서파는 무엇 때문에 상근명의 장원을 멸망시킨 흉수를 찾으려 드는 것이오?"

진원명의 말에 단목영이 다리를 주무르며 대답한다.

"해서파만이 아니에요."

단목영의 말에 진원명이 고개를 갸웃거린다.

"해서파만이 아니라는 게 무슨 말이오?"

"오늘 이미 무당파의 제자들을 보셨겠죠. 지금 이곳 악주 에는 해서파 외에도 근방의 수많은 무인 세력들이 모여들어 흉수의 정체를 찾고 있다는 말이에요."

"뭔가 내가 모르는 어떤 이유가 있는 것 같구려."

단목영이 피곤한 눈으로 진원명을 지그시 올려다보고는 이내 말했다.

"당신이 정말 모르기 때문에 그렇게 말하고 있는 것인지 추측하기 어렵군요. 그들이 흉수를 찾는 것은 바로 오백 냥의 황금 때문이에요."

"황금 오백 냥이라니, 그게 무슨 소리요?"

"강남 세력들이 내건 현상금이지요. 흉수의 정체를 밝혀내 는 자에게 황금 오백 냥을 준다는 내용의 서신이 몇 주 전 인근의 중소 문파들 모두에게 전달되었다 하더군요. 이미 근방에 제법 소문이 퍼졌는데 듣지 못하셨나요?"

진원명은 고개를 가로저었다.

"들어보지 못했었소."

"어쨌든 지금 이곳에는 해서파뿐만이 아닌 근방의 수많은 무인들이 모여 있어요. 모두가 상근명의 장원을 습격한 흉수들을 찾기 위한 이유로 모여들었죠."

단목영의 말에 진원명이 흠, 하고 생각에 잠기자 단목영이 말을 잇는다.

"뭐, 이곳은 해서파의 영역이니만큼 해서파가 활동하기에 유리한 부분이 많긴 하지만 조금 전 보았던 무당파 도사들의 뛰어난 무공이라면 어쩌면 그들이 먼저 흉수에 대한 단서를 발견하게 될지도 모르는 일이지요."

무공이 뛰어나다고 해서 사람을 잘 찾는 것은 아니다. 그리고 단순히 무공의 고하만 놓고 본다면 지금의 진원명은 그 도사들 세 명을 함께 상대한다 하여도 여유가 있을 수준에 올라 있었다.

어쨌든 진원명은 단목영이 무슨 의도로 말을 꺼낸 것인지 짐작할 수 있었다.

"하지만 난 그들보다는 여전히 해서파에 믿음이 가는구려."

때문에 진원명은 빙긋 웃으며 그렇게 말했다.

단목영은 흥, 하고 코웃음 치며 고개를 돌려 버렸지만 진원명은 고개를 돌리기 전의 짧은 순간 단목영이 지어 보였던 표정을 놓치지 않았다.

안도감, 그 표정을 진원명은 그렇게 해석했다.

타락(墮落) 4

다음날 역시 이른 아침 진원명은 호숫가로 나왔다.

어젯밤 단목영의 말을 들은 뒤로 진원명은 마음이 그다지 편치 못했다. 진원명의 마음속에 피어오르기 시작한 모순된 감정들 때문이다.

황금 오백 냥을 노리는 수많은 무인들이 지금 아민의 행적을 쫓고 있다. 그리고 자신 역시 아민을 만나고자 한다.

진원명은 아민이 적들이 찾을 수 없도록 멀리 도망쳐 그녀 자신의 행적을 숨기기를 원해야 하는지, 아니면 진원명이 찾을 수 있도록 아민이 그녀 자신의 행적을 드러내기를 원해야 하는지 알 수 없었다.

"후우."

진원명은 가볍게 심호흡을 했다.

약간 습기를 머금은 시원한 아침 공기가 진원명의 복잡한 기분을 조금은 상쾌하게 만든다.

자신이 고민한다고 해결될 일은 아니다. 그런 고민을 할 시간은 아민을 찾는 데에 쓰는 것이 더 나을 것이다.

진원명은 그렇게 생각하며 호숫가를 둘러보았다.

이른 아침의 호수는 가볍게 안개가 드리워져 있다. 호숫가는 아침부터 배를 구하기 위해 나온 사람들과 배를 띄우기 위해 준비하는 사공들의 모습이 드문드문 보이고 있었지만 대체적으로 한산한 모습이다.

문득 진원명은 자신의 왼쪽 오 장 정도의 거리에서 나무에 기댄 채 자신을 바라보고 있는 삿갓인의 모습을 보았다.

진원명이 그를 의아하게 바라보자 삿갓인이 진원명을 향해 다가온다.

삿갓을 처음 보는 순간 진원명은 아민을 떠올렸지만 이내 체구가 다름을 알 수 있었다.

삿갓인은 진원명에게 다가와 입을 열었다.

"오랜만이군. 내가 누군지 알아볼 수 있겠나?"

생각해 보면 어제는 이곳에서 송하진을 만났었다. 이곳은 우연히 알던 누군가를 만나게 되는 그런 장소인 것인가?

진원명은 퉁명스러운 목소리로 대답했다.

"연 기주, 한 소협에게 붙잡힌 것이 아니었소?"

눈앞의 여인, 연 기주의 거친 목소리를 잊어버릴 리가 없다.

연 기주가 호쾌하게 웃는다.

"하하, 바로 알아맞히는군. 한 공자에게 붙잡혀 있다가 얼마 전에 풀려났다네. 오랜만에 보는 것인데 제법 건강해 보이는 듯해서 기쁘네."

"연 기주 덕에 건강하지 못할 뻔했지만 다행히 이제는 다 나았소."

진원명의 목소리는 냉랭했다. 연 기주에게 호감을 가졌던 만큼 연 기주의 배반에 대한 불쾌함 역시 컸기 때문이다. 연 기주가 고개를 저으며 쓰게 웃는다.

"이거 오랜만인데 너무 퉁명스럽군. 뭐 인과응보이니 어쩔 수 없는 건가?"

"나를 찾아온 것으로 보이는구려. 용건이 무엇이오?"

진원명은 연 기주에게서 시선을 돌려 호수를 바라보며 말했다.

연 기주는 진원명 곁으로 다가오더니 땅바닥에 털썩 주저앉아 역시 호수를 바라보며 말한다.

"음, 이곳을 찾은 이유는, 글쎄, 그냥 자네를 만나고 싶었기 때문이라네. 별다른 이유가 있는 것은 아닐세."

"내가 이곳에 왔다는 사실은 통천이사로부터 전해 들은 것이오?"

연 기주가 고개를 돌려 잠시 진원명을 바라보더니 다시 호
수로 시선을 옮긴다.

"통천이사라, 뭐 아주 틀린 말은 아니네만. 통천이사에게
직접 들은 것은 아닐세. 자네는 통천이사에 대해 잘 모르는
것 같군."

진원명은 연 기주의 말을 이해하지 못해 눈살을 찌푸리다
가 문득 어제 통천이사와 함께 있던 백의인을 떠올렸다.

"어제 그 백의인, 그자에게 들었던 것이겠구려. 그자는 도
대체 누구요? 혹시 그가 한강민이오?"

"한강민 공자는 그런 곳에 모습을 드러낼 분이 아니지. 흠,
자네는 기억을 못하는 모양이군."

진원명이 연 기주를 내려다보았다.

"무엇을 기억하지 못한다는 것이오?"

연 기주가 고개를 저었다.

"아닐세. 그보다 어제 보았던 백의인에 대해 물었었지? 자
네는 그 사내에게 고마워하는 것이 좋을 것이야. 어제 자네가
공격받지 않고 무사히 돌아올 수 있었던 것은 그 사람의 덕이
기 때문이지."

"그게 무슨 말이오?"

연 기주가 흠, 하고 뜸을 들이고는 말했다.

"원래 자네에게 알려줘서는 안 되는 것이지만, 그냥 그자

를 부를 때 민 당주라 부른다는 것만 알아두게. 민 당주는 예전부터 한유민 교주와의 친분이 각별했다네. 그래서 원로원을 따라 한강민 공자의 편으로 돌아선 상황이지만 자네의 사정을 봐준 것이지."

진원명은 잠시 무엇인가 생각에 잠겨 있다가 입을 열었다.

"한 번 배신한 전례가 있는 당신의 말을 어느 정도까지 신뢰해야 하는 것인지 모르겠소. 당신이 내게 이런 말을 해주는 이유도 나는 이해가 가지 않소."

"음, 어렵게 생각할 필요 없다네. 자네에게 이런 말을 해주는 이유는 단순한 내 호의일세. 민 당주는 자네가 해서파 여식과의 혼약을 위해 이곳을 찾은 것이라고 말했지만 나는 자네가 그런 이유로 이곳을 찾았으리라 생각하고 있지 않다네. 내 말이 틀린가?"

진원명은 대답없이 연 기주를 바라보았다.

"흠, 자네로서는 억울할지도 모르는 일이지만 세상에는 아는 것만으로 힘이 되는 일이 있고, 아는 것만으로도 독이 되는 일도 있는 법일세. 자네는 그중 후자를 너무 많이 알아버렸다네. 한강민 공자는 그렇지 않아도 자네를 무척 탐탁지 않게 여기고 있다네."

연 기주는 잠시 말을 멈췄다가 다시 이었다.

"그러니 한동안은 되도록 우리와 관련되지 않도록 조용히 지내는 것이 좋을 것이네. 내 말 알겠는가?"

진원명은 연 기주가 하려다 멈추었던 말이 무엇인지 알 수 있었다. 죽고 싶지 않다면.

"어제 민 당주란 자가 했던 말과 같군요. 결국 그 말을 하기 위해 왔던 것이오?"

"이것은 내 진심 어린 충고이네. 자네가 이곳을 떠나지 않는다면 나나 민 당주도 더 이상 자네의 안전을 보장해 줄 수 없다네."

"난 당신들과 관여하려 한 적이 없었소. 난 단 한 가지 일만 해결된다면 즉시 이곳을 떠날 생각이오."

"그것이 무엇인가?"

진원명이 다시 시선을 호수로 돌렸다.

"…난 아민을 만나고 싶소."

연 기주는 말이 없었다.

두 사람은 호수를 바라보며 잠시 시간을 보냈다. 진원명이 다시 말을 이었다.

"연 기주는 아민의 소재를 알고 있으리라 생각되는군요. 그것을 내게 가르쳐 줄 수 있습니까?"

진원명의 목소리가 조금 누그러진 듯 들린다. 연 기주는 잠시 고민하더니 이내 고개를 저었다.

"불가하네. 무엇보다 난 지금 아민이 있는 곳을 모른다네. 그리고 만약 아민이 있는 곳을 안다 하더라도 자네에게 그것을 가르쳐 줄 수는 없을 걸세."

"…그렇다면 제가 직접 찾아서 만나야 하겠지요."

진원명의 목소리가 조금 낮아진다. 연 기주는 한숨을 내쉬었다.

"자네가 아민을 만나려 하는 이유는 도대체 무엇인가?"

"그녀에게 물어볼 것이 있습니다."

"그 물어볼 일이라는 것이 자네의 목숨을 걸 만한 가치가 있는 것인가?"

진원명은 대답하지 않았다.

"…자네는 아민을 좋아하는 것인가?"

연 기주는 잠시 시간을 두고 다시 물었다. 진원명은 역시 대답하지 않았다.

연 기주는 가볍게 한숨을 쉬었다.

"예전 자네가 아민을 대신해 화살을 맞았을 때부터 이상함을 느끼기는 했었지. 하지만 자네는 아직 젊다네. 자네 또래의 젊은이들은 쉽게 애정을 불태우지만 그 애정은 또한 쉽게 식어버리기 마련이네. 자네가 아민에게 느끼는 마음을 한 번 더 돌이켜 보게. 그리고 그 마음이 오히려 그녀에게 부담이 될지도 모른다는 사실을 명심하게. 자네는 그녀와 어울리지 않네. 사는 세계가 다르지. 그리고 자네에게 가혹한 말이 될지도 모르지만, 그녀에게는 이미 좋아하는 사람이 있다네."

이미 알고 있는 사실이다. 그 대상이 무민이라는 사실마저도.

"왕 공자, 여기서 뭐 하고 있는 거죠?"

익숙한 목소리에 진원명이 뒤를 돌아보니 단목영이 서 있다. 연 기주와의 대화로 인해 누가 다가오는 것도 몰랐던 듯했다.

"그럼 난 이만 가보겠네. 내가 한 말을 명심하기 바라네."

연 기주가 몸을 일으키며 그렇게 말했다.

의아한 눈으로 바라보는 단목영을 향해 가볍게 고개를 숙여 보이고 연 기주는 떠났다.

연 기주의 떠나가는 뒷모습을 보며 진원명은 자신의 연 기주에 대한 증오가 상당히 희석되었음을 느꼈다. 적어도 그녀가 자신을 염려하는 마음이 진심인 듯 보였기 때문이다.

하지만 연 기주는 한 가지 모르는 것이 있다. 바로 예전과 달라진 자신의 능력이다.

"저 여자는 누구지요?"

떠나가는 연 기주를 바라보며 단목영이 묻는다.

"그냥, 아는 사이요."

진원명의 무성의한 대답에 단목영은 조금 화가 난 듯한 표정으로 진원명을 바라보았다.

미안한 마음이 들었지만 단목영에게 연 기주의 실제 정체를 말할 수는 없는 노릇이니 진원명은 화제를 돌리기 위해 오히려 단목영에게 물었다.

"해서파 형제들로부터 연락은 아직 없었소?"

"하, 당신은 어떤 대답도 하려 하지 않으면서 남에게 대답을 듣기를 원하나요?"

매섭게 쏘아붙이는 단목영의 말에 진원명은 난처한 표정을 지었다.

"그, 그게, 방금 만났던 여인은 그냥 내가 강호를 돌아다니며 잠시 동행했던 길동무일 뿐이라오. 그녀에 대해서는 나도 아는 것이 없소."

진원명이 둘러대었지만 단목영의 시선은 여전히 곱지 않았다.

진원명을 잠시 바라보던 단목영은 이내 홱, 하는 소리가 들릴 듯한 모습으로 고개를 돌리고는 걸어가 버렸다.

진원명은 멀어져 가는 단목영을 잠시 바라보다가 소리친다.

"이보시오, 전 소저! 어디를 가는 것이오?"

단목영은 대답없이 걸어갔다.

그 방향이 애매해서 호숫가에서 멀어지면서 일행이 묵었던 객점에서도 멀어지는 방향이다. 단목영이 향하는 방향을 알 수 없었던 진원명이 황급히 단목영의 뒤를 쫓았다.

"이보시오, 전 소저."

"연락이 있었어요."

진원명이 걸음을 빨리해 그녀의 옆에 따라붙자 단목영이

말했다.

"뭐라고요?"

단목영은 더 이상 말하지 않았다.

잠시 생각하던 진원명은 그것이 자신이 아까 했던 질문에 대한 대답이라는 것을 깨달았다.

"정말이오? 그들이 뭔가 알아낸 것이 있소?"

진원명이 희색을 띠며 물었지만 단목영은 대답없이 걸음을 재촉했다.

호숫가를 벗어나 한 식경 정도를 걸었다. 단목영은 악주의 시장을 향하는 듯했다.

주변에 점차 오가는 사람이 많아지고 점포들이 문을 여는 모습이 보이기 시작한다. 잠시 후 단목영은 한 건물에 들어갔다.

"이곳은 서화를 파는 가게가 아니오?"

진원명이 묻는다.

건물 안에는 이곳저곳에 산수화나 인물화 등이 걸려 있었다. 저편에서 가게의 주인으로 보이는 후덕한 인상의 사내가 걸어나온다.

"찾는 그림이 있으십니까?"

"주인장이 그림을 모작(模作)하는 데 능하다고 들었습니다. 이 네 장의 그림을 똑같이 세 장씩만 그려주시겠습니까?"

주인은 단목영이 내미는 그림 중 하나를 받아서 펼쳐 보았다. 그다지 뛰어나지 않은 솜씨로 인물의 얼굴 특징만을 부각시킨 그림이다.

그림의 위쪽에는 '키 육 척 삼 촌가량, 마른 체형' 이라 적혀 있었다. 이 그림은 마치……

"현상범이라도 되나 보군요."

현상금만 빠졌을 뿐 수배자 전단의 모습이 아닌가?

"그려주실 수 있나요?"

"이 정도라면 당장에라도 그려 드릴 수 있습니다."

주인장은 자신있다는 표정으로 씩 웃으며 그렇게 말했다. 단목영이 묻는다.

"한 시진이면 될까요?"

"반 시진 정도면 충분할 것입니다. 기다리기 무료하시다면 근방에 오룡차(烏龍茶)를 맛있게 끓이는 곳을 가르쳐 드릴 테니 그곳에서 차라도 한 잔 드시고 오시겠습니까?"

"네, 그렇게 하죠."

주인장의 친절한 권유에 단목영이 생긋 웃으며 대답한다.

하, 웃을 줄도 알긴 아나 보군. 진원명이 그 모습을 보며 나직하게 곁에서 투덜거리고 있을 때, 주인장은 단목영에게 찻집의 위치를 알려주었다.

여전히 웃는 표정으로 주인장에게 감사를 표하던 단목영은 가게를 나서 진원명이 곁으로 따라붙자 언제 그랬냐는 듯 냉랭한 표정으로 진원명을 힐끗 쳐다보더니 앞서서 찻집을 향해 걸어가 버렸다.

"단단히 미움을 받고 있는 듯하군."

진원명은 그 모습을 보고는 고개를 설레설레 흔들며 중얼거렸다.

잠시 후 찻집에 도착해 종업원이 주문한 오룡차를 내올 때까지도 단목영은 진원명에게 어떤 말도 하지 않았다.

진원명이 방금 모작을 부탁한 그림이나 해서파 형제들이 연락한 내용 등을 물었지만 단목영은 그냥 묵묵히 창밖만을 바라보고 있었다.

진원명이 안절부절못하는 동안 차가 나왔다. 그리고 단목영의 오랜 침묵이 깨졌다.

"호오, 차 맛이 정말 좋군요."

고개를 저으며 감탄하는 단목영의 모습을 왠지 귀엽다고 느끼며 진원명 역시 자신의 차를 입으로 가져갔다.

차를 마시는 순간 입 안을 적시는 차의 맛은 달고 부드러웠고 차를 마신 뒤 입 안에 감도는 계수나무의 향이 그윽했다.

"정말 차 맛이 훌륭하군요."

차를 마신 진원명 역시 자신도 모르게 감탄한 표정으로 단목영을 바라보았다.

단목영이 '그렇죠?' 라고 말하며 진원명을 향해 빙긋 웃는다. 그리고 다음 순간 단목영의 얼굴이 움찔하며 웃는 표정 그대로 잠시 굳어졌다.

이후 진원명이 감탄한 표정으로 차를 세 모금째 마실 때까지 단목영의 얼굴은 웃는 얼굴 그대로 굳어 있었다. 진원명이 의아함을 느끼고 단목영을 바라보자 단목영의 얼굴이 서서히 일그러지기 시작했다.

이어서 단목영은 고개를 살짝 숙이고는 애꿎은 자신의 찻잔을 원망스런 표정으로 노려보기 시작했다.

단목영의 그러한 표정 변화를 걱정스러운 표정으로 바라보던 진원명은 어떤 생각을 떠올리곤 흠칫 놀라며 가볍게 운기를 해보았다.

다행히 진기의 흐름에 이상은 없었다. 적어도 차에 독이 들어 있는 것 같아 보이지는 않는다.

"어디가 불편하시오?"

"아니에요."

단목영의 대답에 진원명은 고개를 갸웃거렸다.

단목영은 느린 동작으로 다시 찻잔을 들어 올려 홀짝이기 시작했다.

"그들에 대해 조사한 내용이었어요. 그리고 그들 중 네 명의 그림이에요."

차를 마시는 단목영의 화난 것도 기쁜 것도 아닌 애매한 표정에 집중하느라 진원명은 단목영의 말을 순간 놓치고 말았다.

"방금 뭐라고 하였소?"

"그들에 대한 내용이라고요. 또 그들 중 네 명의 그림이고 요."

진원명은 깨달았다. 이것도 역시 아까 전 자신이 했던 질문에 대한 대답이었다.

"해서파의 형제들이 조사한 내용과 방금 전 모작을 부탁했던 그림을 말하는 것이오? 음, 그렇다면 전 소저가 말하는 그들이라 하면?"

단목영은 고개를 끄덕였다.

"네, 바로 상근명의 장원을 습격했던 자들이지요."

"좀 더 자세하게 설명해 주시오."

진원명이 긴장한 표정으로 물었다. 단목영은 차를 다시 한 모금 마시더니 한숨을 내쉬고는 입을 열었다.

"그들은 한 달 전 상근명의 장원 남서쪽에 있는 작은 폐가에서 며칠을 머물다가 상근명의 장원을 습격했어요. 그러고 난 뒤 다시 폐가에 모여 있다가 다음날 날이 밝자마자 사방으로 흩어져 도망쳤지요. 흔적이나 정황으로 보아 사십여 명이 모두 각각 다른 방향을 향한 듯 보였다고 해요. 해서파 형제들은 악주의 주민들에게 수소문을 해 먼발치에서나마 그들의 얼굴을 보았다는 사람들을 통해 그들 중 몇몇의 인상착의를 알 수 있었어요. 그중 뚜렷한 인상착의를 가진 몇 명을 골라 추격했지만 추적이 쉽지는 않았다고 해요."

"그래서 어떻게 되었소?"

"모두 네 명의 흔적을 추적했는데 결과는 모두 실패였어요. 사건이 벌어진 뒤로 거의 이 주 가까이 시간이 흐른 뒤에 시작한 추격이니 아무리 이 근방이 해서파의 영역이라 하여도 어쩔 수가 없었죠."

그렇다면 방금 말한 해서파에서 그들에 대해 조사했다는 내용은 무엇인가? 진원명이 의아함에 고개를 갸웃거릴 때, 단목영의 말이 계속 이어졌다.

"하지만 그 네 명 중 가장 마지막까지 행적을 추적했던 자의 행보가 조금 독특했어요."

"독특하다니요?"

"그자는 육로로 강서로 내려가 다시 서쪽으로 방향을 잡고 호남의 장사에 다다라 다시 북으로 향하는 배를 탔다고 해요."

넓게 원을 그리는 듯한 이동 경로이다. 진원명이 고개를 끄덕였다.

"확실히 독특하구려."

"처음에 우리는 그들이 단순히 추격자를 따돌리기 위해 그런 길을 택해 이동한 것이라 생각했었어요. 하지만 얼마 뒤 최근 현상금을 얻기 위해 악주를 찾은 무인 세력들을 조사하던 해서파의 형제들로부터 어떤 보고를 받은 뒤 그 생각이 변하게 되었죠."

"무슨 보고였소?"

"최근 악주로 들어온 자들 중 우리가 쫓던 자들 네 명 중 세 명과 비슷한 인상착의를 가진 인물이 있었다는 보고였어요."

진원명이 고개를 갸웃거린다.

"그 말은?"

"우리 해서파에서는 그들이 사방으로 흩어져 도망간 것이 단순한 눈속임이고 어떤 이유를 가지고 다시 이곳으로 돌아온 것이 아닌가 하는 의심을 하고 있어요."

단목영이 그렇게 말하고는 다시 찻잔을 들어 입으로 가져갔다.

이른 아침의 찻집은 한산했다.

주변은 조용했고 낮게 단목영의 찻잔이 달그락거리는 소리만이 들려오고 있었다.

진원명은 잠시 생각에 잠겨 있다가 입을 열었다.

"그렇다면 해서파에서는 그 세 명이 있는 곳을 알고 있소?"

단목영은 고개를 저었다.

"세 명의 종적은 놓치고 말았어요. 그래서 더 수상한 것이죠. 아까 제가 모작을 부탁한 그림이 바로 해서파에서 쫓았던 네 사람의 특징을 그린 그림이에요."

진원명이 흠, 하고 고개를 저으며 말했다.

"하지만 사십여 명의 인원이 모두 악주에 다시 되돌아왔다면 눈에 띄지 않을 리가 없을 텐데……."

"지금같이 현상금을 노린 각지의 무인들이 악주로 모여드는 상황에서는 그들 역시 사십여 명 모두 한곳에 몰려다니지 않는 이상 쉽게 눈에 띄지는 않을 것이에요. 그리고 그들 역시 생각이 있다면 사십 명 모두가 되돌아왔으리라 생각하기도 어렵고요."

이곳에는 이미 황금 오백 냥을 노리는 수많은 무인들이 모여 있다고 하지 않았던가.

진원명은 아민에 대한 염려에 눈살을 찌푸리며 말했다.

"하지만 그들이 위험을 감수하면서까지 다시 이곳에 되돌아와야 할 이유가 무엇이겠소?"

"그것은 저도 모르겠어요. 애초에 그들이 왜 상근명의 장원을 습격했는지조차 우리 문파에서는 모르고 있는걸요. 하지만 몇 가지 추측하고 있는 내용은 있어요."

"추측이라, 그게 무엇이오?"

"그들이 위험을 감수하고 굳이 이곳으로 돌아와야 했다면 그 이유가 무엇일까요?"

단목영은 오히려 질문을 던졌다. 진원명은 잠시 고민하다 대답했다.

"이곳에서 반드시 해야 할 일이 있어서가 아니겠소?"

단목영은 차를 한 모금 마시고는 말을 이었다.

"맞아요. 해서파 역시 그렇게 생각했어요. 그렇다면 그들이 반드시 이곳에서 해야 할 일은 무엇일까요?"

진원명 역시 차를 들어 목을 축이며 생각해 보았다.

"잘 모르겠소. 추측한 것이 있다면 가르쳐 주시오."

"그저 추측일 뿐이니 깊게 생각하지 말고 들으세요. 황금 오백 냥이라는 금액은 단순한 현상금이라고 하기에는 지나치게 큰 금액이에요. 명문정파라 칭하며 세속의 일에 무관심한 무당파의 도사들마저 관심을 갖게 될 정도로 말이죠. 그들의 도주가 아무리 용의주도했다 하여도 사람의 일이란 어딘가 빈틈이 있기 마련이고, 이처럼 많은 사람들이 그들의 뒤를 캔다면 그들의 정체가 우연찮게 밝혀지게 된다 하여도 이상한 일은 아니겠죠."

진원명은 눈살을 찌푸렸다. 설마 그 말은……

"그러니 그들이 자신들에게 내려진 현상금을 없애기 위해 돌아온 것이라고 생각한다면 그 아귀가 자연스럽게 맞아들지 않나요?"

"하지만 어떻게 현상금을 없앤다는 것이오?"

"황금 오백 냥은 명목상 강남 세력들이 공통으로 내건 현상금이라고 하지만 정확히는 상근명 다음으로 강남의 유명한 가문이었던 유원협이 상근명의 재산 일부를 처분해 만든 금액이에요. 아마 저들은 유원협의 가문을 칠 계획일 것이라 생각되어지는군요."

단목영의 어조는 평소보다 더 냉정하게 느껴졌다.

아니, 냉정한 것은 어조가 아닌 단목영이 말하는 내용일 것이다.

진원명은 고개를 저으며 입을 열었다.

"…하지만 이곳에는 그들을 노리는 사람이 많지 않소? 너무 무모하오."

"과연 그럴까요? 일단 그들이 유원협의 장원을 상근명의 장원과 같이 초토화시킨다면 황금 오백 냥이라는 현상금은 당장 사라진 것이나 마찬가지가 되죠. 그렇다면 지금 악주에 모여 있는 무인들 대부분은 그들을 무리해서 쫓으려 들지 않을 거예요. 성공만 하게 된다면 상황을 훨씬 좋게 만들 수도 있는 일이지요."

"유원협의 가문을 친다고 해도 다른 강남의 가문이 현상금을 걸 수도 있지 않소?"

"상근명과 유원협은 강남 세력의 구심점이라 할 수 있었지요. 그들이 둘 다 무너지게 된다면 강남의 남은 세력들이 지금과 같이 쉽게 뭉치지는 못할 것이에요. 오히려 저는 강남의 세력들이 그 결과로 분열할 가능성이 높다고 보고 있어요. 그들이 유원협을 친다고 가정한다면 문제는 오히려 다른 곳에 있죠."

진원명은 잠시 생각하더니 대답했다.

"혹시 동창을 말하는 것이오?"

"맞아요. 동창은 애초 황금을 노리고 온 것이 아니죠. 유원협의 가문이 무너진다 해도 동창만은 그들을 쫓을 것이에요.

그리고 동창의 추격술이 대단함은 이미 잘 알려져 있는 사실이지요."

진원명의 머릿속이 더욱 혼란스러워진다.

"그런 위험을 감수하고서라도 그들이 유원협을 칠 것이라 생각하시오?"

"말씀드렸다시피 이것은 단순한 해서파의 추측일 뿐이에요. 하지만 어떤 상황을 더 가정한다면 저들이 유원협을 치는 것이 반드시 위험하다고 볼 수 없을지도 모르지요."

"그 상황은 무엇이오?"

"상근명의 장원을 습격한 자들이 동창과 한패인 경우예요. 동창과 한패라면 그들이 유원협을 무너뜨리게 된다면 악주에는 더 이상 그들을 위협할 세력이 없어지는 것이나 마찬가지이지요. 동창이 최근에 마을을 찾은 시기와 그들이 돌아왔다고 여겨지는 시기도 얼추 맞아떨어지니 해서파에서는 이 추측에 가장 힘을 싣고 조사하고 있어요."

적어도 진원명은 상근명을 습격한 자들이 동창과 무관하다는 사실을 안다.

해서파가 엉뚱한 자들을 조사하는 데 주력하는 것을 진원명은 좋아해야 할지 말려야 할지 알 수 없었다. 진원명이 한숨을 내쉬며 말했다.

"흉수가 정말 동창이라면 해서파는 동창의 뒤를 캐려 드는 꼴이니 황금 오백 냥 대신 멸문의 화를 겪게 될 것이오."

단목영이 가볍게 고개를 끄덕인다.

"흉수가 정말 동창이라 한다면 확실히 위험하긴 하겠지요. 하지만 그만큼 조심스럽게 조사를 하고 있어요. 단지 동창이 흉수라는 사실을 알게 된다면 현상금을 구하려 하기보다는 되도록 조심히 몸을 빼는 편이 좋겠지요."

진원명은 눈살을 찌푸린 채 생각에 잠겨 있었다.

단목영은 그런 진원명을 지그시 바라보며 말을 이었다.

"하지만 만약 그들이 동창이 아니고 그들이 어떤 이유에서건 악주로 되돌아온 것이 사실이라고 한다면, 해서파가 이미 그들의 행보를 알아차려 버렸으니 그들은 진정 피할 수 없는 사지로 되돌아온 셈이 되겠지요."

단목영의 말에 왠지 목이 타는 느낌을 받았기에 진원명은 찻잔을 들어 식어버린 차를 한 번에 들이켰다.

*   *   *

사흘이 지났다.

그동안 진원명과 단목영은 악주 근방을 돌며 모작한 그림과 닮은 사람을 찾았다.

사흘 동안 해서파에서는 두 번의 보고가 더 있었다. 악주에 드나드는 무인들에 대한 보고와 악주에 들어와 있는 것으로 보이는 세 명의 행적을 조사한 내용에 대한 보고였는데 그 보고에 따르면 해서파의 움직임은 생각보다 기민하고 치밀해 보였다.

진원명은 조바심을 느꼈다. 아민이 이곳에 돌아와 있는 것이 사실이라면 아민은 조만간 큰 위기를 맞게 될 것이기 때문이다.

아민에게 위험을 알릴 수 있는 방법이 없으니 지금 상황에서 진원명이 할 수 있는 최선은 해서파의 문도들보다 자신이 더 앞서서 아민의 일행을 찾아 그들이 처한 위험을 알려주는 방법뿐이었다.

그렇기에 사흘 뒤 악주 서쪽 나루터에서, 그 그림의 사내를 본 적이 있다는 사내를 만났을 때 진원명은 희색을 띠며 물었다.

"그들이 머무는 곳을 알려줄 수 있소?"

진원명이 동전 몇 개를 품으로 찔러주자 사내는 씩 웃으며 고개를 끄덕였다.

사내의 안내를 따라 반 시진을 걸어 이동한 곳은 악주 서쪽에 위치한 한 허름한 저택이었다.

진원명은 그곳까지 걸어오며 내심 후회하고 있었다. 억지를 부려서라도 단목영과 따로 떨어져 그들을 찾았어야 했다.

단목영은 결코 자신과 떨어지려 하지 않았다. 이곳을 향하는 길에서도 진원명은 계속 단목영에게 위험할지도 모르니 먼저 돌아가 객점에서 기다리기를 권했으나 단목영은 말을 듣지 않았다.

진원명이 가볍게 한숨을 쉬며 말했다.

"그렇다면 전 소저는 저쪽 골목 어귀에서 기다려 주시오. 내가 들어간 뒤 혹시나 안의 분위기가 심상치 않으면 사람을 불러주시오."

단목영은 조금 못마땅한 기색이었지만 어쩔 수 없다는 듯 고개를 끄덕이며 골목 끝으로 걸어갔다.

"수고해 주셔서 감사하오."

진원명이 이곳을 안내한 사내에게 다시 한 줌의 동전을 꺼내 쥐어주었다.

"천만의 말씀입니다."

사내는 고개를 꾸벅 숙이고는 돌아갔다.

진원명은 저택의 문 앞에 서서 단목영과 사내가 멀어질 때까지 잠시 기다린 뒤 문을 두드렸다.

"누구시오?"

잠시 후 문이 열리고 한 사내가 고개를 내밀었다. 진원명이 들고 있던 그림을 내보였다.

"실례하겠습니다. 이 그림의 사내를 찾고 있습니다. 이곳 저택에 머물고 있다는 말을 들었습니다만."

사내가 그림을 슥 훑어보더니 '따라오시오' 라고 말하고 문안으로 들어가 버린다.

진원명은 눈살을 찌푸리며 사내를 따라갔다. 뭔가 자신이 생각했던 반응과는 거리가 멀었기 때문이다.

진원명은 그림을 보여주며 이자들이 진정 아민과 함께 상근명의 장원을 습격했던 자들인지, 아니면 우연히 그들과 닮은 엉뚱한 자들인지를 상대방의 반응을 통해 파악하려 했다. 하지만 저들이 너무나도 아무렇지 않은 듯한 모습이다 보니 오히려 상대방의 의중을 짐작하기 어려웠다.

정원을 가로질러 가며 고민하던 진원명은 앞서 가던 사내에게 질문했다.

"아민 역시 이곳 악주에 머물고 있는 것입니까?"

상대방을 떠보기 위한 질문이다.

사내가 잠시 걸음을 멈추고 진원명을 돌아보았다. 잠시 진원명의 모습을 슥 훑어보던 사내가 말했다.

"당신은 진가장의 둘째 공자겠구려."

"나를 아시오?"

"아민 소저를 통해 들어본 적이 있소. 미리 알게 되어서 다행이오."

사내는 피식 웃더니 그렇게 말하고는 다시 걸어가 버린다.

아민에 대한 사내의 대답은 듣지 못했지만 적어도 저들이 아민의 일행인 것은 분명한 것처럼 보였다.

"내 정확하게는 아민에게 할 말이 있어 이곳을 찾아왔소이다."

진원명이 뒤이어 그렇게 말했다. 사내는 별다른 대꾸 없이 걸음을 옮겼다.

진원명은 안심하고 있었다. 해서파나 다른 무리들이 아민을 노리기 전에 자신이 먼저 아민을 찾게 된 것은 행운이 아닐 수 없다.

아민에게 해서파나 다른 세력들의 움직임을 알려주게 된다면 아민 역시 쉽게 그들에게 당하지는 않을 것이다.

사내는 정원을 지나 눈앞에 보이는 건물의 내실로 들어갔다. 진원명이 사내를 따라 건물로 들어서는 순간 문이 닫히며 진원명의 좌측에서 뭔가 미세한 소리가 들려왔다.

슈욱.

진원명의 신형이 자연스럽게 우측으로 숙여진다. 밖에서 보이는 것과 다르게 건물 내부는 마치 창고와 같은 느낌으로 빛이 들어오지 않는 구조였다. 때문에 문이 닫히는 순간 내실 안은 앞이 잘 보이지 않을 정도로 극히 어두워졌다.

그 어둠 속에서 날아온 무언가가 진원명의 숙인 몸 바로 위를 지나쳐 가는 것이 느껴진다.

그리고 숙여진 진원명의 우측에서 다시 미세한 소리가 들려왔다.

슈욱, 슈욱.

진원명은 가볍게 몸을 틀며 칼을 뽑아 날아드는 무언가를 쳐내며 몸을 앞으로 굴렀다.

"뭐 하는 짓들이오?"

채앵, 채앵.

어둠 속에서 날아든 물체는 묵직한 금속으로 만들어진 암기인 듯했다.

암기가 계속해서 진원명이 피하는 경로를 통해 날아들었다.

채앵, 채앵.

암기를 쳐내는 손목이 욱신거리는 것이 느껴진다. 창졸지간에 검을 뽑아 막아내기는 했으나 검에 제대로 마공을 끌어올리지는 못했다.

다시 한 번 몸을 앞으로 굴려 암기를 피하며 진원명은 검에 좀 더 마공을 끌어올리려 했다.

그 순간 진원명의 몸 바로 앞 어둠 속에서 한 자루의 검이 튀어나왔다.

촤악.

옆구리를 화끈한 열기가 통과하는 것이 느껴진다.

몸을 앞으로 굴리던 찰나에 예측하지 못한 곳에서 튀어나온 공격이다 보니 제대로 피할 수가 없었다. 어둠을 이용해 자신의 기척을 완전히 지우고 기다린 것으로 보아 자객의 수법을 수련한 자들이 분명하다.

채앵, 채앵.

옆구리의 상처에 신경을 쓸 겨를도 없이 튀어나온 적의 공격이 계속해 이어진다.

진원명은 두 번의 공격을 흘린 뒤 적의 우측으로 파고들었다. 적의 좌측으로부터 날아드는 암기의 소음을 들었기 때문이다.

진원명을 대신해 암기의 공격을 받게 된 적이 당황한 듯 진원명을 피해 뒤로 물러선다.

진원명은 적의 물러섬을 용납하지 않고 적의 품으로 더 깊이 파고들었다.

파고드는 진원명을 향해 적이 재빠르게 검을 내려친다. 적의 움직임이 보이지는 않았지만 적으로부터 느껴지는 기척을 놓치지 않고 있었기에 진원명은 들고 있던 검으로 가볍게 그 공격을 흘리며 적의 등 뒤로 돌아가 적의 목에 칼을 들이대었다.

"더 이상 공격한다면 내 이자를……."

진원명의 말은 길게 이어지지 않았다. 등 뒤에서 느껴진 살기 때문이다.

진원명이 재빨리 옆으로 몸을 피하는 순간 진원명이 이제껏 붙잡고 있던 적의 가슴을 뒤에서 날아든 칼이 관통했다.

푸욱.

"끄윽."

진원명이 잡고 있던 적이 바닥으로 쓰러진다.

자신이 피하지 않았다면 아마 저 칼에 자신과 자신이 붙잡고 있던 적이 함께 꿰뚫렸을 것이다.

슈욱, 슈욱.

"빌어먹을."

진원명은 낮게 중얼거리며 다시 날아드는 암기로부터 몸을 피했다.

이 정도로 시간이 지났다면 어둠에 눈이 적응될 법도 하지만 주변은 여전히 아무것도 보이지 않았고 방 안에 있을 다른 적들의 위치는 확인하기 어려웠다.

잠시 후 암기가 날아드는 것이 그쳤다.

움직임을 멈추고 어둠 속을 노려보던 진원명은 이내 가벼운 어지러움을 느꼈다.

비틀대며 우측으로 몇 걸음을 이동하자 벽이 느껴진다. 진원명은 벽에 바짝 붙어서 어둠 속으로 칼을 겨눴다.

잠시 호흡을 고르면서 진원명은 옆구리에서 느껴지는 감각이 둔하다는 것에 인상을 찡그렸다.

자신의 몸 상태가 심상치 않았다. 아무래도 아까 자신이 당했던 무기에 독이 묻어 있었던 듯했다.

"허어, 이제야 독이 퍼지는 모양이군. 이자는 도대체 누군가? 정말 대단한 무공을 가지고 있구먼. 겨우 한 명을 상대하면서 장 셋째를 잃게 되다니 정말 뜻밖이네."

왼편 어둠 속에서 걸걸한 남자의 목소리가 들려온다.

"이자는 진가장주의 둘째 아들인 듯합니다."

진원명의 정면 어둠 속에서 대답한 것은 아까 저택의 대문에서 자신을 맞이했던 사내의 목소리였다. 걸걸한 목소리의 남자가 다시 말했다.

"진가장 둘째의 무공이 대단하다는 소리는 들었지만 소문보다 더 대단하지 않은가? 장 셋째가 손도 써보지 못하고 이처럼 순식간에 제압당해 버릴 줄은 몰랐네."

진원명에게 붙잡혔던 자가 바로 장 셋째라는 인물인 듯했다.

자신의 동료를 그들 스스로 해쳤는데도 그들의 대화에서는 그 사실에 대한 별다른 죄책감이 느껴지지 않았다. 진원명은 이미 알고 있었지만 그동안 의식하려 들지는 않았던 사실을 새삼 깨달았다.

아민과 그의 동료들은, 한 장원을 남김없이 몰살시켜 버릴 정도로 비정하고 흉악한 악인들이다.

"하, 무공이 대단하면 뭐 하나, 그 무공을 제대로 펼쳐 보지도 못한 채 죽게 생겼으니. 게다가 이처럼 자기가 죽을 장소로 직접 찾아와 우리의 수고를 덜어주니 우리로서는 고마워해야 할 일이 아니겠는가?"

오른편의 어둠 속에서 조금 날카로운 사내의 목소리가 들려왔다.

목소리를 통해 세 사람의 위치를 대충 짐작할 수 있었지만 진원명은 함부로 덤벼들지 못했다.

독이 퍼지는 듯 몸에 힘이 빠져나가고 있는 데다 이곳에 세 사람 이외의 인물이 숨어 있지 않으리라는 확신이 없었다.

"첫날부터 생각 이상의 수확이군요. 내 이자와 이자의 형을 살려두는 것이 예전부터 영 마음에 들지 않았습니다. 이 기회에 처치해 버린다면 후환을 더는 일이 되겠지요."

대문에서 자신을 맞이했던 사내가 말한다.

아민이 그날 그렇게 떠났다고 해서, 그리고 자신이 아민에게 호감을 가지고 있다고 해서, 아민의 세력도 역시 자신에게 호감을 가지고 있는 것은 아니다.

진원명은 역시 그동안 이러한 사실들을 알고 있으면서도 의식하려 들지 않았었다.

진원명은 여전히 보이지 않는 눈으로 주변을 경계하며 내공을 통해 몸에 퍼져 버린 독을 한곳에 모으려 하고 있었다. 하지만 진원명의 본신 내공으로는 이미 몸에 퍼져 버린 독을 다스리기가 쉽지 않았다.

진원명이 시간을 좀 더 끌고자 적들에게 말을 걸었다.

"당신들은 상근명의 장원을 멸문시키고 모두 이곳을 떠났다고 들었소. 그런데 도대체 무엇 때문에 이곳에 되돌아온 것이오? 당신들의 목에 현상금이 걸려 있다는 사실을 모르고 있는 것이오?"

날카로운 목소리의 사내가 비웃는 듯한 어조로 대답한다.

"아직 대답할 기운이 남아 있나 보군. 우리가 무엇 때문에 돌아왔건 너와는 상관없는 일이지."

"해서파가 당신들의 뒤를 쫓고 있었다는 것을 알고 있소? 그들은 이미 당신들이 악주로 되돌아왔다는 사실을 눈치 채었소. 그리고 당신들이 유원협의 장원을 습격할지도 모른다고 하더이다. 난 당신들에게 이런 사실을 알려주고 경고해 주기 위해 당신들을 찾았소."

진원명의 말은 사실이다.

하지만 진원명은 적들이 자신의 말을 믿어주리라고는 생각하지 않았다.

"며칠 전부터 우리 중 몇몇의 얼굴을 그린 그림을 들고 우리의 행적을 찾는 자가 있다는 사실은 이미 알고 있었지. 덕분에 우리는 얼마 동안 바깥출입조차 제대로 하기 어려웠었는데 그게 우리에게 조심하라는 경고를 해주기 위해서였다라… 하핫, 그 말을 믿으라는 말인가?"

걸걸한 목소리의 사내가 비웃듯 말한다. 진원명이 그 목소리가 들려오는 방향을 바라보며 말했다.

"난 원래 아민을 만나기 위해 이곳에 왔소. 아민을 찾던 도중 그녀가 위험에 처할지도 모른다는 사실을 알고 그녀에게 도움을 주려 했던 것이오."

"네가 왜 아민 소저를 찾는다는 것이지?"

대문에서 자신을 맞았던 사내가 질문한다. 진원명은 그 대답에 대해 잠시 고민했다.

"나는, 그저 그녀에게 물어볼 말이 있었소."

진원명은 잠시 후 고개를 저으며 그렇게 대답했다. 그리고 진원명이 대답한 뒤 건물 바깥쪽에서 누군가의 목소리가 들려온다.

"이보시오. 안쪽 상황이 도대체 어떻게 된 것이오? 끝난 것이오? 아니면 도리어 당하기라도 한 것이오?"

왠지 익숙한 목소리라 생각하고 있을 때 걸걸한 목소리의 남자가 말했다.

"문 넷째가 돌아왔구먼. 저자는 이제 몸을 움직이기 어려울 것이니 문을 열도록 하게."

진원명의 정면에서 문이 열리고 빛이 들어오기 시작한다.

시야가 조금 흐릿한 것이 독이 퍼지기 때문이 아닌가 생각되었다. 방금 전 어둠 속에 눈이 적응하지 못한 것도 독이 퍼졌기 때문이리라.

한 사내가 문밖에 서 있다가 들어와서는 한 사람을 땅바닥에 내려놓았다. 몸이 전혀 움직이지 않는 것을 보니 혈도가 제압당한 것이 아닌가 생각된다.

"저자와 함께 움직이던 계집을 잡아왔소. 다행히 멀리 가지 않고 골목에 서서 기다렸기에 쉽게 잡을 수 있었소. 내가 저자들을 이곳으로 끌고 왔다는 사실을 아는 자가 없으니 굳이 은신처를 옮길 필요는 없을 듯하오."

그렇게 말하는 사내의 얼굴이 익숙해 보인다.

열린 문을 통해 들어오는 빛에 흐려진 시력이 조금 돌아오자 진원명은 새로 들어온 문 넷째라는 사내가 방금 전 나루터에서부터 이곳까지 자신과 단목영을 안내했던 사내라는 것을 알 수 있었다.

"어라, 이자가 아직 쓰러지지 않고 있었구려. 위험한 것이 아니오?"

문 넷째가 벽에 등을 기대고 있는 진원명을 바라보며 놀란 목소리로 말한다.

"장 셋째의 칼에 맞았으니 이미 독이 온몸에 퍼져 있을 것이네. 아쉽게 장 셋째가 죽기는 했지만 저자 역시 목숨이 그리 길지는 못하겠지."

걸걸한 목소리의 사내가 말한다.

조금 밝아진 주변을 둘러보자 세 명의 적들이 각각 자신의 왼쪽 정면 오른쪽에 한 명씩 서 있는 모습이 보인다.

진원명은 이런 식의 독에 의한 공격에 대처하는 것에 익숙했다.

저 사내는 지금 이미 진원명이 진기를 통해 독이 몸속에 더 이상 퍼지는 것을 막았다는 사실을 모른다. 이제 몸속에 퍼져 있는 독을 한곳에 몰아넣기만 한다면 저들을 모두 제압할 만큼의 여유를 얻게 될 것이다.

방금 들어온 사내가 고개를 저으며 말한다.

"장 셋째가 죽다니 이거 참 좋지 않은 소식이구려. 하지만 내가 대신 좋은 소식을 하나 가져왔다오."

"좋은 소식? 그게 무엇인가?"

우측에 서 있던 날카로운 목소리의 사내가 묻자 방금 들어온 사내가 씩 웃으며 대답한다.

"지금은 어두워서 잘 보이지 않지만 내가 잡아온 이 계집의 미모가 정말 대단하다오."

우측에 있던 사내가 걸어가 땅바닥에 쓰러져 있던 사람을 들어 올려 빛이 들어오는 방향으로 향했다.

드러난 얼굴의 주인공은 바로 단목영이었다. 단목영은 제법 매서운 눈으로 자신을 들어 올린 사내를 노려보고 있다.

단목영을 들어 올린 사내가 껄껄 웃는다.

"이거 문 넷째가 정말 큰 공을 세웠구먼."

"하하핫, 그러니 모두 오늘 밤 이 계집의 가장 처음 순번은 나에게 양보해 주는 것을 잊지 마시오."

왼쪽에 있던 껄껄한 목소리의 사내가 다가와 단목영을 살펴보더니 말한다.

"이거 정말 뜻밖의 수확이로군. 굳이 밤까지 기다릴 필요가 있겠나. 그냥 지금 해치워 버리도록 하세."

"이거 만 대형이 제법 급했나 보오. 하지만 일단 저기 서 있는 저 녀석부터 처리를 해야 할 것이 아니오?"

적들의 시선이 진원명을 향한다. 진원명은 난감함을 느꼈다.

내공이 부족하니 생각만큼 빠르게 독이 모이지 않고 있었다.

"이미 다 죽어가는 녀석이니 크게 염려할 것 없네. 문 넷째는 계집을 데리고 가 먼저 일을 치르시게. 그동안 우리는 이 녀석을 처리하도록 하지."

걸걸한 목소리의 사내가 말했다. 문 넷째라는 사내가 피식 웃더니 말한다.

"알겠소. 솔직히 말해 만 대형 못지않게 나도 제법 급했다오."

문 넷째는 단목영을 짊어지더니 나가 버린다.

진원명은 마음이 급해졌다. 더 이상 머뭇거리다가는 단목영이 그들에게 욕을 보게 될지도 모른다. 최대한 빠르게 적들을 해치우고 단목영을 구한 뒤 독을 다스려야 할 것이다.

그렇게 생각한 진원명이 칼에 마공을 운용하기 시작했다.

우우웅.

마공에 의해 검이 진동하는 소리가 울려 퍼지기 시작한다.

진원명은 수공을 통해 마공의 진동에서 어느 정도 손을 보호할 수 있게 된 뒤로 나뭇가지 대신 연검을 구해 사용하고 있었다.

"어디서 나는 소리지?"

날카로운 목소리의 사내는 어디선가 들려오는 이상한 진동음에 고개를 갸웃거리다가 뒤를 돌아보았다.

광 끝 쪽 벽 앞에서 서서히 몸을 일으켜 세우고 있는 진원명의 모습이 보이고 있었다.

"아직 움직일 수 있는 것인가?"

날카로운 목소리의 사내가 눈살을 찌푸리며 그렇게 중얼거렸을 때, 몸을 일으킨 진원명이 빠르지 않은 걸음걸이로 사내를 향해 걸어오기 시작했다.

사내가 진원명에게서 뭔가 심상치 않은 느낌을 받고는 몇 걸음 물러서 무기를 고쳐 쥐었다.

"만 대형, 강 일곱째, 보고 있소? 저자가 아직 움직이고 있소."

사내가 그렇게 말했으나 대답이 없다.

사내가 재빠르게 뒤를 돌아보니 문 앞에서 자신의 동료 두 명이 무슨 이유에서인지 다투고 있는 듯한 모습이 보인다.

"두 사람 도대체 지금 뭐 하고 있는 것이오? 그리고 만 대형, 저자가 독에 당한 것이 맞긴 맞는 것이오?"

사내는 화난 어조로 그렇게 말하고는 다시 앞을 돌아보았다.

그사이 진원명은 제법 가까운 곳까지 다가와 있었다. 느린 걸음걸이로 보아 독이 발작하기 직전의 마지막 발악임이 분명하다.

사내는 그렇게 생각하며 가볍게 입술을 깨물었다. 그리고 가슴속에 피어오르는 이유 모를 불안감을 무시하며 진원명을 향해 칼을 휘둘러 갔다.

사내의 시야에 진원명이 검을 가볍게 앞으로 내미는 모습이 보였다.

그런 느린 동작으로는 거북이조차 잡기 어려울 것이다.

사내는 가볍게 비웃으며 자신이 가졌던 불안감을 떨쳐 버렸다.

그리고 잠시 후 사내가 비웃었던 그 모습은, 사내의 망막에 새겨진 마지막 영상이 되었다.

타락(墮落) 5

"방금 뭐라 했는가?"

걸걸한 목소리의 사내, 이번 임무에서 그가 속한 조(組)의 장(長)을 맡은, 그리고 조원(組員)들에게 만 대형이라는 호칭으로 불리는 만금호는 뒤를 돌아보며 그렇게 물었다.

"저 여인을 죽여야 한다고 했습니다."

대답한 자는 만금호의 조의 막내이자 저택의 대문에서 진원명을 맞이했던 차분한 목소리의 사내, 그리고 조원들에게 강 일곱째라는 호칭으로 불리는 강진상이었다.

강진상은 지금의 상황이 마음에 들지 않았다.

그러한 강진상의 불만스러운 감정이 그의 대답하는 어조

에서 느껴졌기에 만금호는 눈살을 찌푸리며 말했다.

"강 일곱째가 재촉하지 않아도 죽일 것이니 걱정하지 않아도 되네."

강진상은 얼굴을 일그러뜨렸다.

자신이 말하고자 하는 의미는 그것이 아니었기 때문이다.

"내 말은 저 여인을 지금 죽여야 한다는 의미입니다."

만금호가 몸을 돌려 정면으로 강진상을 바라본다.

"자네의 말은 이해하기 어렵군. 지금 저 여인을 죽여야 하는 이유가 무엇인가?"

"그녀를 이런 식으로 겁탈하고 농락하는 것이 옳지 않기 때문입니다!"

강진상의 언성이 조금 높아진다.

만금호는 눈살을 찌푸리며 낮은 음성으로 말했다.

"그녀를 죽이는 것은 되지만 그녀를 농락하는 것은 안 된다는 말인가?"

"그녀는 우리의 임무를 방해할 수 있는 잠재적인 적이고 그런 그녀를 죽여야 하는 것은 우리가 부여받은 임무입니다. 하지만 그녀를 겁탈하는 것은 우리의 임무와 무관한 일입니다. 임무와 무관하게 남에게 해를 끼치는 것을 저는 용납할 수 없습니다. 그녀를 지금 죽여야 합니다."

강진상의 표정은 진지했다. 만금호는 그런 강진상의 얼굴을 잠시 바라보다 피식 웃었다.

"허허, 우리 조에 성인군자가 나셨군. 그래, 내가 거부한다면 어쩔 텐가?"

강진상이 가볍게 이를 갈며 대답한다.

"내가 직접 그녀를 죽이겠습니다."

"이거, 아무래도 내 이제껏 자네란 사람을 잘못 알고 있었던 것 같구먼. 허허허."

만금호가 가볍게 웃으며 고개를 젓다가 다시 강진상을 바라보았다.

그 얼굴에 웃음기는 남아 있지 않았다.

"하지만 자네가 잊고 있는 것이 있네. 임무 중이라 서로의 호칭에 관등을 붙이지는 않지만 난 여전히 자네의 상관이라는 것이지. 그럼 내가 자네에게 명령하겠네. 이제부터 자네의 임무는 저 여인을 겁탈하고 농락하는 것일세. 어떤가? 이제 더 이상 자네가 혼란스러워할 필요는 없어 보이는데."

강진상은 순간 말이 막혔다.

만금호의 말은 말이 되지 않는다. 하지만 만금호의 말이 말도 되지 않는 이유가 무엇이었지?

"명령에 불복하는 것인가?"

"…나는 그럴 수 없습니다. 나는 강호의 삼류건달이 아닙니다. 나는, 나는 충용위사(忠勇衛士)입니다!"

만금호의 물음에 강진상이 반사적으로 외쳤다.

외치고 난 뒤 깨달았다. 자신이 말한 바로 그것이 이유다.

"무의미한 이름이군. 자네뿐만이 아닌 우리 역시 마찬가지로 충용위사이지. 하지만 나는 우리와 강호의 삼류건달들과의 차이가 무엇인지 모르겠군. 아마 나뿐 아닌 다른 조원들도 같은 생각일 것 같은데? 지금 자네를 제외한 다른 조원들 중 지금의 결정에 불만을 가진 자가 있던가?"

"그, 그건……."

강진상은 즉각 대답하지 못했다.

한 달 전의 자신이라면 만금호의 이런 발언에 즉각 반박했을 것이다. 하지만 지금의 자신은 만금호의 말을 확실하게 부정하기 어려웠다.

한 달 전 상근명의 장원을 습격했던 그 사건을 경계로 만금호를 비롯한 많은 동료들은 미묘하게 이전과 무언가가 변해 버렸다. 자신 역시 마찬가지이다.

그날 이후 자신의 마음속에는 어떤 풀리지 않는 응어리가 하나 생겨났다.

그것은 의심이다. 자신의 행동이, 자신이 믿어왔던 이상이 과연 옳은 것인가에 대한 의심.

만약 그날 상근명의 장원에서 누군가 그들에게 저항의 의지를 보였다면, 그들 중 어느 하나라도 적들의 반격에 다치거나 살해되었다면 그런 의심을 갖지는 않았을지도 모른다. 하지만 그들은 너무나도 무력하게 무너지고 살해되었다.

"어차피 명령이라면 무엇이든 할 수 있는 것이 우리가 아닌가? 그러니 내가 지시하고 허락한 행위에 더 이상 의문을 갖지 말게. 자네의 역할은 지시를 이해하는 것이 아니라 그저 따르는 것일 뿐이라네."

"하지만……."

강진상은 반박하려 했지만, 그 말을 망설였다.

만금호의 말은 틀리지 않다.

그날 자신들은 싸울 의지가 없는 자들을, 상대방의 자비를 구걸하던 자들을 남녀노소를 불문하고 모두 살해했다.

그들의 눈에는 과연 우리가 어떻게 보여졌을지. 자신들이 가진 대의가 아무리 대단하다 하여도 이런 학살이 용납되는 것인지는 당시의 자신들에게 어떤 고려 대상도 아니었다.

지금의 그들이 잘못되었다면 그때 이미 잘못되기 시작했던 것이리라. 그리고 앞으로도 자신들은 명령이 있다면 그보다 더한 만행도 서슴없이 행할 것이다.

"…하지만 그래도 옳지 않은 것은 옳지 않은 것입니다."

강진상이 쥐어짜듯 말을 이었다.

하지만 그렇다 하여도 이렇게 스스로 망가져 버려서는 안 된다.

지금껏 자신들이 힘겨운 수행과 고련을 이겨낸 이유가 무엇이었던가? 자신의 행위가 옳지 않다고 해서 그 옳지 않음을 긍정하는 것은 스스로 타락하는 것이다.

이런 식으로 조직이 타락해 버린다면 자신들이 지금껏 치

러온 희생과 타인에게 강제해 온 희생들은 모두 의미를 잃고
만다.

　그것은 강진상이 결코 견뎌낼 수 없는 결과이다.

　"두 사람 도대체 지금 뭐 하고 있는 것이오? 그리고 만 대
형, 저자가 독에 당한 것이 맞긴 맞는 것이오?"

　그때, 갑자기 뒤에서 누군가의 화난 듯한 목소리가 들려왔
다. 허 여섯째의 목소리이다.

　강진상은 돌아보지 않았다. 만금호의 말에 대한 반박이 우
선이라 생각했기 때문이다.

　하지만 허 여섯째를 향해 돌아간 만금호의 얼굴이 경악으
로 바뀌자 뒤를 돌아보지 않을 수 없었다.

　돌아보는 강진상의 시야에 도저히 믿을 수 없는 모습이 보
이고 있었다.

＊　　　＊　　　＊

　툭.

　둔탁한 소음이 들려왔다. 바로 날카로운 목소리의 사내, 허
여섯째의 목이 땅에 떨어지는 소리이다.

　허 여섯째는 빠르게 달려들었고, 진원명은 느리게 걸어와
검을 단지 허 여섯째의 목을 향해 들어 올렸다.

　허 여섯째의 검은 빗나가고 진원명의 검은 명중했다. 허 여

섯째는 마치 스스로 검을 향해 뛰어든 것처럼 보였다.

진원명은 허 여섯째를 베는 순간 어떤 의심이 머릿속에 떠오르는 것을 느꼈으나 곧바로 잊어버렸다.

아직 적이 남아 있었다.

*   *   *

"물러나라!"

강진상은 뒤에서 들려온 외침에 문득 정신을 차렸다. 자신을 향해 다가오는 진원명의 모습이 보인다.

그 모습에서 오싹한 느낌을 받았기에 강진상은 반사적으로 칼을 앞으로 내밀었다.

진원명이 마주 검을 들어 올렸다.

느리다.

강진상은 그렇게 느꼈다.

이 정도 움직임이라면 분명 자신의 검이 먼저 적의 가슴을 꿰뚫을 것이다.

"물러서래도!"

쫘악.

왼쪽 어깻죽지의 옷자락이 진원명의 칼에 꿰뚫리는 소리였다.

강진상은 뒤로 넘어져 땅바닥에 나뒹굴었다. 강진상이 잠시 충격에 멍해졌던 정신을 추스르자 눈앞에 진원명과 대치한 만금호의 모습이 보인다.

방금 만금호는 강진상의 목깃을 잡고 뒤로 던져 버렸다. 그리고 그 행동이 바로 자신의 생명을 구했음을 알고 있는 강진상은 그 사실에 불만을 갖지 않았다.

진원명의 움직임은 느려 보였고, 만금호는 진원명보다 배는 빨라 보이는 움직임으로 적의 공격을 피해 도망 다니고 있었다.

하지만 만금호는 진원명의 검을 피하지는 못하고 있었다.

촤악.

만금호의 옆구리에서 선혈이 터져 나온다.

강진상은 그 모습을 보고 비로소 처음 진원명의 공격을 보았을 때 느꼈던 오싹한 느낌의 정체를 깨달았다.

쓰러진 만금호를 향하는 진원명의 모습이 보였다.

강진상은 외마디 고함을 지르며 진원명에게 달려들었다.

"멈춰라!"

"바보자식, 도망쳐라!"

만금호의 외침이 들려온다.

진원명의 시선이 강진상을 향하고 이어 검이 뻗어온다.

강진상은 재빠르게 몸을 옆으로 굴렸다.

채앵!

촤악!

암기를 날리며 몸을 피했지만 왼팔에 화끈한 통증이 느껴진다.

그나마 남아 있는 암기를 적절하게 던져서 적의 검의 궤도를 바꾸게 하지 않았다면 바로 목숨을 잃었을 것이다.

진원명의 공격은 느린 것이 아니라 군더더기가 없는 것이다. 공세와 수세가 구분되지 않고, 검의 경로가 시작된 이상 공세에 멈춤이란 존재하지 않는다.

이런 수법을 사용하는, 이런 경지에 접어들어 있는 인물을 강진상은 두 명 알고 있었다.

그중 한 명의 이름은 바로 아민이었다.

강진상이 벌어준 잠시의 틈을 빌어 만금호가 몸을 추스르고 일어났다.

진원명을 강진상과 만금호가 앞뒤로 포위한 형국이지만 강진상은 상황을 낙관하기 어려웠다. 이 상황에 자신이 취할 방법은 하나밖에 없어 보인다.

강진상이 어떤 생각을 떠올리고 입술을 깨물었을 때 곁에서 만금호의 목소리가 들려온다.

"내가 시간을 벌겠다. 너는 문 넷째와 함께 이곳을 빠져나가라. 여인을 인질로 붙잡을 생각은 절대 하지 말고 곧장 도망쳐라."

"뭐, 뭐라고요?"

만금호의 말에 강진상은 당혹감을 감추지 못했다.

그 방법이 자신이 떠올렸던 생각의 정반대였기 때문이다.

뒤이어 만금호가 진원명을 향해 달려들었을 때, 강진상은 반사적으로 진원명의 뒤편에서 만금호와 협공을 취했다.

"이런 망할 녀석! 오늘따라 왜 이렇게 반항인 것이냐?"

만금호가 호통을 터뜨리고 진원명의 검이 앞뒤로 춤을 춘다.

채챙, 채챙.

검과 검이 맞부딪치는 불꽃이 또한 진원명의 앞뒤로 춤을 춘다.

"말이 되지 않기 때문입니다. 내가 막을 동안 만 대형이 도망가는 것이 옳습니다!"

"이건 명령이다. 말했다시피 네가 옳고 그름을 판단할 일이 아니란 말이다! 이런 급박한 상황에서의 반항은 공멸을 의미한다는 것을 모르느냐!"

세 사람의 신형이 다시 어울렸다 떨어질 때 기다렸다는 듯 두 사람의 언쟁이 이어진다.

두 사람을 바라보는 진원명의 눈살이 찌푸려지고 문득 강진상은 의아함을 느꼈다.

왜 적의 공격이 이어지지 않는 것인가?

강진상의 생각을 기다렸다는 듯 진원명의 검이 곧바로 강진상을 향해 찔러온다.

강진상이 검을 들어 막아갈 때 만금호가 외마디 호통 소리
와 함께 역시 진원명의 뒤를 찔러갔다.

"빌어먹을, 그러기에 도망가라 했지 않느냐!"

채챙, 채챙.

다시 세 사람의 신형이 벌어진다.

강진상은 공격이 이어지지 않는 이유를 깨달았다.

저자의 검술은 아민과 다르다. 대단히 흡사하긴 하지만 아
직 흉내 내는 수준에 불과했다. 앞뒤의 공격을 막아가는 궤적
이 매끄럽지 못하기에 두 사람의 공격을 막는 정도에서 흐름
이 끊어져 버리는 것이다.

이길 수 있을지도 모른다.

눈살을 더욱 찌푸리는 진원명의 표정을 바라보며 강진상
은 한가닥 희망을 가졌다.

그리고 그 희망은 피어나기 무섭게 사라졌다.

째앵!

강진상의 무기가 부러져 나가는 소리였다.

쩌엉!

만금호와 진원명의 무기가 맞부딪치는 소리였다.

푸욱!

그리고 만금호의 가슴에 진원명의 검이 틀어박히는 소리
였다.

실력을 숨겼던 것인가?

반신이 마비된 느낌을 받으며 뒤로 물러서던 강진상은 문득 진원명의 검에 가슴을 꿰뚫린 채 자신을 바라보는 만금호의 눈길을 보았다.

그리고 그 눈길이 의미하는 바를 알 수 있었기에 강진상은 이번엔 더 이상 머뭇거리지 않고 뒤돌아 달리기 시작했다.

그리고 강진상이 도망가기 시작하는 순간 만금호는 자신의 몸을 관통한 진원명의 팔을 붙잡았다.

"문 넷째! 도망치시오!"

강진상은 전력을 다해 달리며 그렇게 외쳤다.

문 넷째가 있는 곳이 지하라면 들리지 않을지도 모르지만 지금의 상황에서 그곳까지 찾아가 위험을 알려줄 여유가 없다.

만금호는 아마 목숨을 건지기 어려울 것이다.

방금 이어진 진원명의 공세는 전과 달랐다.

정확하게는 검에 실려 있는 힘이 차이가 났다. 진원명을 공격하는 강진상의 검이 부러지는 순간 만금호는 진원명의 뒤를 쳤다.

진원명의 공세가 시작되는 순간 강진상은 만금호와 함께 덤비더라도 진원명의 실력을 감당할 수 없음을 깨달았다. 그리고 그 공세에 검을 잃은 직후 이 공세가 누군가를 베기 전에는 결코 멈춰지지 않을 것임을 또한 깨달았다.

아마 만금호 역시 깨달았을 것이다. 하지만 만금호는 진원명의 뒤를 쳤다.

결국 진원명의 공세는 만금호에게로 이어져 자신 대신 만금호를 벤 뒤 멈추었다.

어차피 이렇게 될 일이었다면 처음부터 만금호의 지시에 따르는 것이 옳았을 것이다. 자신의 도주가 실패한다면 그들의 임무 전체적으로 큰 타격이 있을지 모른다.

그리고 만약 문 넷째가 지하에 있어 자신의 말을 듣지 못했다면 문 넷째 역시 적의 손에 목숨을 잃을 가능성이 높다.

이 모든 게 자신의 책임이라 할 수 있을 것이다. 강진상은 때늦은 후회감에 이를 악물었다.

순식간에 정원을 가로질러 담장에 이른다. 그리고 강진상이 담장을 뛰어넘을 찰나 뒤쪽에서 알 수 없는 꽹음이 들려왔다.

우우우우웅.

뒤를 돌아볼 틈도 없이 강진상의 오른쪽 어깨를 알 수 없는 힘이 강타했다.

퍼엉.

강진상은 담장을 넘지 못하고 담장 위에 쓰러졌다. 말도 안 되는 위력의 공격이었다.

빗맞은 공격에 어깨가 박살난 데다 내상마저 입은 듯했다.

고통이 심해 순간 정신을 잃을 듯했지만 강진상은 의식을 놓지 않았다. 저택 저편에 진원명의 다리를 붙잡고 늘어지는 만금호의 모습이 보이고 있었기 때문이다.

방금 전의 공격이 정통으로 명중하지 않은 것은 지금 보이는 만금호의 도움 탓일 것이다.

강진상은 그 모습을 바라보며 문득 어떤 의심을 떠올렸다.

강진상은 몸을 일으켜 억지로 담장 아래로 뛰어내렸다.

털썩!

"크윽!"

팔에서 시작한 고통이 온몸을 타고 흘렀지만 강진상은 이를 악물고 달리기 시작했다.

고통을 잊기 위해 방금 전 떠올렸던 의심을 머릿속에 되새겼다.

강진상은 지금까지 만금호가 보였던 행위의 의도에 대한 의심을 가졌다.

방금 전 장 셋째가 붙잡혔을 때 가차없이 칼을 던지고, 여인이 잡혀왔을 때 가장 먼저 나서서 그녀를 겁탈할 것을 지시한 이유는 혹시 다른 조원들이 만금호에게 죄를 전가시킬 여지를 주기 위함은 아니었을까?

강진상은 자신의 생각이 비약이라 여기려 했다.

하지만 마지막 순간 만금호는 왜 스스로 몸을 던져 자신에게 살길을 열어준 것인가?

임무를 위함이라 한다면 자신이 희생하고 만금호가 살아나가는 것이 더 나은 판단이었을 것이다. 하지만 만금호는 그렇게 하지 않았다.

턱.

돌부리에 걸려 몸이 휘청거렸다.

멀쩡한 왼손으로 담벼락을 붙잡고 간신히 몸을 지탱해 낸다. 고개를 돌려 뒤를 살폈지만 진원명이 쫓아오는 기색은 보이지 않았다.

아마 잡혀온 여인을 찾아야 하기 때문일 것이다. 하지만 강진상은 다시 뛰기 시작했다. 두 사람의 목숨을 담보로 삼아 살아 나온 몸이다. 그 값어치는 해야 할 것이 아닌가?

얼마를 달렸을까?

주변에 죽을 듯한 몰골로 달려가는 강진상을 의아한 시선으로 바라보는 행인들의 모습이 보이기 시작한다.

주변 행인들이 무어라 말을 건네는 듯했지만 그 목소리가 잘 들리지 않는다. 적어도 주변에 사람이 많다면 조금은 안심이다.

심장이 뛰는 소리가 마치 터져 버릴 것처럼 요란했다. 강진상은 달리기를 멈추고 걷기 시작했다.

비틀거리며 걷던 강진상은 다시 만금호를 떠올렸다.

만금호는 죽었을 것이다.

그가 죽었다면 이제 자신이 품었던 만금호의 의도에 대한 의심은 그 해답을 구할 방법이 없어졌다.

그리고 답이 없다면 고민할 필요도 없다. 방금 전 생겨난 의심뿐 아니라 얼마 전부터 강진상의 머릿속을 계속 어지럽혀 왔던 의심에 대해서도, 강진상은 그것이 바로 해답이라는 것을 깨달았다.

그리고 강진상은 어떤 확신이 마음속에 자리 잡는 것을 느꼈다. 자신뿐 아니라 다른 동료들 역시 나름대로 그들이 처한 상황에 대한 해답을 찾을 것이라는 확신이다.

그것이 자신과 다른 해답이라 할지라도, 그 의미와 목표는 자신과 다름이 없으리라.

결국 그들은 자신들 스스로 죄인이 되고 삼류건달이 되는 결과를 얻더라도 지금껏 바라봐 온 이상과 자신의 임무를 저버리지는 못할 것이다.

그리고 지금 자신에게 내려진 임무는 지금 자신의 조가 처한 상황을 다른 아군들에게 알리는 것이다.

*   *   *

진원명은 자신의 다리를 내려다보았다.

그곳에는 저들 사이에서 만 대형이라 불리던 사내가 쓰러져 있었다. 가슴이 들썩이는 모습이 아직 죽지 않은 듯했지만 오래 버티기는 어려울 것으로 보였다.

"잡혀온 여인은 어디에 있나?"

대답은 없었다.

진원명은 대답을 기다리지 않고 집 안을 뒤지기 시작했다.

생각보다 저들을 제압하는 데 많은 시간을 허비했다. 이런 곳에서 이런 생각지 못한 심득을 얻게 될 줄 몰랐던 탓이다.

예전 아민의 검술을 보고 생각했던 이치가 얼마 전 무당과 도사의 검무를 보며 자신도 모르게 머릿속에 정리가 되어 있었던 것이 분명하다.

진원명은 방금 검을 펼치는 순간 주변을 잃고 자신이 깨달은 이치에 몰두해 들어갔었다. 그래도 빨리 정신을 차리고 적들을 제압하긴 했지만 진원명은 단목영의 몸을 걱정하지 않을 수 없었다.

잠시 후 진원명은 다시 만 대형에게 돌아왔다.

집 안 구석구석을 모두 뒤졌지만 단목영의 어떤 흔적도 발견하지 못했기 때문이다.

"잡혀온 여인은 어디에 있나?"

아까 전과 동일한 내용이지만 그 말에 실린 긴박감이 달랐다.

하지만 아까 전과 달리 만 대형은 대답을 하지 않는 것이 아니라 대답을 할 수 없는 몸 상태인 것으로 보였다.

진원명은 낮게 '빌어먹을'이라고 중얼거리며 다시 집 안을 돌아다니기 시작했다.

방금 자신에게 덤벼들었던 두 명 중 한 명을 제외하고는 저택을 빠져나간 자는 없어 보였다. 하지만 도망친 자의 외침을 들었다면 몸을 숨겼거나 혹시 있을 비밀 통로를 이용해 도망쳤을지도 모른다.

진원명은 이번에는 좀 더 꼼꼼히 저택을 뒤지기 시작했다. 그리고 얼마 후 후원에서 지하로 통하는 입구를 발견했다. 미세하게 바위를 움직인 자국이 남아 있어 다행이지 그렇지 않았다면 결코 찾지 못했을 교묘한 위치였다.

진원명은 서둘러 통로로 내려갔다.

이미 꽤 많은 시간이 지났기에 진원명의 마음은 바싹 타 들어가고 있었다.

통로는 제법 깊게 뚫려 있었고 그 맨 아래까지 내려가자 철로 된 문이 보였다. 철문으로 다가가자 문 위로 작은 창이 나 있는 모습이 보였는데 그 창을 통해 침상에 드러누워 있는 단목영과 그녀 앞에 뭔가 고민하는 듯한 모습으로 서 있는 문넷째라 불렸던 사내가 보였다.

끼익.

진원명은 검에 마공을 운용하며 문을 열었다. 사내가 뒤를 돌아본다.

"네가 왜 여기에?"

사내가 놀라는 순간 진원명은 사내에게 뛰어들었다.

사내는 생각보다 침착했다.

당황하지 않고 곧바로 곁에 있던 의자를 진원명에게 차며 단목영에게 손을 뻗는 것으로 보아 알 수 있었다.

하지만 진원명은 그 침착함이 통할 상대가 아니다.

퍼엉.

사내가 뻗어낸 손이 박살나 흩어졌다.

"으아아악!"

사내가 비명을 지르며 땅바닥을 뒹군다.

피에 젖은 살점이 이리저리 날리는 모습이 참혹하다.

진기의 방출을 이토록 가까운 거리에서 정통으로 얻어맞았으니 팔 하나로 끝난 것이 오히려 다행인지도 모른다.

진원명은 단목영에게 다가갔다.

단목영은 옷이 풀어헤쳐져 속살이 비쳐 보이고 있었지만 얼핏 보기에 아직 별다른 봉변을 당하지는 않은 듯 보였다.

진원명은 단목영의 옷을 여미고 혈도를 풀어주었다.

"괜찮으시오?"

단목영은 대답하지 않았다.

단목영의 안색은 창백했고 표정은 왠지 무표정해 보인다. 아마도 충격이 상당했으리라 생각되었다.

진원명은 안쓰러운 표정으로 단목영을 바라보다가 이내 문 넷째를 향해 시선을 돌렸다.

"너를 제외한 다른 자들은 어디에 있는 것이냐?"

문 넷째의 얼굴은 시체와도 같았다. 출혈보다도 자신의 팔이 박살난 모습을 본 충격이 오히려 더 치명적이었을 것이다.

문 넷째는 진원명을 노려보며 말했다.

"네가 이곳에 온 것은 나머지 세 명은 네 손에 목숨을 잃었다는 의미겠구나."

진원명은 고개를 저었다.

"아니, 한 명은 도망쳤다."

"후훗, 다행이군."

순간 문 넷째의 얼굴에 화색이 돌아오는 것을 본 진원명이 눈살을 찌푸렸다.

"뭐가 다행이라는 것이지?"

문 넷째는 고개를 저었다.

"너에게 더 할 말은 없다. 죽여라."

진원명은 화난 표정으로 말했다.

"난 너에게 들을 말이 있다. 너의 대답 여하에 따라 너의 생명을 구해줄 수도 있다."

문 넷째는 비웃는 표정으로 고개를 돌려 버린다.

그때 곁에서 단목영이 몸을 일으켜 다가오는 기척이 느껴진다.

이제 좀 기분이 나아진 것인가? 진원명이 고개를 돌렸을 때 단목영의 손에 들려 있는 작은 비수가 보인다.

그리고 진원명이 말릴 틈도 없이 단목영은 들고 있던 비수로 문 넷째의 목을 그어버렸다.

촤악.

피가 뿜어지고, 문 넷째의 몸이 허물어진다.

"전 소저! 지금 뭐 하는 짓……."

진원명은 분노하여 외치려 했지만 말을 끝까지 잇지 못했다.

단목영은 조용히 울고 있었다. 그리고 진원명은 그 울음 때문이 아니라 울고 있는 단목영의 표정을 보았기 때문에 말을 멈추었다.

단목영이 고개를 돌려 진원명을 바라보았다.

아무런 감정도, 생기도 느껴지지 않는 그 표정은 진원명의 기억 속에 남아 있는 표정이다.

'설공현을 죽이고자 합니다.'

귓속에 단목영의 목소리가 들려오는 듯했다.

오래전 단목영을 처음 보았을 때 단목영이 바로 저런 표정을 하고 있었다.

해가 저물기 시작했다.

서쪽 호수는 석양을 받아 붉게 물들었고, 거리를 지나가는 행인들의 발걸음이 빨라진다.

진원명은 문득 오른쪽 뒤를 돌아보았다. 그곳에는 단목영이 주변 행상들을 돌아보며 걷고 있었다.

이후 진원명이 독을 다스리고 저택을 떠나 이곳까지 돌아오는 동안 단목영은 어떠한 말도 하지 않았다.

다행인 것은 그녀의 표정에 아까와는 다르게 조금은 생기와 감정이 느껴지기 시작했다는 것이었다.

진원명의 시선을 느낀 듯 단목영의 시선이 진원명을 향한다.

진원명이 찔끔해서 시선을 살짝 피했지만 단목영은 별 반응 없이 다시 주변으로 시선을 돌렸다.

평소처럼 진원명을 향해 눈을 부라리거나 화를 내는 정도의 반응으로 돌아오기에는 좀 더 시간이 걸릴 것처럼 보인다.

진원명은 한숨을 내쉬며 다시 정면을 바라보며 발걸음을 옮겼다.

"당신에게 감사해요."

진원명은 주변 풍경을 바라보며 얼마간 걸음을 옮기다가 비로소 방금 들려온 목소리가 단목영이 자신에게 한 말이라는 것을 깨달았다.

"신경 쓰지 않아도 되오. 오히려 내 일 때문에 당신마저 험한 일을 당할 뻔했으니 내가 더 미안하오."

진원명은 돌아보며 그렇게 말했다.

이후로 객점에 돌아와 식사를 하고 잠자리에 들 때까지 두 사람 사이에는 더 이상 별다른 대화가 오가지 않았다. 하지만 이런 관계가 둘 사이에서는 오히려 평범한 것이라 할 수 있다.

제법 힘든 하루였다.

침상에 누워 눈을 감기 전 진원명은 전생에서 보았던 그녀의 불행한 마지막을 떠올렸다.

그리고 아민과 조금 다른 의미로 진원명은 이번 생에서는 그녀의 앞날이 지난 생과 달리 행복해지기를 마음 깊이 바랐다.

용쟁(龍爭) 1

달이 밝은 밤이었고, 넓은 호수였다.

포양호나 동정호와 별반 차이가 없었지만 진원명은 그곳이 소주(蘇州)의 태호(太湖)라는 사실을 알 수 있었다.

호수에 떠 있는 작은 뗏목이 보이고 있다.

별다른 등불도 없이 호수 한가운데에 떠 있는 뗏목 위에는 건강해 보이는 한 사내와 그 사내의 팔을 베개 삼아 베고 있는 아홉 살 정도 되어 보이는 작은 소녀가 나란히 누워 있었다.

사내의 왼손에는 부채가 들려 있는데 그 부채는 소녀에게 날아드는 벌레들을 쫓기 위해 사용되는 것 같았다.

그들은 부녀지간이었다.

그리고 지금의 모습과 제법 차이가 있었지만 사내의 팔을 베고 누워 있는 소녀가 다름 아닌 단목영이라는 사실을 진원명은 알 수 있었다.

마치 오래전부터 알고 있었던 것처럼 그들의 정체에 대해 진원명이 의문을 느끼는 순간 자연스럽게 그 사실이 진원명의 머릿속에 떠올랐다.

진원명은 이것이 꿈이라 여겼다. 매우 기묘한 꿈이었다.

지금 진원명의 눈에 보이는 모습들이 모두 자연스럽게 머릿속에서 설명되고 있다는 것이 그랬고 진원명의 시야가 마치 그들을 내려다보고 있는 듯한 위치라는 것이 그랬다.

하늘을 날지 않는 이상 이런 구도에서 지금의 장면을 바라볼 수는 없을 것이다.

소녀, 단목영은 누운 채 고개를 돌려 사내를 바라보았다. 뒤이어 단목영의 목소리가 들려왔다.

"영이는 아버지가 좋아요."

사내는 기분 좋게 웃었다.

"나도 영이를 좋아한단다."

단목영이 고개를 살짝 기울이며 물었다.

"정말 아버지는 영이가 좋은 것이에요?"

"하하하, 물론이지."

사내가 크게 웃는다. 단목영이 고개를 저으며 말했다.

"영이는 아버지의 말을 못 믿겠어요."

"이런, 왜 내 말을 못 믿는다는 것이냐?"

사내가 부드러운 미소를 지으며 단목영을 내려다본다.

단목영은 고개를 돌리고는 잠시 말없이 달을 바라보았다. 입을 살짝 내민 모습이 뭔가 불만이 있는 것처럼 보였다.

잠시 후 단목영은 포옥 한숨을 내쉬더니 다시 사내를 바라보며 말했다.

"그럼 떠나지 말고 영이와 함께 살아요."

순간 사내의 웃음이 살짝 굳는 것이 보였다.

"…내가 왜 너를 떠난다는 것이냐?"

"어머니는 아버지가 얼마 후에 다시 우리를 떠날 것이라 말했어요. 아무 말도 없이 떠나서 다시는 돌아오지 않을 것이라고요."

사내의 표정이 어두워졌다.

진원명은 사내의 안타까운 심정을 느낄 수 있었다.

아니, 지금 진원명의 머릿속에는 마치 사내의 마음을 읽는 것처럼 사내의 생각이 그대로 흘러들어 오고 있었다.

사내는 단목영이 사실을 알았다는 것에 당혹스러워하고 있었다.

사내는 사내의 아내, 유소매가 자신이 떠날 것이라는 사실을 눈치 챘을지도 모른다는 생각은 하고 있었지만, 그 사실을 단목영에게까지 알려줬으리라는 생각은 하지 못하고 있었다.

유소매는 단목영을 통해 아마 사내가 떠나는 것을 막으려 했음이 분명했다.

"어머니의 말이 사실이 아닌 건가요?"

단목영은 조심스레 고개를 돌려 사내를 바라보며 물었다.

사내는 대답하지 못했다. 지금 자신을 바라보는 단목영의 눈을 바라보며 사내는 도저히 유소매의 말이 사실이라는 말을 단목영에게 전할 수 없었다.

그렇다고 만약 지금의 분위기에 이끌려 아니라고 말한다면 사내는 아마 정말로 떠나지 못하게 되어버릴 것이다.

호숫가에서 들려오는 개구리들의 울음소리만이 요란한 가운데 두 부녀(父女)는 잠시 말이 없었다.

단목영은 사내에게 대답을 재촉하지 않았다.

그 나이 또래의 소녀답지 않게 단목영은 체념에 익숙했다. 아마 단목영은 사내가 대답하지 않는 것을 통해 사내의 대답 역시 예상하고 있을 것이 분명했다.

사내는 이 년 전 어느 날을 떠올렸다. 바로 소주에 머물며 사공으로 생활하던 사내에게 유소매가 찾아왔던 날이다.

당시 유소매가 사내를 찾을 것은 사내 역시 어느 정도 예상하고 있었다.

하지만 유소매의 뒤에 몸을 숨긴 채 살짝 겁먹은 듯한 표정으로 자신을 바라보는 단목영의 모습은 사내가 예상하지 못한 것이었다.

"떠나지 않으면 안 되는 건가요?"

단목영의 목소리가 들려왔다. 사내는 단목영을 내려다보았다. 단목영은 물기 어린 눈으로 사내를 올려보고 있었다.

'꼭 떠나야만 하는 건가요?'

과거 저와 같은 눈을 하고 저와 같은 말을 하던 누군가의 모습이 떠오른다. 순간 마음이 흔들리는 것을 느끼며 사내는 손을 내밀어 단목영의 눈가에 어린 눈물을 닦아주었다.

유소매가 의도한 것은 아니었겠지만 단목영은 유소매의 어린 시절을 닮아 있었다.

과거 사내는 저런 눈으로 자신을 바라보던 유소매를 떠났었고 이후 다시 유소매를 만났을 때 유소매는 사내가 알던 예전의 모습과는 크게 달라져 있었다.

"내가 떠나지 않는다면 네 어미는 조만간 나를 미워하게 될 것이다. 난, 이 아비는 그렇게 되는 것을 견디지 못할 것 같구나."

사내는 단목영을 바라보며 말했다. 그것은 단목영이 아닌 자신에게 하는 변명이다.

"왜 어머니가 아버지를 미워하게 된다는 거죠?"

단목영이 묻는다. 사내는 잠시 고민하다가 대답했다.

"나에게 있어 네 어미는 결코 사랑해서는 안 되는 대상이었기 때문이란다."

"영이는 이해할 수 없어요."

단목영이 알 수 없다는 표정을 지어 보였다. 사내가 고개를 저으며 말했다.

"하지만 이 아비는 네 어미를 사랑하게 되어버렸다. 그런 그녀를 사랑하게 되어버렸으니 지금 내가 이런 고통을 겪게 되는 것이지. 내 그 고통을 예상하고 있었으니 후회는 하지 않으리라 생각했었다."

사내는 한숨을 내쉬었다.

"하지만 그 고통이 나 혼자로서 끝나는 것이 아니라는 것은 내가 미처 알지 못했구나. 내 목영이 너에게는 미안한 마음뿐이다."

그렇게 말하며 단목영의 머리를 쓰다듬는 사내의 표정은 너무도 고통스럽고 처연해 보여 동정심이 들 정도다.

진원명은 문득 사내의 모습이 왠지 눈에 익다는 것을 느꼈다.

어디서 보았던 인물이지?

사내의 정체에 의문을 갖는 순간 사내의 이름이 단백연이라는 사실이 머릿속에 떠올랐지만 그 이름은 진원명에게 무척이나 생소했다.

"아버지, 슬퍼하지 마세요. 영이는, 영이는 걱정하지 않으셔도 된답니다. 이 년 전까지만 해도 영이는 어머니와 둘이서만 살아왔는걸요."

단목영의 목소리가 들려왔다.

진원명은 다시 주의를 단목영에게 돌렸다. 단목영은 사내를 가볍게 껴안고 있었다.

단목영의 생각이 머릿속으로 흘러들어 온다.

단목영은 사내, 즉 자신의 아버지를 동경하고 있었다. 어린 소녀다운 감정이다.

단목영은 아버지의 자애로움을 동경하고, 아버지의 배려심을 동경하고 아버지의 자유분방함을 동경했다. 심지어 단목영은 아버지의 고통과 잘못된 사랑마저도 동경하고 있었다.

진원명은 그들을 바라보며 쓰게 웃었다.

이 두 사람이 앞으로의 생에 다시 만나기 어려울 것임을 진원명이 알 수 있었기 때문이다. 진원명은 그 부녀에게 동정심을 느끼고 있었다.

왜 이 두 사람은 헤어져야 하는 것인가? 왜 저 사내는 자신의 아내와 딸을 두고 떠나야 하는 것인가?

진원명은 의문을 가졌으나 그 의문에 대한 해답은 머리에 떠오르지 않았다.

달빛이 구름에 가려 주위가 어두워진다. 진원명은 가장 중요한 또 한 가지 의문을 떠올렸다.

자신은 왜 지금 이런 이상한 꿈을 꾸고 있는 것인가?

*　　　*　　　*

"이봐요, 내 말 듣고 있는 거예요?"

진원명은 흠칫 놀라 눈앞을 바라보았다.

단목영의 화난 표정이 눈앞에 있었다. 진원명은 주변을 둘러보았다.

그곳은 바로 지난번 그림을 모작했을 때 들렀던 찻집이었다. 오늘 아침 식사를 마친 뒤 단목영은 아무 말 없이 이곳으로 자신을 데려왔었다.

"아, 미안하오. 잠시……."

진원명은 그렇게 말하고는 잠시 말없이 인상을 찌푸렸다.

"잠시, 뭐죠?"

단목영이 재촉하자 진원명은 마지못해 대답했다.

"잠시, 졸았던 것 같소."

단목영이 어처구니없다는 표정으로 바라본다. 진원명은 머쓱해져서 고개를 돌렸다. 잠시 인상을 찌푸리고 있던 단목영이 한숨을 내쉰다.

"흠, 어제의 일 때문에 많이 피곤했던 모양이군요. 이렇게 일찍 불러내는 게 아니었는데 미안해요."

진원명은 고개를 살짝 들어 올렸다.

단목영의 반응이 진원명의 예상과 조금 거리가 있었기 때문이다.

핀잔을 기대했던 진원명은 단목영이 오히려 사과하자 고

개를 살짝 갸웃거리며 중얼거렸다.

"뭐, 조금 피곤한 것은 사실이지만."

그렇다 해도 이야기 도중에 졸 정도는 아니다. 그것도 꿈까지 꿀 정도로 확실히 잠이 들어버렸다면 변명의 여지가 없을 것이다.

진원명은 거기까지 생각하고는 문득 어떤 의문을 느꼈다.

"그러고 보니, 난 방금 무슨 꿈을 꾸었었지?"

"뭐라고 하셨나요?"

진원명의 중얼거림에 단목영이 의아한 표정으로 묻는다.

"아, 혼잣말이었소. 그보다 방금은 너무 긴장이 풀려 있었나 보오. 정말 미안하오. 하던 얘기를 계속해 주시오."

진원명은 황급히 말했다.

이런 이른 아침부터 이런 곳에 데려왔다면 뭔가 중요한 볼일이 있었기 때문일 것이다. 단목영이 자신 때문에 이처럼 애써주는데 자신이 졸아버렸으니 진원명은 진심으로 미안함을 느꼈다.

단목영이 조금 걱정스러워하는 듯한 눈으로 진원명을 바라보다 대답을 이었다. 그리고 진원명은 방금 전의 꿈에 대한 의문을 잊어버렸다.

"새로운 정보가 있었어요. 예전에 말했었죠? 상근명의 장원을 습격한 자들에게 현상금을 걸었다는 유원협에 대해서요. 그가 내일부터 며칠간 자신의 장원에서 연회를 열기로 했답니다."

"이런 시기에 연회란 말이오?"

진원명이 의아한 표정으로 묻는다.

"이런 시기이기 때문이죠. 유원협은 현상금을 노리고 모여든 무인들을 위한 연회를 여는 것이에요."

"흠, 그럼 더 이해할 수 없구려. 이런 연회를 통해 무인들이 오히려 연회에 정신이 팔려 습격한 자들을 찾는 데 소홀해지지 않겠소?"

진원명이 알 수 없다는 듯 눈살을 찌푸렸다.

"그것에는 유원협 나름대로의 이유가 있어요."

"어떤 이유요?"

단목영이 자신의 앞에 놓인 차를 한 모금 마시고는 대답했다.

"일단 해서파에서 일전에 얻은 정보들을 유원협에게 넘겼다는 것을 이야기해야 되겠군요. 바로 흉수들이 이곳 악주에 되돌아왔을지도 모른다는 정보를요. 그 보고를 들은 유원협은 신변에 큰 위협을 느꼈을 것이에요. 때문에 이번 연회를 열게 된 가장 큰 목적은 바로 악주에 모여 있는 무인들 모두에게 이 사실을 알리기 위함이겠지요."

"흠, 해서파가 유원협에게 그냥 정보를 넘겼다는 말이오?"

"정보를 그냥 넘긴 게 아니라 대가를 받고 팔아넘긴 것이에요. 확실치 않지만 아마 유원협은 이번 연회를 이용하여 다른 무인들을 통해서도 이처럼 정보를 사려는 시도를 할 것이라 생각돼요."

"음, 그 말이 사실이라면 그곳에서 새로운 정보를 얻을 가능성이 있겠구려."

"그런 셈이지요."

진원명은 잠시 차를 홀짝이다가 이어서 말했다.

"한데 그들이 정보를 수집한다면 그 이유가 무엇이겠소? 그들이 독자적으로 적들을 쫓을 생각을 하고 있는 것이오?"

"음, 몇 가지 추측한 바가 있지만 일단은 추측일 뿐이라 연회가 열리고 난 뒤에야 그들의 의도를 확실히 알 수 있을 것 같아요."

"연회가 내일이라고 했소?"

"네, 맞아요. 아마 제 생각이 맞다면 우리에게 꽤 도움이 될 것이라고 생각해요."

진원명이 고개를 살짝 끄덕이며 말했다.

"그 밖에 다른 정보는 없었소?"

"네, 그게 다였어요."

진원명은 잠시 생각에 잠겨 앞에 있는 차를 홀짝였다.

전처럼 애매한 시간이 아니다 보니 찻집은 손님들로 제법 북적이고 있었다. 일찍 오지 않았다면 지금처럼 창가의 좋은 자리를 잡기 어려웠을 것이다.

문득 어떤 생각을 떠올린 진원명이 단목영에게 물었다.

"아, 그러고 보니 볼일이 그것뿐이라면 왜 아침 일찍부터 이곳까지 날 데려온 것이오?"

단목영은 차를 한 모금 들이마시며 당연하다는 듯 말했다.

"그야 이곳의 차가 객점보다 맛이 좋으니까요."

＊　　　＊　　　＊

유원협의 장원은 상당히 넓었고 연회는 제법 큰 규모로 이루어졌다.

무인들뿐 아니라 근방의 일반인들도 많이 모여들었는데 외청에는 일반인들을 위한 먹을거리와 공연 등이 준비되어 있었다. 하지만 내청에 들어서는 것은 무인들만 허락되었다.

내청에 들어서기 위해서는 간단한 신분 확인을 거쳐야 했는데 신분이 증명되지 않은 무인들은 자신의 무공을 펼쳐 보여야만 내청으로 들어갈 수 있었다.

단목영의 신분이 확실했기에 진원명은 다른 절차 없이 곧바로 내청에 들어갈 수 있었다. 그리고 내청에 모여 있는 사람들을 본 진원명은 곧 자신의 생각없음을 후회했다.

"아앗, 진 동생!"

자신을 부르며 반갑게 달려오는 은비연의 모습을 보았기 때문이다.

용쟁(龍爭) 2

"역시, 역시 진 동생이 맞았구나. 멀리서 진 동생을 보고 설마했는데 정말 진 동생이 맞았어. 정말이지, 이런 곳에서 다시 보게 되다니……."

"으, 은 누님."

달려온 은비연은 진원명의 손을 붙잡은 채 가슴이 벅찬 듯 말을 잇지 못하고 있었다.

그런 은비연을 진원명은 난감한 표정으로 바라보았다.

그러고 보니 단목영은 분명 진원명에게 지금 이곳에는 근 방의 수많은 무인 세력들이 모여 있다고 했었다. 그리고 이곳 악주와 천강파는 빠른 말이라면 육로로 하루에 도달할 정도의 거리이다.

천강파에서 사람을 보내지 않는다는 게 오히려 이상한 일이 아닌가?

은비연은 진원명의 몸을 한동안 살펴보다가 물었다.

"이제, 몸은 괜찮아진 거야?"

진원명이 어색하게 웃어 보였다.

"아, 네, 이제 다 나았어요."

"정말, 정말 다행이야. 내가 진 동생을 얼마나 걱정했는지 진 동생은 아마 모를 거야."

은비연이 환하게 웃었다. 그 눈에 살짝 눈물이 어려 있는 모습이 보인다.

아마 은비연은 진심으로 진원명을 걱정했음이 분명하다.

자신의 장원 식구가 아닌 누군가에게 이와 같은 관심과 걱정을 받아본 적이 없었던 진원명이기에 그는 은비연의 이와 같은 모습에 내심 크게 감동했다.

"은 누님은 이곳에 혼자 오신 건가요?"

"응, 그렇지 않아도 이번 일이 끝나고 난 뒤에 진 동생을 찾아볼 생각이었는데 이런 곳에서 만나게 되다니 이거 정말 묘한 인연이지 않아? 내가 진 동생을 너무도 보고 싶어하니 하늘이 내 소원을 이루어준 것이 분명하다고. 후훗."

"저도 조만간 은 누님을 뵈러 천강파에 들르려고 생각하고 있었어요."

진원명이 빙긋 웃으며 말했다.

그리고 그 순간 진원명의 뒤편에 서 있던 단목영은 알 수 없는 감정에 휩싸여 두 사람을 바라보고 있었다.

진원명의 당황한 표정과 진 동생이라는 호칭에 의문을 가진 것은 잠시였다.

단목영이 진원명의 손을 붙잡고 눈시울을 붉히고 있는 은비연을 바라보며 이유 모를 감정에 휩싸였기 때문이다.

그것은 불쾌감이었다.

"이 여자는 누구죠?"

단목영이 말했다. 그리고 단목영은 자신이 의도하지 않았음에도 자신의 목소리가 무척 날카롭게 들린다는 것에 눈살을 찌푸렸다.

"아, 전 소저. 은 누님은, 그러니까……."

"이런, 정신이 없어서 일행이 있는 줄 몰랐네. 실례했어요. 저는 천강파의 삼대제자인 은비연이라고 해요."

단목영의 시야에 당황하는 진원명의 모습과 자신을 향해 포권을 취하며 빙긋 웃어 보이는 은비연의 모습이 보인다.

그녀는 자신보다 서너 살 정도 연상으로 보이는 상당히 아름다운 여인이었다.

그리고 진원명과 무척 친해 보이는…….

"하, 나와 저 사람은 일행이 아니니 내게 사과할 필요 없어요. 진 동생이라, 세상에 서로 이름도 제대로 알지 못하는 일행이 있을 수 있나요?"

단목영의 대답은 냉랭했다.

은비연이 조금 놀란 표정으로 단목영을 바라보고, 진원명이 당황하며 말했다.

"전 소저, 내 모두 설명해 드리겠소. 내 정체를 밝히지 않은 데에는 이유가 있다오."

"또 무슨 거짓말을 늘어놓으려는 것이죠? 하긴, 내가 당신에 대해 아는 것이라곤 이름뿐이었으니 이제 당신에 대해 아는 것이 아무것도 없는 셈이 되었군요. 어차피 서로 이용하려는 목적뿐이라면 이름이 무엇이건 무슨 상관이 있나요?"

"저기, 전 소저. 내 말 좀 들어보시오."

"필요없어요. 난 그냥 지금처럼 당신을 왕 공자라 부를 테니 내게 신경 쓰지 마세요."

진원명이 불렀으나 단목영은 얼음같이 차가운 눈빛으로 진원명에게 그렇게 말하고는 몸을 돌려 연회장 반대편으로 걸어가 버렸다.

"…저기, 내가 뭔가 잘못 나타난 것 같은데…… . 정말 미안해."

잠시 후, 멍하게 떠나가는 단목영의 뒷모습을 바라보고 있던 진원명에게 은비연이 말했다.

진원명이 돌아보자 어쩔 줄 몰라 하고 있는 은비연의 표정이 보인다.

"아니에요. 저 소저에게는 사정이 있어 제가 정체를 숨겼는데 사정을 이야기하면 아마 이해해 줄 거예요. 여기서 조금만 기다려 주세요."

진원명은 은비연에게 씩 웃어 보이고는 단목영을 쫓아가기 시작했다.

연회장은 넓었고 사람도 상당히 많았다. 진원명은 연회장을 한 바퀴 빙 돌고 나서야 단목영의 모습을 발견할 수 있었다.

은비연에게 별것 아닌 것처럼 말하기는 했지만 진원명은 조금 걱정이 되었다.

방금 보여준 단목영의 태도는 평소 자신을 대하면서 보였던 냉정한 모습과는 조금 느낌이 달랐기 때문이다. 잠시 멈춰서서 고민하던 진원명은 머릿속으로 할 말을 정리한 뒤 단목영을 향해 다가갔다.

"전 소저, 내 사정을 설명해 드릴 테니 잠시만 들어보시오."

단목영이 고개를 돌렸다. 단목영은 아까와는 다른 조금 당황한 듯한 표정을 짓고 있었다.

진원명은 그제야 단목영과 마주 보고 있던 어떤 여인이 있었음을 눈치 챘다. 아마 단목영은 그 여인과 대화를 나누고 있었던 듯했다.

그 여인이 고개를 돌렸다.

"전 소저?"

진원명이 놀라서 외쳤다.

단목영과 대화를 나누고 있던 여인은 단목영과 똑같은 얼굴을 하고 있었다.

*   *   *

진원명과 진원명이 은 누님이라 부른 여인을 뒤로하고 연회장 반대 방향으로 걸으며 단목영은 화를 내고 있었다.

얼마간을 걸었을까?

단목영이 화를 내는 대상은 처음에는 진원명이었다가 다시 은 누님이라는 여인이 되었다가 이내 자기 자신이 되었다.

지금 단목영은 방금 전 보였던 자신의 모습을 부끄러워하고 있었다.

진원명과 자신의 관계는 처음부터 계약에 의한 관계일 뿐이었다.

진원명이 설사 자신의 정체를 숨겼다 하여도 그 사실은 서로의 계약과는 아무런 상관이 없다. 진원명을 의심하거나 진원명의 실제 정체를 추궁할 수는 있더라도 자신이 이렇게까지 화를 낼 필요는 없는 일이다.

자신의 이런 모습이 진원명에게 어떻게 비춰질지를 생각해 보며 단목영은 한숨을 쉬었다.

아무리 좋게 생각하려 해봐도 자신의 이런 대응은 마치,

"어린애 투정이나 다를 바가 없지 않은가?"

단목영은 나직하게 중얼거렸다.

생각해 보면 자신은 진원명에게 자주 이런 식의 감정적인 대응을 해왔었다. 이것은 아마도 진원명이 자신의 마음에 들지 않기 때문일 것이다.

처음 만났을 때부터 자신의 목에 칼을 겨눴던 자다. 그런 자이기에 평소보다 감정적으로 대응하게 되는 것이리라.

"하아."

단목영은 다시 한 번 한숨을 내쉬었다.

애초에 그냥 어머니에게 서신을 보이는 편이 나았을까? 어머니라면 자신보다 냉정하게 대응하고 지금보다 훨씬 좋은 방향으로 상황을 이끌었을지도 모른다.

"하지만 어머니는 그곳을 찾는다면 오히려 아버지를 찾을 생각은 하지 않을지도 모르는 일이니……."

단목영이 중얼거리고 있을 때 뒤에서 누군가의 목소리가 들려온다.

"내가 무엇을 찾지 않는다는 말이냐?"

단목영이 깜짝 놀라 뒤를 돌아보자 화사한 미소의 여인이 자신을 바라보고 있는 모습이 보였다.

"어머니?"

단목영은 그렇게 말하고는 잠시 자신의 어머니, 유소매의

얼굴을 멍하게 바라보았다.

"무척 놀란 모양이로구나. 오랜만에 본 어미에게 인사도 하지 않는 것을 보면."

"어, 어떻게 어머니가 이곳에……."

"네가 이곳에서 머무른다는 말을 들었다. 걱정하고 있던 차에 마침 해서파에서 이곳에 볼일이 생겼으니 내가 청해서 오게 된 것이지. 한데 너야말로 왜 이곳에 있는 것이냐?"

유소매는 그렇게 말하며 고개를 살짝 틀어 단목영을 내려다보았다. 그 눈빛이 마치 단목영의 마음을 들여다보는 듯했기에 단목영은 그 눈을 마주치지 못하고 시선을 땅으로 돌렸다.

"전 소저, 내 사정을 설명해 드릴 테니 잠시만 들어보시오."

그때, 단목영의 뒤에서 단목영을 부르는 익숙한 목소리가 들려왔다.

고개를 돌리는 단목영의 표정에 당황이 더욱 짙어졌다. 돌아본 그곳에는 단목영을 바라보고 있는 진원명의 모습이 있었다.

*　　　*　　　*

"전 소저?"

진원명이 놀라고 있을 때 방금 진원명을 돌아본 여인이 가볍게 웃으며 말한다.

"목영이 네가 어떤 청년과 함께 있다는 말을 들었다. 그게 바로 저 청년인 모양이구나."

진원명은 그제야 깨달았다. 단목영과 마주 보고 있는 단목영을 닮은 저 여인이 바로 단목영의 어머니인 유소매라는 것을.

진원명은 잠시 멍하게 유소매의 모습을 바라보았다.

과거 유소매를 만났을 때 유소매는 이미 나이가 사십대 중반이 넘어 있었고 며칠 전 해서파에 잠입했을 때에는 날이 어두워 유소매의 얼굴을 이처럼 자세히 볼 수 없었다.

단목영의 지금 나이로 보아 유소매는 지금 못해도 삼십대 중반은 훨씬 넘어 있을 것이 분명했지만 그 나이대의 여인이라고 생각하기 어려울 정도의 아름다움을 아직 간직하고 있었다.

유소매는 잠시 눈을 가늘게 뜬 채 진원명을 바라보고 있다가 말했다.

"과연 제법 잘생긴 청년이로구나. 목영이 네가 마음을 준 것이 이해가 갈 것 같다."

"무, 무슨 말을 하는 거예요?"

단목영이 당황하며 말하자 유소매가 단목영을 돌아보며 말을 잇는다.

"네가 집을 나간 이유는 결국 이 청년 때문인 것이 아니냐? 이 청년을 도와 상근명의 장원을 습격한 흉수를 찾는다는 말을 전해 들었다. 그래서 네 아버지가 많이 걱정하고 있으시지."

"내가 집을 나선 이유는 그런 이유가 아니에요. 그리고 그는, 전 문주는 내 아버지가 아니에요."

단목영의 말에 유소매가 고개를 젓는다.

"네가 어떤 이유에서 집을 나섰건, 그리고 네가 네 아버지를 어떻게 생각하건 상관 않겠다. 하지만 너로 인해 네 아버지에게 누가 되는 것은 피해야 하지 않겠니?"

"…어머니는 전 문주를 걱정하는 것이 아니라 그가 나를 걱정함으로 인해 어머니마저 귀찮게 되는 것을 걱정하는 것이 아닌가요?"

단목영이 나직하게 말했다. 유소매가 피식 웃는다.

"집을 나서더니 많이 당돌해졌구나. 아니면 내가 화가 나서 그냥 돌아가기를 원하는 것인가?"

단목영이 입술을 질끈 깨물었다. 유소매의 추측이 정확했기 때문이다.

"뭐 어쨌든, 상관없겠지. 내가 널 찾은 것은 목영이 네게 이 말 한마디를 전달하고자 함이었으니."

"그 말이 뭐죠?"

단목영이 묻는다.

유소매는 단목영에게 다가가 단목영의 귓가에 대고 나직하게 속삭였다.

"네가 저 청년을 좋아하는 것은 상관없겠지만 결코 저 청년에게 네가 이용당하지는 말라는 것이다. 방금 전 네 말대로 그 때문에 내가 귀찮아지는 일이 없도록 말이지. 알겠느냐?"

그렇게 속삭인 유소매는 단목영에게 몸을 떼며 말했다.

"길게 설명하지 않아도 내가 한 말의 의미를 네가 이해했으리라 믿는다."

유소매는 빙긋 웃어 보이고는 이어서 고개를 돌려 진원명을 바라보았다.

"거기 공자, 처음 뵙겠어요. 난 목영이의 어미인 유소매라고 해요. 내가 공자의 이름과 사문을 물어도 폐가 아닐까요?"

진원명은 눈살을 찌푸렸다.

두 사람의 대화에서 뭔가 이상함을 느꼈기 때문이다. 게다가 두 모녀의 심상치 않아 보이는 분위기와 무관하게 너무도 화사한 유소매의 미소가 마음에 걸렸기 때문이다.

눈앞의 여인, 유소매에게서는 뭔지 모를 위험한 분위기가 느껴지는 듯했다.

진원명은 단목영을 슬쩍 쳐다보고는 대답했다.

"저는 왕정이라고 하는 무명소졸입니다. 사문은 없습니다."

"왕 공자였군요. 어미가 되어 딸을 제대로 가르치지 못해목영이가 왕 공자께 폐가 많습니다."

"저야말로 전 소저에게 많은 도움을 받고 있는 형편이니 당치 않은 말씀이십니다."

"왕 공자는 상근명의 장원을 습격했던 흉수들을 쫓고 계신 건가요?"

유소매의 질문에 진원명은 살짝 눈살을 찌푸렸다.

그녀는 왠지 자신에 대해 전혀 알지 못하는 느낌이었다.

"…그렇습니다. 혹시 전 소저에게 서신을 전해 받지 못하셨나요?"

진원명이 잠시 후 그렇게 대답하는 순간 유소매의 뒤편에 있는 단목영의 얼굴이 눈에 띄게 창백해지는 모습이 보였다.

유소매는 얼굴의 미소를 지우지 않은 채 고개를 갸웃거렸다.

"서신? 무슨 서신을 말하는 거죠?"

진원명은 유소매 뒤편에 고개를 숙이고 있는 단목영을 잠시 지그시 바라보다가 대답했다.

"아닙니다. 신경 쓰지 마십시오."

유소매는 잠시 의아한 표정을 짓다가 이내 말했다.

"그러고 보니 내 왕 공자에게도 충고하고 싶은 말이 있어요."

"말씀하십시오."

"너무 많은 욕심은 자신을 해치기도 한다는 것이에요. 왕

공자는 자신의 그릇을 정확히 아는 자가 현명한 자라는 말을
잊지 않았으면 좋겠어요."

잠시 유소매의 웃음을 마주 보던 진원명이 이내 고개를 끄
덕였다.

"그 말 명심하도록 하지요."

"그럼 난 이만 자리를 피하도록 하죠. 왕 공자, 목영이를
잘 부탁해요. 나는 당분간 이곳 악주에 머무를 것이니 목영이
는 혹시 어려운 일이 있거든 나를 찾아오도록 하거라."

유소매는 떠나갔다. 단목영은 입술을 질끈 깨문 채 그 뒷모
습을 바라보았고, 진원명은 방금 전 유소매의 말을 곰곰이 되
새겨 보고 있었다.

잠시 후 진원명이 무표정한 얼굴로 고개를 들어 단목영을
바라본다. 단목영은 움찔하며 그 시선을 피했다.

"전 소저, 내게 할 말이 없소? 방금 전 소저의 어머니는 내
가 소저를 통해 전달하도록 한 서신을 모르는 것으로 보였소
만."

"그, 그것은……."

단목영은 말을 흐렸다.

"지금의 상황이 어떻게 된 것인지 나는 도저히 이해할 수
가 없구려. 소저의 어머니에게 나에 대한 어떤 얘기도 하지
않았던 것이오?"

진원명의 물음에 단목영은 고개를 숙인 채 대답이 없었다.

진원명은 한숨을 내쉬었다. 단목영이 보여주는 모습이 이미 대답이 되었다.

잠시 침묵하던 진원명이 다시 물었다.

"왜 그랬소?"

단목영은 진원명의 목소리에 흠칫 놀라며 고개를 들었다. 자신을 바라보는 진원명의 시선이 보이자 다시 고개를 숙이며 단목영은 말했다.

"미안해요. 그럴 수 없었어요."

"사과를 듣고자 함이 아니오. 전 소저 당신이 그렇게 해야 했던 이유를 듣고자 함이오. 왜 내 서신을 전달하지 않았던 것이오?"

단목영은 여전히 진원명의 시선을 피한 채로 대답이 없었다.

그리고 얼마 후, 연회장의 소란스러움에 묻혀 버릴 듯한 작은 목소리로 단목영은 대답을 이었다.

"…그곳을 통해 아버지를 찾을 수 있으리라 생각했으니까요."

쪼르륵.

진원명은 화로에 올려둔 주전자를 들어 준비해 둔 두 개의 찻잔을 채웠다.

진원명은 이어 그중 하나를 들어 한 모금을 마신 뒤 말했다.

"객점에서 비치해 둔 차치곤 나쁘지 않구려. 전 소저도 드시오."

진원명의 건너편에 앉아 있던 단목영이 고개를 살짝 끄덕이며 나머지 하나의 찻잔을 들어 올려 입으로 가져갔다.

후르릅.

잠시 방 안에는 두 사람의 차 마시는 소리만이 울려 퍼졌다. 지금 이곳은 두 사람이 묵는 객점의 진원명의 방이었다.

진원명은 고개를 들어 단목영의 얼굴을 바라보았다.

근심 어린 얼굴로 찻잔을 바라보고 있는 단목영을 잠시 바라보던 진원명은 이내 고개를 저었다. 진원명은 자신의 마음을 이해할 수 없었다.

연회장에서의 대화를 통해 유소매가 자신을 전혀 알지 못한다는 사실을 알았을 때 진원명은 매우 화가 났었다.

진원명은 유소매와 거래를 원했던 것이지 단목영과의 거래를 원한 것이 아니다. 단목영은 진원명을 속이고 마치 유소매의 명령에 따라 자신이 진원명을 돕는 것처럼 연기해 왔었다. 화가 나지 않는 것이 이상한 상황이다.

하지만 진원명은 아까 전 단목영이 했던 마지막 대답을 들은 뒤 그 말도 되지 않는 이유에 자신이 왠지 모르게 공감하고 있다는 사실을 깨달았다.

또한 처음 자신이 느꼈던 분노가 이미 사라져 있다는 사실 또한 깨달았다.

이유가 어찌 되었든 화가 가라앉자 진원명은 좀 더 상황을 냉정하게 바라볼 수 있었다.

진원명은 단목영을 데리고 객점으로 돌아왔다. 서로 의혹을 풀고 난 뒤에 비로소 서로를 믿고 함께 행동할 수 있을 것이라 생각했기 때문이다.

진원명은 그러한 자신의 생각을 단목영에게 전했고, 지금 두 사람은 모두 자신이 해야 할 말을 생각하고 있는 중이었다.

잠시 후 차분한 목소리로 진원명은 말했다.

"우리 둘 다 어느 정도 서로 숨겼던 사실들이 있으니 그 잘잘못을 따지는 것은 쓸모가 없을 것 같소."

단목영이 살짝 고개를 끄덕이는 모습이 보인다.

"나는 전 소저에게 내 정체를 숨겼소. 하지만 내 나름대로의 사정이 있는 행동이었으니 이해해 주시기 바라겠소."

단목영이 잠시 생각에 잠겨 있다가 묻는다.

"그 사정과 당신의 본명은 여전히 밝힐 수 없는 것인가요?"

진원명은 머리를 긁적이며 말했다.

"이제 내 정체는 드러난 것이나 마찬가지이니 숨길 필요가 없을 듯하오. 난 진가장 출신인 진원명이라는 사람이오. 아, 그러고 보니 얼마 전 우리가 배 위에서 활로 위협당할 때 당신이 백의인에게 나를 소개하며 내 정체를 정확하게 맞혔다오. 기억하시오?"

단목영이 그때의 기억을 떠올렸는지 쑥스러운 듯한 표정을 지으며 고개를 끄덕였다. 진원명이 이어서 말했다.

"내가 정체를 숨기려 했던 이유는 지금의 내 행동이 나의 가문에 누가 될까 염려되었기 때문이오. 내가 저들을 쫓는 것은 내 가문의 의사와 무관한 내 독단적인 행동이라오."

"…당신이 왜 그들을 쫓는지에 대해서는 말해줄 수 없나요?"

단목영이 묻는다. 진원명이 조금 난감한 기색으로 고개를 저었다.

"전 소저, 미안하지만 이 일은 극히 개인적인 일이라 말해주기 어렵구려."

"아니요. 미안해할 것 없어요. 나는 진 공자에게 더 많은 것을 숨겼으니……."

진원명은 단목영의 모습에서 내심 고개를 저었다.

지금껏 자신을 대함에 있어 항상 주도권을 놓지 않고 퉁명스러운 자세를 잃지 않았던 그녀였기에 이런 식의 조용하고 주눅이 든 것처럼 보이는 모습은 진원명에게 생소했고, 왠지 마음에 들지 않았다.

"이제 전 소저의 얘기를 좀 더 자세히 들어보고 싶소. 왜 소저의 어머니에게 내 서신을 전달하지 않았는지에 대해서 말이오. 아까 전 소저는 그 이유가 전 소저의 아버지를 찾기

위함이라 하지 않았소?'

단목영은 고개를 끄덕이고는 잠시 뭔가 생각하더니 말했
다.

"…제 사정을 설명드리기 위해서는 제 가족 관계에 대한
얘기부터 해야 할 것 같군요."

"말해보시오."

단목영은 찻잔을 들어 가볍게 목을 축이고는 말을 이었다.

"해서파의 문주인 전만휘는 나의 생부가 아니에요. 내 어
머니는 어린 나를 데리고 전만휘에게 재가(再嫁)하였지요."

진원명 역시 익히 알고 있는 사실이다. 진원명이 고개를 끄
덕이고 있을 때 단목영의 말이 계속 이어졌다.

"어머니가 재가하셨지만 나의 생부는 돌아가시지 않았어
요. 그분은 내가 어렸을 때 나의 어머니와 나를 떠나갔을 뿐
이지요. 나는 떠나간 아버지를 찾고자 합니다."

단목영의 말을 들으며 진원명은 묘한 기분에 휩싸였다. 마
치 자신이 이러한 사실을 어느 정도 알고 있었던 것 같은 느
낌.

잠시 후 고개를 흔들어 그 이상한 느낌을 떨쳐 버리고 진원
명은 다시 질문했다.

"전 소저가 아버지를 찾는 것과 내가 전한 서신과 무슨 상
관이 있소?"

"아버지는 과거 한 고인에게 무예를 전수받았어요. 그리고

아버지가 무예를 전수받은 그 장소가 바로 왕 공자, 아니, 진 공자가 발견했던 장소이지요. 나는 아마 우리를 떠난 뒤에 아 버지가 적어도 한 번은 그 장소를 들렀으리라 생각하고 있어 요."

"흠, 그렇다면 전 소저는 전 소저의 아버지를 찾을 수 있는 단서가 그곳에 있을 것이라 여기는 것이오?"

"네, 맞아요."

단목영이 고개를 끄덕이며 대답하자, 진원명이 다시 고개 를 갸웃거리며 묻는다.

"하지만 전 소저가 전 소저의 어머니에게 그 사실을 굳이 숨겨야 했던 이유는 여전히 이해할 수 없구려."

단목영은 조금 침울한 얼굴로 말을 이었다.

"아버지가 우리 모녀의 곁을 떠났던 이유가 바로 그 장소 에 적혀 있던 무공 때문이에요. 어머니는 아버지에게 그 무공 을 가르쳐 주길 청했고 아버지는 어머니의 청을 받아들일 수 없어서 어쩔 수 없이 떠나간 것이지요. 어머니가 만약 진 공 자의 서신을 받아 진 공자를 돕고 진 공자를 통해 그 장소를 찾게 된다면, 어머니는 더 이상 아버지를 찾을 노력을 하지 않을 것이에요. 그리고 어머니라면 아버지를 찾으려 드는 나 를, 그 장소에서 발견한 아버지에 대한 단서를 조건으로 내세 워 이용하려 들겠죠."

"흠, 전 소저는 아버지를 원망하지 않는 모양이구려. 그런

데 소저와 소저의 어머니가 아무리 사이가 좋지 않더라도 부모자식지간인데 단서를 조건으로 소저를 이용한다는 건, 너무 지나친 상상이……."

진원명은 말을 끝마치지 못했다.

과거 경험했던 유소매와 단목영의 최후를 떠올렸기 때문이다.

그 무공을 위해 전만휘와 거짓 결혼까지 했던 여인이 딸을 이용하는 것에 과연 죄책감을 가질까?

"지나치지 않아요. 이미, 이미 어머니는 나를 몇 번이나 이용한 적이 있는걸요."

단목영이 조용한 음성으로 그렇게 말했다.

진원명은 잠시 아무 말도 하지 못하고 찻잔만 만지작거렸다.

잠시 후 진원명은 화제를 돌리기 위해 질문했다.

"소저가 사용했던 무공이 바로 그 절벽의 무공인 것이오?"

"내가 무공을 사용했던 적이 있던가요?"

"음, 그러니까, 전 소저와 내가 처음 만나……."

작은 조각배 위에서 싸웠을 때…….

뒤의 말은 진원명의 마음속에서만 말해졌다. 진원명이 뒤늦게 화제를 잘못 돌렸음을 깨닫고 후회하고 있을 때, 단목영이 고개를 저으며 대답했다.

"뭔가 착각하는 모양인데 어머니와 나는 그 절벽의 무공에 대해 아무것도 몰라요. 내가 배운 무공은 어머니에게 배운 어머니 집안의 가전무공일 뿐이에요."

진원명이 놀란 표정을 짓는다. 단목영의 대답이 뜻밖이었기 때문이다.

"그 절벽에 적혀 있는 무공이 아무리 대단한 무공이라 하여도 이제 와서 소저의 어머니가 새로 배워 익힌다는 것은 무척 어려운 일이라 여겨지오만. 도대체 그 무공이 어떤 것이기에 그러는 것이오?"

진원명은 새삼 호기심을 느꼈다.

전생에서 유소매가 자신을 맞아 사용했던 무공이 바로 그 무공일 것이다.

어렴풋이 남아 있는 자신의 기억에 비추어 보아도 유소매가 사용한 무공이 삼류문파의 그것이라 생각되지 않게 체계적이고 뛰어났던 것 같은 느낌이 들었다.

하지만 아무리 뛰어난 무공을 배운다 하여도 그 무공을 하루아침에 연성하게 되는 것은 아니다.

자신이 과거 유소매를 만났을 때 유소매의 나이는 오십에 이르러 있었다. 유소매가 그 무공을 찾았을 때의 나이는 아마 사십대 초중반이었을 것이다.

그날 그때까지 손에 익었던 무공을 버리고 새로운 무공을 익히기에는 너무 늦은 나이라 할 수 있다.

"어머니는 그 무공이 반드시 필요하다고 항상 말씀하셨어요. 그것이 그냥 어머니의 무의미한 집착인지, 아니면 다른 어떤 이유가 있어서인지는 저도 잘 모르겠어요."

진원명은 그런 식으로 다른 무공과 무관하게 단기간에 큰 효과를 볼 수 있는 무공을 하나 알고 있었다.

바로 마공이다.

하지만 아무리 비문(祕文)으로 되어 있더라도 그 절벽에 적혀 있던 무공이 마공이라면 자신이 아마도 알아보았을 것이다.

"더 궁금한 것이 있나요?"

단목영이 묻는다. 진원명은 차를 들이키며 잠시 단목영이 방금 전 했던 말을 돌이켜 보았다.

진원명은 단목영이 거짓을 말하지 않았다고 여겼다. 단목영이 말한 내용에 특별히 미심쩍어 보이는 부분은 보이지 않았기 때문이기도 하지만 무엇보다 지금 보이고 있는 단목영의 태도가 왠지 진실되어 보였기 때문이다.

짧은 시간이지만 단목영과 함께 생활하며 단목영에게 호감을 느꼈기에 이런 신뢰감이 드는 것인지도 모르지만, 어찌되었건 유소매 대신 단목영에게 조력을 얻게 된 지금의 상황에 진원명은 특별히 불만을 느끼지는 않았다.

"오히려 더 잘된 일인지도 모르겠군."

문득 오늘 만났던 유소매에게서 풍기던 위험한 느낌을 떠올리며 진원명은 그렇게 중얼거렸다.

"네? 뭐라고 하셨나요?"

단목영이 눈을 동그랗게 뜨고 묻는다. 진원명은 손을 저으며 말했다.

"아니오. 혼잣말이었소. 신경 쓰지 마시오. 어찌 되었건 이로써 서로 오해는 어느 정도 풀린 듯하구려. 그럼 이제 새롭게 계약을 합시다. 나는 전 소저가 해서파의 정보력을 통해 나를 도와주기를 바라오. 그리고 그 대가로 내가 알게 된 그 장소를 통해 전 소저의 아버지를 찾는 것을 도와주겠소. 어떻소, 전 소저?"

"그렇게 하겠어요. 하지만."

"무슨 문제가 있소?"

단목영이 말을 흐리는 것을 보고 진원명이 물었다. 단목영은 잠시 뭔가 생각에 잠겨 있다가 입을 열었다.

"아직 몇 가지 궁금한 점이 더 있어요."

"내가 대답할 수 있는 질문이라면 대답해 드리리다."

진원명이 빙긋 웃으며 호언하듯 그렇게 말하자 단목영이 고개를 살짝 끄덕이며 묻는다.

"진 공자는 어떻게 해서 그 장소를 찾게 된 것이지요? 그리고 내 어머니가 그 장소를 찾는다는 사실은 어떻게 안 것인가요?"

진원명은 살짝 당황했다.

"아, 그것은……."

가장 기본적인 질문이기에 오히려 이런 시점에 나오리라 예상하지 못했다.

물론 처음 일을 계획할 때 준비해 둔 대답이 있긴 했지만.

"그, 그냥 우연히 발견하게 되었다오. 그리고 소저의 어머니가 그곳을 찾는다는 사실을 알게 된 것도 단순한 우연이었소."

단목영의 얼굴이 일그러졌다. 예상했던 반응이었기에 진원명은 단목영의 시선을 피해 애꿎은 찻잔을 내려다보았다.

잠시 후 조금 차가워진 목소리로 단목영이 입을 연다.

"뭐, 그건 됐어요. 생각해 보니 한 가지 질문이 더 있었어요."

진원명이 그 목소리에서 이유 모를 섬뜩함을 느끼며 대답했다.

"…내가 대답할 수 있는 질문이라면 물론 대답해 드리겠소."

이번의 진원명의 목소리는 뒤로 갈수록 작아졌다. 말하는 도중 단목영의 코웃음 소리가 들려왔기 때문이다.

곧이어 단목영의 말이 이어졌다. 평소의 냉랭함을 완전히 되찾은 어조였다.

"아까 연회장에서 만났던 여인은 도대체 진 공자와 무슨 관계죠?"

이번에는 질문한 단목영이 진원명의 표정을 보고 살짝 당

추종(追從) 141

황했다. 진원명의 표정이 순간 사색이 되었기 때문이다.

진원명은 중요한 사실을 한 가지 잊고 있었다.

진원명은 방금 전 기다리고 있을 은비연에게 아무 말도 하지 않은 채 단목영과 함께 객점으로 돌아와 버렸었다.

용쟁(龍爭) 3

시각이 해시 초(亥時初)에 이르자 늦은 시간까지 영업하던 주루나 주막들도 차츰 등불을 거두기 시작했고, 거리를 오가는 사람들도 거의 보이지 않게 되었다.

아직 남아 있는 등불 중 명옥루(鳴玉樓)라 쓰인 등불 곁에 움츠리고 서 있던 사내, 진원명이 낮게 투덜거렸다.

"왜 하필 이런 곳이람."

명옥루 출신의 기녀인 듯 보이는 여인이 나와 대문에 걸린 등불을 갈고는 잠시 진원명을 한심하다는 듯 바라보다가 들어간다.

진원명은 무안하여 얼굴을 마주치지 못했다.

벌써 세 번째 겪는 일이다.

"그리고 또 왜 이리 늦는 거람."

진원명이 초조한 목소리로 중얼거리며 주위를 둘러보았다.

주변에 인적이 드물어졌기에 쉽게 주변을 지나는 사람들의 면면을 살필 수 있었다.

그중에 진원명이 기다리는 인물은 보이지 않았다.

"설마⋯⋯."

진원명이 불안한 표정으로 중얼거린다.

"아까 전의 복수를 하려는 것은 아니겠지?"

진원명이 기다리는 인물은 은비연이었다.

오늘 낮 객점에서 은비연을 두고 온 것을 깨달은 진원명은 황급히 유원협의 장원으로 돌아갔다.

진원명이 장원에 도착했을 때 은비연은 마침 장원에서 나오고 있었고, 사과하는 진원명에게 나직한 목소리로 오늘 밤 술시(戌時)가 넘어서 혼자 이 장소로 나오라는 말만을 전한 채 급하게 그곳을 떠나갔었다.

진원명은 떠나가는 은비연의 다급한 모습을 보며 무슨 급한 사정이 있는 것인지 걱정했고, 따라오지 않아도 되는데 굳이 진원명을 따라와 짜증을 내고 있던 단목영은 그 이후에는 왠지 기분이 풀린 듯 짜증을 부리지 않았다.

"흠."

잠시 기억을 떠올리던 진원명은 나직하게 한숨을 내쉬었다. 생각이 단목영에게 미쳤기 때문이다.

며칠 동안 함께 지내왔지만 여전히 단목영의 성격은 종잡을 수가 없었다.

일이 이렇게 된 이상 그녀와의 관계를 조금 개선시킬 수 있다면 많은 도움이 될 터인데 좀처럼 그러기가 쉽지 않다.

"은비연 소저를 찾는 것이라면 아쉽게 되었구려. 그녀는 벌써 이곳을 떠났다오."

진원명이 잠시 단목영에 대해 생각하고 있을 때 어디선가 귀에 익은 목소리가 들려왔다.

진원명은 황급히 목소리가 들려온 방향을 바라보고 의아한 표정을 지었다. 눈앞에 서 있는 중년 사내는 진원명이 처음 보는 얼굴이었기 때문이다.

"오랜만이구려. 건강해 보이니 다행이오."

말의 내용과 달리 무뚝뚝하기 그지없는 목소리에서 진원명은 사내의 정체를 기억해 냈다.

"한 소협이셨군요. 그 목소리가 아니면 못 알아볼 뻔했습니다."

"일단 자리를 옮깁시다."

한유민은 진원명의 놀라는 모습에도 고개만을 살짝 끄덕이고 곧바로 걸음을 옮겼다. 잠시 멍한 표정을 짓던 진원명은 잠시 후 황급히 한유민의 뒤를 따르며 물었다.

"그런데 은 누님이 떠났다는 게 무슨 말입니까? 한 소협도 은 누님을 만난 것인가요?"

"원래 오늘 밤 이곳에 당신과 은 소저를 불러낸 사람이 바로 나라오. 내 두 사람에게 긴히 부탁할 것이 있었소."

"부탁이요?"

진원명이 의아한 듯 되물었고 한유민은 대답없이 고개를 끄덕인 뒤 으슥한 골목으로 걸어가서는 주변을 살폈다.

"진 공자가 아민 소저를 찾는다고 들었소."

"어찌 아셨습니까?"

"얼마 전 당신을 습격했다가 오히려 당하고 도망친 사내를 만났소. 그가 말하길 당신이 아민을 찾고 있다 하였소."

진원명은 그 사내가 누구인지 알 수 있었다. 며칠 전 어떤 저택으로 자신과 단목영을 끌어들여 습격한 자들 중 결국 살아 도망친 강 일곱째라 불렸던 인물이리라.

"원래 그들을 해칠 의도는 없었습니다. 난 아민이 위험에 빠진 듯하여 도우려 했을 뿐입니다."

"사내에게 자세한 정황을 듣고 당신이 말한 대로라고 느꼈소. 그래서 당신에게 도움을 청하려는 것이오."

"아민에 대한 일입니까?"

"그렇소."

한유민은 아민과 가까우니 뭔가 다른 정보를 가지고 있을지도 모른다. 그런 사실을 떠올린 진원명은 긴장하며 물었다.

"아민은 지금 어디에 있는 것입니까?"

"아민은 이곳 악주 어딘가에 있소."

"정확한 위치는 알지 못하는 것입니까?"

"짐작하는 곳은 몇 군데 있소."

"아민에게 그들이 위험하다는 사실을 알려줘야 합니다. 이미 해서파에서는 그들 중 몇몇의 얼굴뿐만 아니라 그들이 이곳에 돌아왔다는 사실도 알아냈습니다."

"해서파가 아니라도 알려졌을 사실이오. 그들을 노리는 이들이 이처럼 많다는 것은 그들도 알고 있으니 아마 대비를 하고 있을 것이오. 문제는 그들이 전혀 예상하지 못하고 있는 인물이 그들을 노리고 있다는 것이라오."

"예상치 못한 인물이라니, 누구를 말하는 것이오?"

"설명하기 복잡한 내용이오. 간단하게 말하자면 그들이 가장 신뢰하는 인물이 적들을 돕고 있을 가능성이 있소. 그래서 지금 아민의 무리를 노리는 자들 중 몇몇에게 아민의 무리가 숨어 있는 위치가 들통난 상태요."

신뢰하는 인물이라. 한유민의 말을 한번 되뇌어보던 진원명이 진지한 표정으로 물었다.

"설마, 그 인물이란 무 소협을 말하는 것입니까?"

한유민은 고개를 저었다.

"무 형은 지금 그럴 입장이 아니오. 거기에 대한 자세한 이야기는 차후에 해드리겠소. 진 소협에게 먼저 자세한 상황을 이야기하는 것이 옳지만 지금은 당장 처리해야 할 일이 생겼기에 시간이 없구려. 일단 내 질문에 대답해 주시오. 나를 도와줄 수 있겠소?'

진원명은 잠시 망설였다.

아무에게도 말하지 않고 나온 것이니 혹시 자신이 없는 것을 안다면 단목영이 걱정할지도 모른다.

"…그렇게 하겠습니다."

고민은 짧았다.

아민이 위험에 처해 있다. 자신에게 중요한 것은 그것이다.

한유민은 생각없이 행동할 인물이 아니니 그를 돕는다면 분명 아민에게도 도움이 될 것이다. 진원명은 일단 아민의 일이 아닌 다른 것은 생각하지 않기로 했다.

한유민은 진원명의 대답에 고개를 살짝 끄덕이고 다시 걸음을 옮겼다.

"따라오시오."

한유민은 무척 서둘러서 움직였다. 한유민의 경공은 상당한 수준이라 진원명은 한유민을 뒤따르는 데 전력을 다했다.

마을을 벗어나 인적이 드문 호숫가에 이르자 수풀 속에서 한 사내가 튀어나와 한유민을 맞았다.

"오셨습니까?"

"상황은 어떻소?"

"추가로 도착한 동창의 무인들이 도관(道觀) 서쪽을 모두 포위했습니다. 도관 동쪽은 호수와 인접해 있어 포위망이 편성되지 않았지만 동창이 공격해 들어갈 때에는 그 부분에도 역시 사람을 배치할 것입니다."

"흠, 도관 안에 사람이 얼마나 있는지는 파악하지 못했소?"

"그것까지는 알아내지 못했습니다. 그곳을 포위한 동창의 인원은 대략 삼십 명 정도 되는 듯합니다."

"어차피 정면에서 맞부딪치는 것은 불가하오. 부탁한 것들은 모두 준비했소?"

"네. 모두 준비했습니다."

사내가 뒤편을 가리켜 보인다.

수풀 뒤로 몇 척의 작은 배가 보인다. 한유민이 고개를 끄덕였다.

거리가 멀어 자세히는 보이지 않았지만 각각의 배 위에 한 명씩 사람이 타고 있는 듯했다.

한유민이 수풀로 걸어가 무언가를 들고 나와 진원명에게 내밀었다.

"이것으로 갈아입으시오."

한유민이 건네준 것은 옷이었다. 한유민의 수하로 보이는 사내가 입은 것과 동일한 옷이다.

"이건, 관복입니까?"

"관군(官軍)들이 입는 옷이라오."

"저편에 있는 도관이 동창에 의해 포위된 듯한데, 설마 그 도관에 아민이 있는 것입니까?"

"확실하진 않소. 하지만 아민이 없더라도 아민의 동료들이 있는 곳이오. 그들은 악주 곳곳의 은신처에 흩어져 있는데 누가 어디에 있다는 것까지는 알 수 없었소."

진원명은 고개를 끄덕이고는 옷을 갈아입기 시작했다.

"그들을 구해낼 계책이 있습니까?"

"일단 급한 대로 준비한 계획은 있지만 실패할 경우 적들과 교전이 벌어질지도 모르오. 급하니 변장을 할 수는 없고 일단 이거라도 바르시오."

한유민은 품속에서 검정색 분을 꺼내주었다. 진원명이 옷을 갈아입고 분을 바르는 동안 한유민은 수하들에게 몇 가지 지시를 내리고는 돌아왔다.

"날 따라오시오."

한유민이 앞장서서 이동하기 시작했다. 동창에 의해 포위당했다는 도관이 있는 방향이다. 진원명이 묻는다.

"이곳은 동창이 포위하고 있다 하지 않았습니까?"

"그들에게 일부러 발각되려는 것이오."

진원명은 의아한 표정으로 한유민을 따랐다.

도관에 어느 정도 접근하자 주변 풀숲에서 살기가 느껴졌다. 진원명이 긴장하며 검을 움켜쥐었을 때 한유민이 말했다.

"나는 호북우위(湖北右衛) 소속 교위(校尉) 이희조(李熙造)요. 이문기 도독(都督)의 명을 받아 동창의 분들을 만나기 위해 왔소."

주변은 여전히 고요했지만 살기가 조금 사그라드는 것이 느껴졌다.

수풀 속에서 우람한 덩치와 험악한 생김새를 가진 사내가 걸어나왔다.

"신분을 증명할 수 있소?"

한유민이 품에서 호패를 꺼내 보인다. 사내가 고개를 살짝 끄덕이고는 말했다.

"무슨 용무인지 모르겠지만 지금은 동창의 일이 바쁘니 조금 기다리셔야 할 것이오."

"지금 동창이 하려 하는 일을 도우라는 이문기 도독의 명을 받았소. 이십여 명의 수하들이 배와 함께 대기 중이오."

사내가 눈살을 찌푸렸다. 원래 험악했던 사내의 인상이 더욱 흉악하게 변한다.

"이문기 도독께서 왜 동창의 일을 돕는다는 것이오?"

"난 직책이 낮아 자세한 사정은 모르오만, 이문기 도독 역시 누군가의 지시를 받았다고 들었소. 아마 그 누군가는 지금 동창이 하려 드는 이 일의 내용을 아는 지체 높은 사람일 것이오. 오히려 당신은 내가 알지 못하는 그 사람의 정체를 알고 있으리라 생각하는데, 그렇지 않소?"

사내가 한유민의 말에 당황한 듯 헛기침을 하더니 말했다.

"으음, 이미 동창의 무인이 삼십이나 동원되었소. 여기서 쓸데없이 관군이 나설 필요는 없을 것이오. 동창이 일을 처리하는 동안 수하들이 쓸데없는 소란이나 일으키지 않도록 조심해 주시오."

그렇게 말한 사내가 돌아서려 할 때 한유민이 말했다.

"나 역시 관군이 나설 필요가 없다면 좋겠소. 하지만 내가 이미 파견된 이상 이 일은 동창의 일뿐만이 아닌 내 일이기도 하오. 그 일이 실패했을 때의 책임은 나 역시 같이 지게 될 테니 가만히 내버려 둘 수가 없구려."

"무인들의 다툼에 관군은 방해만 될 뿐이오. 당신들은 그냥 잠자코 지켜보는 게 돕는 것이오."

"단순히 무인들의 다툼이라면 그렇겠지만 이처럼 적들을 포위해 섬멸해야 하는 작전(作戰)에 있어서는 그렇지 않을 것이오. 당신들이 구상한 방법이라는 것은 단순히 사방에서 한꺼번에 쳐들어가 적들을 물리치는 것이 아니오?"

사내의 표정이 움찔하며 흔들린다.

"그럼 무슨 다른 방법이 있다는 것이오?"

"사람이란 궁지에 이르면 두려움을 잃고 필사적으로 싸우는 법이오. 그렇기 때문에 병법에 이르길 적과 대치하였을 때는 먼저 적의 방심을 꾀한 뒤 벌 떼와 같은 기세로 제압하라 한 것이오. 적에게 우선 활로를 열어주고 그 활로에 함정이나 매복을 준비한다면 피해없고 손쉽게 적을 제압할 수 있을 것이오."

"좀 더 자세히 말해보시오."

"나와 부하들이 도관 서쪽에 배를 대고 매복하겠소. 그리고 당신들이 그들을 공격할 때 도관 서쪽의 포위망에 빈틈을 준다면 적들은 호수를 통해 도망가려 하다가 매복하고 있는 우리 쪽 병력에 소탕당할 것이오."

사내가 낮게 헛웃음을 흘린다.

"당신들이 오히려 소탕당할까 걱정이오."

"우리의 무공을 너무 얕잡아보시는구려."

한유민이 진원명에게 눈짓을 한다. 그 의미를 알 수 있었기에 진원명은 곧바로 검을 뽑아 가로로 휘둘렀다.

쇄악.

진원명의 베기가 지나간 이후에야 검의 궤적에 들어 있던 수풀들이 조각나 떨어진다. 마치 아무것도 없는 공간을 베고 지나간 듯한 매끄러운 베기였다. 사내가 살짝 고개를 끄덕인다.

"뭐, 쓸 만은 하구려."

"궁사들도 대기하고 있소. 어두운 밤이니 활이 큰 위력을 발휘할 것이오."

사내가 다시 험악한 인상을 잔뜩 찌푸린 채 고민하다가 대답했다.

"알겠소. 당신의 말에 따르겠소. 그리고 혹시 연락을 주고받아야 할지 모르니 같이 따라온 관병은 우리와 함께 행동하는 것이 좋겠구려."

진원명을 말하는 것이다. 진원명이 흠칫 놀라고 있을 때 한유민이 말한다.

"이각이면 준비가 끝날 것이오. 그사이에 굳이 연락책이 필요할 것 같진 않아 보이오만."

사내가 불쾌하다는 듯 인상을 더욱 찌푸린다.

"서로 호흡이 어긋나지 않기 위해서라도 당신의 편 중 한 명은 이곳에 있는 편이 좋지 않겠소? 저 사내가 안 된다면 다른 사람을 보내줘도 상관없소."

사내의 기분이 왠지 좋아 보이지 않으니 마땅한 거절의 말을 찾기 어렵다.

한유민이 무슨 말을 해야 할지 고민하고 있을 때 진원명이 먼저 나서서 말했다.

"사정이 그렇다면 제가 남겠습니다."

자신 혼자라면 이들 사이에서 도망가는 것 정도는 충분히 가능할 것이라는 진원명 나름의 계산이었다.

자신의 의도를 알아챘을까? 진원명이 슬쩍 한유민의 눈치를 살폈다.

한유민은 이런 진원명의 돌발적인 행동에 별달리 놀란 기색도 없이 진원명을 잠시 바라보고는 고개를 끄덕인다.

이런 무감동한 사람 같으니. 진원명은 한유민의 모습에 실소하며 내심 그렇게 중얼거렸다.

"그럼, 조금 여유있게 삼각 뒤에 공격해 들어오시오. 그때까지라면 모든 준비가 끝날 것이외다."

한유민은 그렇게 말한 뒤 떠나갔다.

아마 한유민은 동창의 저지를 받지 않고 배를 도관에 접근시키는 것이 목적이었을 것이다.

한유민은 도관에 포위된 사람들을 배에 싣고는 곧바로 호수로 도망갈 것이다. 그렇게 되면 자신 역시 최대한 신속하게 도망가야 한다.

남은 진원명이 주위를 돌아보며 도망치기 좋은 위치를 살피고 있을 때 곁에 있던 사내가 말했다.

"내 이름은 용유진(龍有眞)이네. 그냥 용 단주라 부르시게."

"저는 왕필(王必)이라 합니다."

진원명은 대충 둘러댔다.

"따라오게."

용유진이 앞장서서 이동했다.

진원명은 쓸데없이 적진 깊숙이 들어가면 빠져나오기 어려울 것이라는 생각에 눈살을 살짝 찌푸렸지만 이내 용유진의 뒤를 따랐다.

용유진이 안내한 곳은 작은 둔덕이었다.

그다지 높지는 않았지만 그래도 방금 전 수풀 속보다는 시야가 트여 있어서 주변의 대략적인 지형이 눈에 들어온다. 용유진이 말한다.

"잘 보게. 저쪽에 보이는 나무 근처에 아홉 명이, 호숫가 근처 수풀에 아홉 명이, 그리고 지금 이곳에 열두 명이 매복하고 있네. 세 명이 한 조가 되어 삼 개 조가 담장 밖을 지키고 나머지는 도관 내부로 돌입할 예정이지. 근방의 사람에게 도관 내부의 지형을 입수하였는데……."

용유진의 설명은 계속 이어졌다. 진원명은 자신이 빠져나갈 곳을 생각하느라 용유진의 말을 건성으로 듣고 있었다.

"…이렇게 진형을 이뤄 사면을 포위하는 것이지. 이제는 삼면만 포위하면 되겠군. 우리가 세운 계획이 어때 보이는가?"

그렇기에 진원명은 이어지는 용유진의 질문에 살짝 당황했다. 진원명을 바라보는 용유진의 표정이 왠지 화가 난 듯 험악해 보인 탓도 있었다.

진원명은 당황을 내색하지 않도록 조심하며 답했다.

"전체적으로 무리없는 계획인 듯 보입니다."

진원명의 대답에 용유진의 표정이 살짝 풀어진다.

"그래, 잘되었군. 잘되었어. 이번 계획은 내 나름대로 꽤나 머리를 짜낸 것이라네. 좋지 않을 리가 없지."

용유진의 어조는 기분이 무척 좋은 듯 보였다.

하지만 인상은 여전히 불쾌한 듯 일그러져 있었는데 아무래도 이 험악하게 일그러진 인상이 용유진의 평소 표정인 듯했다.

"아, 그리고 자네는 나와 함께 움직이면 될 것이네. 삼각동안 준비한다 했으니 그동안 편하게 기다리시게."

용유진은 먼저 둔덕을 내려갔다.

진원명은 용유진이 자신에게 크게 신경을 쓰지 않는 듯 보이는 것에 내심 다행이라 여겼다. 이제 적당한 시기에 이곳에서 몰래 벗어나기만 하면 되는 것이리라.

진원명은 고개를 돌려 한유민의 위치를 살폈다.

호숫가에는 낮게 부들이나 이런저런 수풀이 우거져 있었는데 자세히 바라보면 그 수풀들이 바람과 무관하게 부자연스럽게 갈라지는 모습을 발견할 수 있었다. 아마 한유민이 준비한 배들이 지나가며 남기는 흔적일 것이다.

진원명은 그 모습을 바라보며 편하게 몸을 엎드렸다. 어차피 저들의 일이 끝나기를 기다려야 한다면 몸을 좀 쉬어두는 편이 좋으리라는 생각이었다.

주변에 귀뚜라미 우는 소리, 개구리 우는 소리가 요란하다. 멀리서 한유민의 배가 도관 가까이까지 접근하는 모습이 보였다.

진원명은 배에서 시선을 이동해 도관의 희미한 윤곽을 바라보았다.

한유민의 말대로라면 저곳에 아민이 있을지도 모른다.

잠시 도관을 바라보던 진원명은 자신의 마음이 묘하게 들뜨는 것을 느꼈다.

아민을 만나면 무슨 말을 해야 할까? 자신이 그녀를 돕기 위해 찾아온 것을 알게 된다면 아민은 어떤 반응을 보일까?

이런저런 의문과 상상들이 계속해서 떠오르고 있었다.

진원명은 실소했다. 지금의 자신은 마치 소풍을 기다리는 어린아이와도 같은 모습이 아닌가?

그리고 얼마의 시간이 지났다.

진원명은 한유민이 있으리라 생각되는 수풀에서 별다른 움직임이 보이지 않는다는 것에 조금 초조한 감정을 느끼기 시작했다.

도관 안의 사람들을 구해내기에는 충분한 시간이 지났지만 한유민은 수풀을 벗어나지 않고 있었다.

자신이 먼저 도망가는 것을 기다리는 것일까? 아니면 뭔가 일이 잘못된 것일까? 애초에 자신이 예상한 것과 한유민이 준비한 계획이 전혀 다른 것일지도 모른다.

정확한 사정을 알 수 없었기에 진원명은 용유진이 부를 때까지 그곳에서 별다른 행동을 취하지 못한 채 기다릴 수밖에 없었다.

"시간이 되었네."

진원명은 자신을 부르러 온 용유진의 뒤를 따랐다. 도관을 둘러싸고 동창의 인원들이 움직이는 것이 느껴진다.

곁을 돌아보자 험상궂게 일그러진 용유진의 얼굴이 보인다. 아마 이런 표정 때문에 주변 사람들의 오해를 제법 많이 사게 되지 않을까 하는 생각이 들었다.

도관에 접근하자 동창의 인원들은 일사불란하게 좌우로 흩어져 도관의 주변을 포위했다.

진원명은 한유민을 믿고 있었지만 동창의 이런 훈련된 모습을 보니 역시 걱정이 되는 것을 막을 수 없었다. 설마 일이 정말 잘못된 것은 아니겠지?

모든 인원이 자리 잡은 것을 확인한 용유진이 손짓을 하자 동창의 인원들이 한꺼번에 담을 넘어 들어갔다.

담장 밖에 아홉 명의 인원이 자리를 잡고 흩어지는 것을 보자 용유진 역시 담을 넘었다. 진원명은 그 뒤를 따랐다.

도관 안에서는 인기척이 느껴지지 않았다.

한유민의 일이 성공한 것처럼 보이자 진원명은 조금 안심했다.

이처럼 아무런 반응이 없는 상황은 예상하지 못했는지 용유진의 수하들이 당황한 기색으로 도관을 이리저리 뒤지기 시작한다.

주변의 건물들을 뒤졌지만 사람의 기척이 보이지 않는다. 수하들과 함께 주변 건물을 둘러보고 나온 용유진의 얼굴은 쳐다보기 무서울 정도로 일그러졌다.

"어, 어딘가에 숨어 있을지도 모른다. 샅샅이 뒤져라!"

용유진의 외침에 동창의 움직임이 더욱 빨라진다. 용유진의 이런 모습은, 수하들을 통솔하는 데에는 그런대로 쓸 만하리라는 생각이 든다.

일각의 시간이 지나자 용유진의 얼굴에 점차 당황이 짙어지기 시작한다.

진원명이 슬슬 빠져나가야 하는 시기가 아닌가 생각하고 있을 때, 뒤편에서 익숙한 음성이 들려온다.

"도대체 일이 어떻게 된 것이오?"

한유민이었다.

용유진이 그제야 한유민과의 연합을 떠올린 듯 황급히 한유민에게 질문한다.

"호수 쪽으로 적들이 도망가지 않았소?"

"그런 일은 없었소. 그런데 일이 어찌 된 것이오? 적들이 이곳에 있다는 사실을 미리 확인하지 않았던 것이오?"

"그럴 리 없소. 그럴 리 없어."

용유진은 입술을 깨물고 중얼거리다가 한유민이 맡기로 되어 있는 도관 서쪽으로 달려갔다. 진원명이 움찔해서 한유민을 바라보았지만 한유민은 태연한 기색이다.

도관 안의 사람들을 배로 대피시켰다면 용유진에게 발각되지 않는 편이 좋지 않은 것인가? 진원명은 의아하게 생각하며 용유진의 뒤를 따라 움직였다.

도관 서편 호숫가는 마치 아무도 없다는 듯 조용했다. 뒤따라오는 한유민을 본 용유진이 황급히 묻는다.

"당신들의 수하들은 어디에 있소? 이곳을 지키고 있었던 것이 아니오?"

한유민이 대답없이 호수 서편을 바라보며 말한다.

"이제 되었으니 모두 정위치해라."

한유민의 말이 떨어지기 무섭게 호숫가에 우거져 있던 수풀들이 갈라지며 관군 복색을 한 사내들이 튀어나왔다.

진원명은 실소했다. 아까 멀리서 보았던 한유민의 수하들은 대여섯에 불과했는데 지금은 그 수가 이십여 명에 이르고 있다. 그새 도관 안의 사람들을 구해 모두 관인으로 변장시켰던 것인가?

용유진이 망연하게 그 모습을 바라보고 있을 때 한유민이 말했다.

"아무래도 적들은 이미 도망친 듯하구려."

"이해할 수 없소. 분명, 그들이 이곳에 있다는 보고를 받았는데……."

"그 정보가 잘못되었거나, 숨겨진 비밀 통로가 있을지도 모르는 일이오."

"이 정보가 잘못되었다는 것은… 납득하기 어렵소."

용유진이 울상을 짓는다. 한유민이 살짝 고개를 가로젓더니 말했다.

"동창이라 하여 항상 정확한 정보만을 가질 수 있는 것은 아니오. 미안하지만 우리가 도울 수 있는 것은 여기까지인 듯하오. 나는 먼저 돌아가 도독께 상황을 보고드리겠소. 차후 적들의 도주 경위를 알게 된다면 보고해 주시기 바라오."

한유민은 용유진에게 가볍게 포권을 취하고는 돌아서서 걸어갔다.

용유진은 무언가 한유민에게 말하려는 듯한 모습을 보이다가 이내 체념한 듯 한숨을 내쉰다. 동창의 행사를 돕기 위해 관군마저 동원되었는데 일이 허탕이 되었으니 용유진은 한유민이 질책하지 않는 것만으로도 다행이라 여기고 있을 것이다.

급조된 계책이라 하였지만 잘 맞아 들어가는 모습이다. 아마 나중에 사실이 알려지게 된다면 목표를 스스로 놓아준 용유진은 질책을 피할 수 없겠지만……

진원명은 용유진을 안됐다는 표정으로 한 번 돌아보고는 이내 한유민의 뒤를 따랐다.

"적들의 도주 경위를 함께 알아보지도 않고 먼저 빠지겠다는 것인가? 무책임하군."

날카로운 여인의 목소리는 용유진의 뒤편에서 들려왔다.

그 자리에 있던 이들 모두 주변에 다른 사람이 다가오는 것을 눈치 채지 못했기에 놀라 목소리가 들려온 곳을 바라보았다.

"무정화(無情花)께서 오신 줄 몰랐습니다."

용유진이 곧바로 부복하는 것으로 보아 여인은 제법 높은 직급을 가진 인물인 듯했다.

진원명은 내심 긴장했다. 도대체 언제부터 와 있었던 거지? 미리 도착해 숨어 있었다면 한유민이 도관 안의 사람들을 위장시킨 것을 보았을지도 모른다.

"방금 도착했어. 거기 관병은 이름이 뭐지?"

무정화의 이어지는 대답에 진원명은 안심했다. 한유민이 대답한다.

"호북우위 소속 교위 이희조입니다. 무정화의 명성은 익히 들었습니다."

"듣자 하니 우리의 일을 돕기 위해 왔다고 하던데, 도우려면 똑바로 도와야지. 그들이 도주했다면 분명 작은 흔적이라도 남겼을 테니 너도 수하들을 풀어 그 흔적을 찾아라."

제법 거만한 어조라 생각하며 진원명은 한유민을 바라보았다.

엉뚱한 데서 발목을 잡히게 생겼지만 한유민이라면 뭔가 수를 내줄 것이다.

"죄송하지만 그럴 수 없습니다."

"뭐라고?"

"저는 적들과의 교전을 돕기 위해 파견되었습니다. 적들의 흔적을 쫓는 것은 제가 받은 명령과 다릅니다. 더군다나 그런 추적술은 제 수하들의 특기가 아닙니다. 동창의 추적술이 뛰어남은 익히 들어왔으니 굳이 저희의 도움이 필요치 않을 것이라 생각합니다."

무정화가 눈을 가늘게 뜨고 한유민을 바라본다.

그 곁에서 용유진이 불안한 표정으로 한유민과 무정화를 번갈아 바라본다.

"하, 그 말은 결국 내 말을 따르지 못하겠다는 얘기군."

잠시 후, 무정화의 목소리가 들려왔다. 한유민이 고개를 끄덕인다.

"그렇습니……."

짝, 짝!

한유민은 대답을 채 마치지 못했다. 무정화가 순식간에 다가와 한유민의 따귀를 두 번 때렸기 때문이다.

"처음이니 이 정도로 봐주지. 동창의 행사에 일단 개입한 이상 네가 그 일에서 빠지는 것은 동창이 결정한다. 일이 마무리될 때까지 이곳에서 동창을 도와라."

말을 하는 무정화는 이미 방금 전의 위치로 돌아가 있었다.

한유민이 피가 섞인 침을 뱉어낸다.

무정화의 다가오고 물러나는 움직임과 따귀를 때리는 손동작은 실로 번개같이 빨랐다. 진원명은 비로소 무정화가 대단한 고수였다는 사실을 알 수 있었다.

왠지 일이 꼬이는 듯한 모양새다. 진원명은 눈살을 찌푸리며 한유민의 기색을 살폈다.

"실수한 것이오."

한유민이 뺨을 쓰다듬으며 나직하게 중얼거린다.

"뭐라고 하였느냐?"

무정화의 질문을 무시한 채 한유민은 뒤로 돌아 관병 복장을 입은 자신의 수하들에게 말했다.

"철수할 것이다. 모두 배에 올라라!"

무정화가 어처구니없다는 듯 눈을 치켜뜬다. 수하들이 망설이자 한유민이 다시 한 번 채근한다.

"뭣들 하고 있는 것이냐? 철수할 것이라 하지 않았느냐!"

수하들이 수풀 속으로 사라지는 것을 본 한유민은 고개를 돌려 무정화를 바라보았다.

무정화는 한유민을 매섭게 노려보고 있었다.

"당신의 말에 따를 수 없소. 동창과 나는 소속이 다르오. 내가 이곳에 파견된 것은 동창의 명령을 듣기 위해서가 아니라 동창과 대등한 입장에서 동창을 돕기 위해서란 말이오."

"당돌하고 겁없는 녀석이로구나. 내가 이 자리에서 너를 베어버리지 못할 것 같으냐?"

무정화의 목소리에 분노가 묻어 있다.

진원명이 눈살을 찌푸렸다. 한유민이 자신의 불쾌함 때문에 상황을 악화시키는 것이 아닌가 하는 불안함이 들었기 때문이다.

"나는 이문기 도독의 명을 받고 파견된 몸이오. 나를 죽인다면 아무리 당신이라도 그 감당이 쉽지는 않을 것이오."

"하."

무정화가 웃는다. 하지만 무정화의 눈은 여전히 한유민을 매섭게 노려보고 있다.

"참 말을 잘하는 청년이군. 그래, 내 입장에서 너를 죽이기 어렵다는 것은 인정하지. 하지만 그렇다고 내가 너에게 손도 대지 못하는 것은 아니야. 예를 들자면, 네가 죽는 게 낫겠다고 생각할 만한 치욕을 주는 것은 어렵지 않지."

"당신이 과연 그럴 배짱이 있을까?"

한유민은 말은 자신있게 했지만 몸은 조금씩 뒤로 물러서고 있었다. 마치 상대방이 두렵다는 듯한 모양새다.

무정화는 한유민의 두려워하는 모습을 비웃듯 입꼬리를 치켜 올린다.

"그래, 어디 할 수 있는지 없는지 직접 경험해 보아라."

말이 끝나기 무섭게 무정화의 신형이 번뜩였다.

한유민의 뒤편에서 상황을 살피던 진원명이 황급히 한유민을 돕기 위해 달려들었지만 무정화의 움직임을 따르지 못했다.

"조심하시오!"

진원명이 외치는 순간 이미 무정화가 한유민의 코앞까지 접근해 손을 뻗었다.

그리고 그때, 한유민의 신형이 갑자기 밑으로 꺼져들었다.

"속임수?"

진원명이 탄성을 질렀다.

한유민의 저러한 동작을 예전에 본 적이 있었다. 상대방의 공격을 마치 미꾸라지처럼 피해 나가는 수법.

지금 한유민이 펼친 동작은 과거 한유민이 보여줬던 수법보다 훨씬 절묘하고 능숙해져 있었다.

방금 전 무정화의 따귀를 무방비로 허용했기에 무정화는 한유민의 저런 절묘한 회피를 상상도 하지 못했을 것이다.

스윽.

무정화의 손이 허공을 스친다. 뜻밖의 상황에 놀란 무정화의 품으로 한유민의 소도가 파고든다.

좌악.

무정화의 앞섶이 길게 베어졌다.

아슬아슬하게 뒤로 몸을 젖히긴 했지만 완벽한 회피는 아닌 듯 무정화는 자신의 가슴에서 화끈한 통증이 밀려옴을 느꼈다.

하지만 가슴의 상처를 살필 겨를은 없다. 자신의 가슴을 베어낸 소도가 방향을 돌려 이번에는 자신의 복부를 찔러오고 있었기 때문이다.

무정화는 곧바로 손을 풍차 돌리듯 휘두르며 몸을 비틀었다.

슈욱.

이번 공격은 아슬아슬하게 복부 곁을 지나쳤다.

하지만 아직도 위기는 사라지지 않았다. 무정화는 자신의 등을 노리는 또 다른 살기를 피하기 위해 그대로 땅바닥으로 몸을 던졌다.

스르릉!

데굴데굴.

호숫가의 땅이라 물기가 많았다.

무정화는 땅을 몇 바퀴 구른 뒤 진흙투성이가 되어 일어났다.

"제법 치욕스러운 몰골이 되었구려. 하지만 그럼에도 그처럼 열심히 땅바닥을 구른 것을 보면, 죽는 게 낫겠다는 생각은 들지 않았던 모양이오."

"이, 이, 이……."

한유민이 안타깝다는 듯 고개를 저으며 말하자, 무정화는 피가 거꾸로 솟는 듯 잠시 말을 잇지 못했다.

"괜찮으십니까?"

용유진이 뒤늦게 뛰어와 무정화의 상태를 살핀다. 무정화는 거칠게 용유진을 밀쳐 버린 뒤 다시 한유민에게 달려들었다.

"이, 개자식! 죽여 버리겠다!"

"무엇으로 말이오?"

한유민이 그렇게 물으며 몸 앞으로 한 자루 칼을 들어 올렸다.

그리고 마침 그 순간 허리에서 칼을 뽑으려던 무정화의 손이 빈 허공을 잡았다.

한유민이 들고 있던 칼은 무정화의 것이었다.

무정화가 한유민의 공격을 가까스로 피하고 땅바닥에 몸을 던졌을 때 한유민은 재빨리 자신의 무기를 버리고 무정화의 칼을 낚아챘던 것이다.

무정화가 당황해 잠시 달려드는 걸음을 멈췄을 때 한유민이 고개를 돌려 진원명에게 칼을 던진다.

"받으시오."

진원명이 엉겁결에 한유민이 던진 칼을 받자, 무정화가 그제야 혼란에서 빠져나와 진원명을 향해 달려들며 외친다.

"내 칼을 내놔라!"

"이, 이것을 왜 나에게……."

진원명이 무정화의 험악한 기세에 움찔하고 있을 때 한유민은 곧장 자신의 표적을 바꿔 용유진에게 달려들고 있었다.

용쟁(龍爭) 4

 무정화의 장기는 동방의 검술이다. 동방검을 사용하는 자들은 대체로 칼을 들었을 때 배로 무서워진다.

 역으로 말하면 칼을 들지 않은 무정화는 평소의 반절 실력밖에 내지 못할 것이다.

 그렇기에 한유민은 진원명이 그래도 잠시는 버텨줄 수 있을 것이라 생각했다.

 그사이 자신이 신속하게 용유진을 제압하고 진원명과 무정화를 앞뒤로 협공한다면 아무리 무정화가 대단하다 하여도 제압할 수 있을 것이다.

 "자, 잠시만 기다리시오. 우리 같은 편끼리 이럴 필요가……."

용유진이 한유민의 기세에 당황하며 물러선다.

한유민은 내심 다행이라 여겼다. 용유진은 상황을 제대로 파악하지 못하고 있었다. 용유진이 상황을 몰라 쉽게 당해준다면 일이 더 쉬워지리라.

챙, 채앵!

한유민은 급박하게 용유진을 몰아쳤다. 용유진은 당황하여 금세 손발이 어지러워졌다.

용유진의 무기는 칼등에 예리한 돌기가 솟아 있는 대도(大刀)였는데 얼핏 보기에도 상당히 무거운 무기처럼 보였다.

이런 무기를 사용한다면 애초 한유민이 이토록 가까이 접근하도록 허용해서는 안 되는 것이었다.

챙, 채앵, 채앵.

한유민의 공격은 단순한 찌르기와 베기에 불과했지만, 단순하기에 그만큼 빠르고 매섭다. 게다가 한유민의 신법은 계속해서 용유진의 사각으로 파고들어 용유진이 거리를 확보할 틈을 주지 않았다.

한유민의 공격이 다섯 번도 이어지지 않아 이미 용유진의 몸에 한유민의 소도가 파고들기 시작했다.

"이런, 젠장!"

용유진이 당황하여 소리친다.

한번 빈틈을 파고든 한유민의 소도는 수월하게 용유진의

다음 빈틈을 노렸다.

빈틈과 빈틈을 오가는 소도가 용유진의 몸에 자신의 흔적들을 남긴다.

순식간에 용유진의 몸은 피로 물들기 시작했다.

치명적인 부위는 아니었지만 소도는 예리했고, 한유민은 지혈할 겨를을 주지 않았다.

그제야 용유진은 지금의 상황이 진정 목숨을 걸어야 할 상황이라는 것을 깨달았다.

"으아아아아!"

용유진은 거칠게 몸을 비틀며 칼을 한유민에게 들이밀었다. 마치 한유민의 소도를 튕겨내려는 듯한 모습이다.

하지만 한유민은 용유진에게 기회를 주지 않았다. 오히려 한유민은 용유진의 무리한 동작 사이의 빈틈을 노려 칼을 날렸다.

촤악!

"크윽."

몸속을 휘젓는 불같은 통증은 이번 상처가 제법 깊다는 사실을 용유진에게 말해주었다. 이런 식으로 계속 상처를 입게 된다면 절대 상대를 당해내지 못한다.

용유진은 필사적으로 한유민의 다음 공격을 향해 들고 있던 칼몸을 들이밀었다.

사락.

기대했던 한유민의 공격은 들어오지 않았다. 대신 한유민은 찌르기를 취소하고 몸을 낮춰 용유진의 좌측으로 파고들었다.

용유진은 곧장 칼몸을 아래로 내려쳤지만 한유민은 다시 몸을 슬쩍 비틀어 소도로 용유진의 왼 팔뚝을 베고 지나갔다.

"으윽!"

선혈이 튄다.

아래로 내려치던 찰나 팔에 입은 공격이라 순간 용유진은 무기의 무게를 감당하지 못하고 왼손으로 받치던 칼을 놓쳤다.

툭, 칼끝이 땅으로 늘어진다.

지금까지 그나마 간신히 보호해 왔던 치명적인 급소들이 드러난다.

그 빈틈을 놓칠 한유민이 아니었다.

쐐액!

살기가 폭발한다.

용유진의 목덜미를 향해 필살의 기세를 담은 한유민의 소도가 뻗어나갔다.

까앙!

"젠장."

한유민이 낮게 중얼거리며 뒤로 물러난다.

방금 전 한유민은 하마터면 들고 있던 칼을 떨굴 뻔했다.

무서운 힘이었다. 용유진은 오른손 한 손만으로 칼을 위로 올려쳐 한유민의 소도를 튕겨내 버렸다.

일그러진 표정이 상당히 고통스러워하는 듯 보였지만 용유진은 한 번 잡은 기세를 놓치지 않고 칼을 다시 내리그었다.

쩌엉!

한유민은 칼을 다시 한 번 마주치고는 재빠르게 뒤로 물러났다.

용유진의 힘에 도저히 정면 승부가 가능해 보이지 않았기 때문이다.

손이 진동해서 힘이 들어가지 않고 있었다. 적지 않은 부상을 입은 듯한데도 용유진에게서는 정말 무식하기 그지없는 괴력이 뿜어져 나온다.

동창의 단주급 무사라면 분명 좋은 무공을 가졌으리라 생각할 수 있지만 그렇다 해도 너무 강한 것이 아닌가?

후웅! 후웅!

용유진의 검이 계속 휘둘러져 온다. 한유민은 용유진의 거친 공세를 버티지 못하고 뒤로 물러났다.

한유민과의 거리가 멀어지자 비로소 용유진의 공세가 멈춘다.

두 사람은 떨어져서 잠시 숨을 골랐다.

괴물 같은 힘과 체력을 지닌 자다. 한유민은 용유진을 바라보며 그렇게 생각했다.

용유진의 온몸은 피로 물들어 있었다. 분명 시간을 끈다면 제 풀에 지쳐 쓰러질 듯한 모습이지만 그렇다고 해서 금방이라도 쓰러져 줄 것 같은 모습은 아니다. 용유진의 눈빛은 아직 살아 있었다.

무엇보다 시간을 끈다면 진원명이 버티지 못할 것이다. 한유민은 자세를 잡으며 다시 한 번 강공으로 몰아칠 준비를 했다.

그때 한유민의 시야에 용유진이 눈을 부릅뜨고 숨을 들이마시는 모습이 보인다.

"젠장!"

한유민이 입술을 깨물었다. 고함을 지르려는 것이다.

자신의 수하들을 물린 이유는 많은 인원이 좁은 배에 승선할 시간을 버는 이유도 있었지만 자신을 같은 편으로 보고 있을 적들이 지금의 마찰을 수하들을 제외한 그들 윗선의 다툼으로 한정짓도록 하기 위해서이기도 했다.

애초에 다툼의 원인이 무정화에게 있었으니 용유진은 지금의 다툼이 동창과 관의 다툼으로까지 확대되길 원하지 않을 것이다. 그래서 무정화와 자신이 다투기 시작했음에도 수하들을 부르지 않았던 것이다.

하지만 지금과 같이 그들의 목숨이 위험해진다면 당연히 얘기가 달라질 수 있으리라.

용유진이 소리치는 것과 한유민이 재빠르게 뒤를 돌아보며 외치는 것은 동시에 이루어졌다.

"그녀를 죽이지 말아라!"

"진 소협은 곧장 배로 도망치시오! 전 당주는 배에 탄 인원과 함께 하선해 무정화를 상대해라!"

한유민은 지독하게 합리적이고 계산적인 인물이다.

어려서부터 그렇게 교육받았고 지금껏 그것을 옳다 여겨왔다.

그렇기에 이처럼 위급한 상황에서도 무의미한 감정 따위에 휩싸이지 않고 침착하게 자신이 할 수 있는 최선의 방안을 떠올릴 수 있었던 것이다.

그것은 한 척의 배와 거기에 탄 수하들을 미끼로 내준 도주였다.

한유민은 그렇게 판단하고 실행하면서 자신의 미끼가 되어줄 그들에 대해 미안함이나 죄책감을 느끼지 않았다.

어쩔 수 없기 때문이다.

그들을 희생하지 않으면 모두가 죽게 되고, 그들이 희생하면 나머지는 살 것이다. 최선의 행동에 따르는 어쩔 수 없는 희생은 그 누구의 책임도 아니다.

한 조직을 다스려야 하는 입장이라면, 게다가 보통의 조직이 아니라 일국(一國)과 적대하고 있는 조직, 백련교의 수장이라면 당연히 그렇게 여겨야만 한다.

그렇게 여겨야 조직이 살아남을 수 있고, 그 자신도 견뎌낼 수 있다.

때문에 한유민에게 있어 개인적인 감정은 사치다.

그리고 한유민은 지금 자신의 일을 잠시 잊었을 정도로 그 사치를 누리고 있었다.

눈앞에 펼쳐진 믿지 못할 광경에 대한 놀람만이 아니다.

한유민은 안도하고 있었다. 오늘의 일에 어느 누구의 희생도 일어나지 않게 되었다는 것에, 자신이 자신의 부하들을 죽음으로 내몰지 않아도 되게 되었다는 사실에 대해.

"이, 이 여자를 이대로 두고 도망가라는 겁니까?"

진원명이 말한 여자, 무정화는 지금 땅바닥에 누워 분노와 경악에 물든 눈으로 진원명을 노려보고 있었다.

그리고 진원명은 왠지 피곤한 안색으로 무정화의 시선을 피하려 애쓰며 아까 한유민이 던져 준 칼로 무정화의 목을 겨누고 있었다.

수풀 속에서 한유민이 희생양으로 불러냈던 전 당주와 몇 명의 사내들이 달려나오는 것이 보인다.

한유민은 왠지 웃음이 나오려는 것을 참으며 고개를 저었다.

"아니, 그대로 있으시오. 그녀는 대단한 고수이니 풀어줘서는 곤란하오."

진원명은 난처한 표정을 지어 보였다. 자신을 노려보고 있는 여인의 표독스러운 눈이 부담되었기 때문이다.

그때 한유민의 뒤편에서 용유진이 말했다.

"그, 그녀 무정화를 놓아주시오. 서로 다툼이 있기는 했지만 그렇다 해도 같은 편이 아닙니까?"

"이런 멍청한 녀석, 아직도 상황을 모르느냐? 관군 나부랭이 중에 이런 무공을 가진 녀석이 있을 리가 없지 않느냐. 이 녀석들은 관군이 아니다. 이 녀석들이 너를 속이고 저 도관에 있던 자들을 모두 빼돌린 것이란 말이다!"

무정화가 악에 받쳐 소리를 지르자 그제야 사태를 이해한 용유진이 얼굴을 일그러뜨리고 한유민에게 외친다.

"이, 이 빌어먹을 녀석, 날 속였구나!"

"그 점은 미안하게 생각하오."

"그렇다면 무정화를 놔줘라. 너희는 이미 목적을 이뤘으니 그녀를 붙잡고 있어보아야 더 이상 소용도 없지 않느냐?"

"당신의 생각과 다르게 우리는 아직 목적을 이루지 못했소. 그러니 무정화도 아직은 우리에게 소용이 있다오. 우리가 이곳을 무사히 벗어나게 된다면 그때 무정화를 놓아주겠소."

한유민의 차분한 대답에 용유진이 얼굴을 일그러뜨린다.

"그 말을 어찌 믿을 수 있나? 이곳을 벗어나게 되면 너희가 무정화를 해치지 않으리라는 보장이 없지 않느냐?"

한유민은 고개를 살짝 돌려 무정화를 돌아본다. 한유민의 눈이 가늘게 떠진다.

"흠, 그건 걱정하지 않아도 될 것 같소. 아무래도 굳이 죽여 없애야 할 만큼 대단한 인물은 아닌 듯 보이는구려."

"이, 이 자식……."

무정화가 분노에 몸을 떤다.

진원명은 한유민의 모습을 바라보며 고개를 갸웃거렸다. 한유민의 표정이 왠지 낯설었기 때문이다.

지금 한유민의 모습은 마치…….

"웃고 있는 것인가?'

한유민은 왠지 즐거워 보였다.

"모두들 바로 출발할 수 있게 준비되어 있소? 내가 탈 배에 무정화를 태우겠소. 전 당주는 수하들과 함께 무정화를 포박해 배에 실어주시오. 알고 있겠지만 거친 여인이니 주의하시오."

한유민은 달려온 수하들에게 지시를 내리고 이어 용유진을 돌아보았다.

"당신은 수하들을 수습해 돌아가시오. 만약 동창이 뒤를 따르는 기색이 보인다면 무정화의 안전은 보장할 수 없소."

말을 마친 한유민이 진원명에게 걸어온다. 진원명은 한유민의 수하들에게 무정화를 넘기고 다가오는 한유민을 바라보았다.

평소와 같은 무표정한 얼굴, 잠시 한유민의 모습을 곰곰이 바라보던 진원명이 피식 웃으며 중얼거렸다.

"어두워서 잘못 본 모양이군."

"뭐라 하셨소?"

"아, 아닙니다. 일이 잘 풀려서 다행이군요."

진원명의 말에 한유민이 고개를 끄덕인다.

"다 진 소협 덕분이오. 부상에서 완치한 것도 대단한데 그동안 무공도 엄청나게 발전하신 것 같구려."

진원명이 무정화를 돌아보았다. 그리고 자신이 들고 있는 무정화의 검을 내려다보았다.

"아마도, 그런 것 같습니다."

진원명이 중얼거린다. 방금 전 무정화와의 교전을 떠올렸기 때문이다.

자신은 자신도 모르는 사이에 어떤 깨달음을 얻고 있었던 것 같다. 아마, 아민의 검술을 연구하고, 지난번 무당파 도사의 검무를 보며 자신도 모르는 사이 뇌리에 축적된 어떤 깨달음이 방금 전 무정화와의 교전을 통해 폭발해 나온 것이리라.

하지만 방금 자신이 펼쳤던 검술을 다시 떠올려 보면 어떻게 했는지 그 과정이 모호하다.

"하지만 다시 써보라면 못할 것입니다."

진원명의 말에 한유민이 고개를 갸웃거린다.

이번에 자신이 펼쳤던 검술은 무의식의 상태에서 펼친 것이었다. 마치 지난번 적들의 저택에 끌려가 암습을 받았을 때 잠시 느꼈던 것처럼 말이다.

그 당시에는 단목영이 붙잡혀 있었기에 그러한 무의식 상태의 몰입도 금방 끝나 버렸지만 방금 전은 그렇지 않았다.

방금 전 무정화와 겨루며 진원명은 잠시나마 자신이 깨달으려 한 검술의 마지막 단계를 엿보았었다.

*　　　*　　　*

검신이 반사하는 달빛에 검날의 예리함이 담겨 진원명의 시선을 떠나지 못하게 한다.

두려움? 거부감? 그런 좋지 않은 감정들은 이미 모두 사라져 있었다. 심지어 무정화와 대치해 있었다는 지금의 상황조차 진원명은 떠올리지 않고 있었다.

진원명은 단지 자신이 들고 있는 이 아름다운 동방검(東方劍)에 빠져 있었다.

진원명의 검이 움직이면 진원명의 시선이 그 검을 따라간다. 아니, 단순히 시선만이 아니다. 검의 움직임에 진원명의 모든 정신과 육체가 따라다니고 있었다.

검을 쥐고 있는 것은 분명 진원명이다.

하지만 지금 진원명은 그러한 사실에 대해 의문을 느꼈다.

'정말 내가 검을 쥐고 있는 것인가? 아니면 검이 나를 쥐고 있는 것인가?

검신합일의 경지는 분명 예전에 경험한 터였다. 하지만 지금 진원명이 느끼는 감정은 과거에 경험한 것과 달랐다.

검을 중심으로 세상이 재해석되고 있다. 진원명에게 있어 세상이 가진 모든 가치의 중심은 자신이 들고 있는 동방검이 되었다.

검은 끊임없이 움직였다. 진원명의 육체가 그 움직임을 버거워할 정도로 급박하고 상식을 벗어난 움직임이 이어졌다.

진원명은 점차 자신의 몸이 불편해졌다.

좀 더 빠르고 자연스럽게 움직일 수 있을 것 같은데, 이 육체의 한계 때문에 그럴 수가 없다.

자신의 손이, 다리가, 몸의 모든 관절의 움직이는 모양새가 거추장스러웠다.

육체의 모든 마디와 관절이 좀 더 자연스러웠다면, 검이 움직이는 틀이 몸의 형상에 얽매이지 않는다면 좋을 텐데…….

진원명은 고민했다.

그리고 한 가지 해답을 내렸다.

그 결론에 따라 진원명의 손이 검을 놓았다.

순간 검은 스스로 빛살이 되어 자신이 머금었던 달빛을 벗어던졌다.

용쟁(龍爭) 5

"아무리 검이 없었다 해도 천하의 무정화를 제압하다니, 생각해 볼수록 정말 대단하시오."

배는 점차 뭍에서 멀어져 가고 있었다. 진원명이 호수를 바라보며 방금 전 교전을 떠올려 보다가 한유민의 목소리에 고개를 돌렸다.

한유민이 자신을 바라보고 있다. 말의 내용과 다르게 한유민의 표정은 무뚝뚝하기 그지없었다.

역시 아까 한유민의 즐거운 듯한 표정은 자신의 착각이었던 것이리라. 진원명이 피식 웃으며 말했다.

"운이 좋았던 거죠."

"제압? 운이 좋아? 무슨 헛소리를 하는 거지? 나를 조롱하는 것이라면 쓸데없는 짓이다. 무정화라는 이름이 아무리 대단하다 하여도 난 내가 천하제일이라 여긴 적은 없었으니까. 이기지 못할 싸움에 지는 것은 무인에게 부끄러워할 일이 아니지. 그런 도발로 나를 자극하는 것을 보니 네놈들의 수준이 짐작되는구나. 네놈들이 정말 영리하다면 지금이라도 죄를 뉘우치고 내 앞에 엎드려 비는 것이 최선임을 알았을 것이다."

곁에서 끼어든 날카로운 목소리는 무정화의 것이었다. 무정화는 인질로 잡혀와 혈도가 점해진 채 꽁꽁 묶여 진원명과 한유민의 배에 함께 타고 있었다.

"당신이 화가 난 것을 잘 알고 있소. 정상적인 대결이었다면 우리가 당신을 당해낼 수 없어 어쩔 수 없이 쓴 편법이니 당신이 이해하시오."

한유민이 무정화를 돌아보며 말한다. 무정화가 인상을 찌푸리며 묻는다.

"네놈은 지금 무슨 소릴 하는 것이냐?"

한유민과 진원명은 대답하지 않았다.

무정화는 잠시 고민하다가 입을 열었다.

"혹시, 네놈은 원래 이놈과 한패가 아니었던 것이냐?"

의외로 무정화의 눈치가 예리하다.

한유민과 진원명은 여전히 대답하지 않았지만 무정화는

이해했다는 듯 거만한 표정을 지으며 한유민을 내려다본다.

"오호라, 네놈은 애초 이 녀석의 무공이 어느 정도인지 몰랐던 게로구나. 게다가 방금 이 녀석이 무슨 무공을 사용했는지도 보지 못한 것이고. 후훗, 바보 녀석. 제대로 알지도 못하는 자와 일하려거든 적어도 상대의 그릇은 알고 있었어야지."

한유민이 무정화에게 슬쩍 시선을 둔다. 그 표정은 언제나처럼 무표정하다.

무정화는 조롱하듯 웃으며 말을 이었다.

"하긴 그렇게 어리석으니 일을 이렇게 처리하겠지. 동창이이 많은 인원이 움직이는 것을 놓칠 것 같으냐? 이렇게 도망가 봐야 한순간일 뿐이다. 피차 귀찮아지는 것뿐이지. 내가 네놈들이라면 이제부터 동창에 쫓기며 그 벌레 같은 목숨을 연명하고 사느니 이 자리에서 스스로 목숨을 끊어버렸을 것이다."

무정화는 계속 곁에서 한유민을 조롱했다.

안 그래도 한유민에게 조용히 묻고 싶은 것이 있었는데 무정화가 곁에 있어서 하지 못하고 있던 차에 무정화가 계속 옆에서 시끄럽게 떠들어대기까지 하니 진원명은 조금 짜증이 치밀어 올랐다.

진원명이 고개를 돌려 못마땅한 표정으로 무정화를 바라본다.

"뭘 쳐다보지? 내 말이 불만인가? 뭐, 네놈의 무공이 보통이 아니긴 했지만 그래 봐야 너 혼자서는 아무것도 하지 못한다. 방금 전 그 무공을 쓴 뒤에도 무척이나 지쳐 보이더군. 아, 그러고 보니 네놈 옆의 그 바보 녀석은 네놈이 방금 사용한 무공이 뭔지도 모른다고 했지? 내가 친절하게 가르쳐 주도록 하지. 방금 이 녀석이 쓴 무공은 바로 전설의 이기어……."

"부끄러움을 모르는군. 지금 가슴이 훤히 보인다오."

한유민이 한숨을 쉬며 뱉은 한마디에 무정화가 움찔하며 말을 멈춘다. 무정화가 서서히 시선을 내려 자신의 가슴을 내려다보고는 이내 얼굴이 창백하게 질린다.

"…이, 이, 이 더러운 녀석들! 빨리 고개를 돌리지 못하겠느냐!"

무정화의 옷 가슴 부위가 잘려서 나풀거리며 그 사이로 흰 피부가 비쳐 보이고 있었다.

아까 전 한유민의 기습으로 가슴에 검상을 입었을 때 옷도 같이 찢어졌었던 것이다.

무정화는 한동안 길길이 날뛰다가 한유민이 자신의 장포를 벗어 덮어주자 그제야 조용해졌다.

"그러고 보니 진 소협은 아마 몰랐겠구려. 저 무정화가 동창의 오귀 중 한 명이오. 동방검술을 사용하는데 냉정하고 사람을 베는 데 주저함이 없어 보통 무정귀(無情鬼)라 불리오."

한유민이 나직하게 말한다. 진원명이 무정화를 슬쩍 바라보고는 고개를 끄덕였다.

무정귀는 분기탱천한 표정으로 이곳을 바라보고 있었다. 한유민에게 도움을 받은 터라 폭언은 사라졌지만 기가 죽은 것 같지는 않아 보였다.

참으로 드센 여인이다. 진원명이 그렇게 생각하며 고개를 살짝 내저었다.

얼마간 배를 저어 가자 호수 가운데에 떠 있는 작은 섬이 보였다. 한유민의 지시에 따라 일행은 잠시 섬에 올라 숨을 골랐다.

한유민이 구해낸 자들의 대표로 보이는 사내가 포권을 취하며 말했다.

"한 교주의 조력에 감사드립니다. 한 교주가 아니었다면 오늘 우리는 꼼짝없이 동창에게 당했을 겁니다."

"좌위장(左衛將)께서 소란없이 잘 호응해 준 덕이오."

한유민이 마주 포권을 취하자 사내가 빙긋 미소 짓는다.

"하지만 우리는 해야 할 일이 있으니 이에 대한 보답은 다음으로 미루어야 할 것 같습니다."

진원명은 배에서 내리자마자 한유민이 구해낸 사람들을 살펴보고 있었다. 하지만 아민과 비슷한, 작은 체구의 무인은 보이지 않는 듯하다.

한유민이 사내에게 대답한다.

"무 형을 구하려는 것이오?"

"무 형이라니, 누구?"

사내가 의아한 표정을 짓다가 진원명을 슬쩍 쳐다보고는 이해했다는 듯 고개를 끄덕인다.

"아, 맞습니다. 역시 한 교주께서는 알고 계셨군요. 저흰 그분을 구하려 합니다."

무민에게 무슨 일이 있었던 것일까? 아민을 찾던 진원명이 두 사람의 대화로 관심을 돌렸다. 한유민이 말을 잇는다.

"무 형이 감금되어 있는 곳이 이곳 악주요?"

"그렇습니다."

"그 정보는 어떻게 얻은 것이오?"

"자세한 내력을 말하기는 어렵습니다만 아민이 얻어온 정보이니 신뢰할 만합니다."

아민이 이곳에 있는 것인가? 진원명이 사내의 말에 다시 주변을 둘러본다.

"아민이 이곳에 있소?"

한유민의 질문에 사내가 고개를 저었다.

"아닙니다. 아민은 저희와 따로 행동하고 있습니다."

진원명은 가볍게 한숨을 내쉬었다.

아마 무민은 누군가에게 사로잡혀 있었던 모양이다. 그리고 아민이 이곳으로 돌아온 것은 무민을 구하기 위함인 듯하다.

그렇다면 무민을 사로잡은 것은 누구인 것일까? 대화의 분위기로 보아 동창은 아닌 듯했다.

두 사람의 대화가 이어진다.

"하지만 내가 보기에 그 일은 실패가 예정된 듯하구려."

한유민의 말에 사내가 눈살을 찌푸렸다.

"한 교주의 말씀은 이해하기 어렵습니다. 저희는 이미 뜻을 정했고, 그 일의 가능성에 대해서도 충분히 타진해 보았습니다."

"당신들이 파악한 상황이 정확하다는 가정 아래 내린 결론이니 의미가 없소."

"무슨 의미입니까?"

"이번 일의 낌새가 좋지 않다는 사실을 당신들도 모르진 않을 것이오."

"상황이 좋지 않은 것은 사실입니다."

"그냥 좋지 않은 것이 아니라 좋지 않은 쪽으로 계속 흘러가고 있지. 그것이 단순한 불운이 아닌 누군가의 계획이라면 어떻겠소?"

사내가 고개를 살짝 내저으며 한유민을 바라본다.

"한 교주가 알고 있는 사실이 있다면 속 시원하게 말해주십시오."

"당신들의 움직임을 읽고 예측할 수 있는 자가 당신들을 해치려 했을 수도 있소."

사내가 잠시 고민했다.

"한 교주의 말씀은 우리 내부에 첩자가 있지 않는 이상 절대 불가능한 일입니다. 그리고 우리 조직에 첩자가 있을 리가 없습니다. 만약 있었다 해도 주변 사람들에게 반드시 적발되었을 것입니다."

"첩자 본인이나 그 주변 사람들은 자신의 행위를 깨닫지도 못할 것이오. 그 인물이라면 쉽게 당신들의 정보를 빼낼 수 있겠지."

"도대체 한 교주께서 말하는 인물이 누구인 것입니까?"

한유민은 사내와 사내의 동료들을 잠시 훑어보고는 대답했다.

"철영(鐵影)."

한유민의 대답에 순간 사내와 사내의 동료들의 표정이 모두 굳는다.

"무, 무슨 말을 하는 것입니까?"

"철영이라면 가능할 것이오. 철영과 내통하는 자들 본인이나 주변 인물들이 그들 자신의 행위를 배반이라 여기지 않을 테니 말이오."

사내가 분노한 표정으로 외친다.

"농담 따위를 하는 것이라면 듣고 싶지 않습니다!"

"최근 동창이 관과 연계해 움직인다는 사실을 알 것이오. 우리 측 정보원이 알아낸 바로는 동창과 접선하는 관아의 인물들 중에 철영의 모습이 있었소. 직책이 낮아 보이지 않았다 더군."

"무슨 소립니까? 철영 사부가 왜 관아에……."

"그리고 얼마 전부터 한강민이 관과 교류하고 있었소. 철영의 존재를 파악한 것도 한강민과 교류하던 자들을 염탐하던 도중이었소."

"그럴 리 없습니다!"

"하지만 사실이오."

사내의 표정은 믿을 수 없다는 듯 일그러져 있었다.

"그분이, 그분이 배반할 리 없습니다."

"하지만 철영은 이미 몇 년 전 당신들을 떠난 상태이지. 그가 세상을 떠돌며 어떻게 변했을지 아무도 모르는 일이오."

한유민의 말에 사내는 고개를 저었다.

"그게 사실이라면 뭔가 의도하고 계신 일이 있을 것입니다. 결코 이처럼 우릴 배신할 분이 아닙니다."

"하지만 밝혀진 상황이 이처럼 명확하니 어찌 되었든 조심해서 손해 볼 것은 없을 것이오. 당신들은 되도록 빨리 이곳에서 벗어나야만 하오."

"우리가 이곳을 벗어난다면 나머지 동료들은 어쩐단 말이오?"

"그들은 우리가 구해내겠소. 당신들 중 누가 철영과 내통하고 있는지 알 수 없으니 당신들이 이곳에 머무르는 것은 모두를 위험하게 만들 것이오."

사내의 표정이 살짝 변한다.

"우리는 신병을 한 교주에게 의탁해야겠군요."

"당신들이 교 내의 일을 도와줘야 할 것이오. 그래야 내게 당신들의 동료들을 구해낼 만큼의 여력이 생긴다오."

한유민의 말에 사내가 잠시 고개를 숙이고 침묵했다. 진지한 표정으로 뭔가를 고민하던 사내가 잠시 후 입을 연다.

"제게 말하지 않은 사실이 있군요."

사내가 고개를 들었다.

"한 교주께서 우리를 도운 것은 단순히 우릴 위해서만은 아닐 겁니다. 한 교주는 만약의 경우 우리가 철영 사부에게 돌아서는 것을 걱정하고 있는 것이 아닙니까?"

한유민에게서는 별다른 표정 변화가 없다. 사내는 계속 말했다.

"만약의 일이지만 철영 사부가 한강민 공자와 동맹을 맺고 주군을 설득해 낸다면 한 교주와 우리는 적이 될 수도 있는 일입니다."

"당신에게는 날 믿는 것보다 철영을 불신하는 것이 더 힘들 것이오. 하지만 잘 생각해 보시오. 철영과 무관하게 단순히 우연히 상황이 이렇게 된 것이라 하여도, 그들의 움직임은 어떻게 보아도 당신들을 사지로 끌어들이고 있는 모양새요. 그것만은 의심할 여지 없는 사실이라오. 철영의 의도를 제쳐

두고서라도 당신들이 이곳에 남아 있는 것은 위험하오."

사내는 한유민의 말에 다시 눈살을 찌푸리고 생각하더니 대답했다.

"한 교주의 의도를 전적으로 의심하는 것은 아닙니다. 단지 지금의 상황을 확신하지 못하는 상태에서 누군가를 따르기보다는 일단 악주에서 몸을 숨긴 채 추이를 살피는 것이 좋으리라는 생각이니 이해해 주시기 바랍니다."

한유민은 잠시 지그시 사내를 바라보다가 이내 시선을 거둔다.

"좌위장의 뜻이 그렇다면 어쩔 수 없구려."

"한 교주가 최대한 저희를 배려해 줬음을 잘 알고 있습니다. 한 교주가 몇 가지 정보를 숨겼다면 저희에게 선택의 여지가 없었을지도 모르지요."

"교의 사정이 그리 좋지 못하니 당신들의 전적인 도움 없이는 이곳에 사람을 나눌 형편이 되지 못하오. 어차피 당신들이 교 내의 일을 돕게 되었다면 알려질 일이었으니 지금 속여 봤자 의미가 없었소."

"한 교주의 고충을 이해합니다."

사내가 고개를 살짝 숙여 보였다. 한유민이 손을 내젓고는 몸을 일으켜 조금 떨어진 곳에서 두 사람의 대화를 지켜보고 있던 진원명에게 다가왔다.

한유민이 나직하게 진원명에게 말한다.

"얘기할 것이 있소."

"아, 그러고 보니 한 교주께 물어볼 게 하나 있었습니다."

한유민이 진원명에게 이야기하고 있을 때 방금 한유민과 얘기를 나눴던 사내가 한유민의 뒤편에서 소리친다. 한유민이 뒤를 돌아본다.

"무엇이오?"

"한 교주는 어떻게 우리가 있는 위치를 아셨습니까?"

"강진상이라는 사내가 내게 몸을 의탁하고 있소. 위중한 상처를 입고 있던 것을 내가 도와줬지."

"황자조가 소식이 끊겨 걱정하고 있었는데 강 일곱째가 한 교주와 함께 있었군요. 나머지 조원들이 어떻게 되었는지 들었습니까?"

지난번 자신을 습격하다 자신에게 당했던 자들의 이야기다. 진원명이 내심 뜨끔하고 있을 때 한유민이 대답한다.

"모두 죽었다고 합니다."

사내는 고개를 끄덕이고는 더 묻지 않았다. 진원명이 한숨을 내쉬고 있을 때 한유민이 다시 진원명에게 고개를 돌려 말한다.

"조금 걸읍시다."

진원명이 고개를 끄덕이며 자리에서 일어났다.

섬은 그리 넓은 편이 아니었다. 한유민은 일행이 모여 있던 곳의 반대편으로 걸어갔다. 뭔가 진원명에게 긴히 할 말이 있는 듯하다.

섬 중앙에는 잡목들이 드문드문 자라 있었다. 한유민은 그 잡목들에 가려져 이등과 다른 사람들이 쉬고 있는 위치가 보이지 않을 만한 곳까지 이동해 자리를 잡고 걸터앉았다.

"무언가를 믿는 사람들은 간혹 그 믿음에 눈이 멀곤 하오. 방금 나와 얘기한 사내가 그렇소. 그는 이등(李登)이라는 사람인데, 제법 명석한 인물이오. 그는 분명 내 말이 옳다는 것을 머리로는 이해하고 있을 텐데도, 그것을 쉽게 인정하지 못하는 것이지."

한유민이 입을 열었다. 진원명은 한유민의 곁에 걸터앉으며 수풀 속을 슬쩍 돌아보았다.

"방금 말한 철영이라는 인물이 저 사내에게 그만큼 믿음을 주었던 인물인 모양이군요."

한유민이 고개를 끄덕인다.

"그렇소. 철영은 대단한 존재감을 가진 인물이었지. 그를 아는 자라면 아마 대부분 그를 신뢰하지 않을 수 없었을 것이오. 이등이 이렇게 반응하리라는 것은 어느 정도 예상하고 있었던 사실이기도 하오."

한유민은 말을 하면서도 진원명이 아닌 자신의 정면에 놓인 호수를 바라보고 있었다. 진원명도 한유민의 시선을 따라 호수를 바라보았다. 달마저도 구름에 가려진 터라 눈앞에 보이는 호수는 칠흑처럼 검다.

"사실 철영에 비교해 나라는 인물이 그다지 믿음이 가는 모습을 하고 있지 않은 탓도 있을 거요. 보시다피 난 항상 이렇게 분장으로 본래 얼굴을 감추고 있고, 자신의 감정마저 드러내 보이지 않소. 누구에게도 자신을 내보이지 않으면서 상대에게 믿음을 구하는 것은 어불성설이겠지."

조금 자조적인 내용의 이야기였지만 그럼에도 한유민의 목소리는 변함없이 무감동했다. 진원명은 왠지 모를 안타까운 마음이 드는 것을 느끼고 말했다.

"하지만 한 교주는 상대방을 믿어주지 않습니까? 상대방이 그 사실을 안다면 그 역시 한 교주를 믿지 않을 리가 없을 겁니다."

한유민이 눈을 가늘게 뜨며 진원명을 돌아본다.

"당신도 그와 똑같은 소릴 하는구려."

"네?"

한유민은 잠시 진원명을 바라보다가 고개를 저었다.

"진 소협은 나를 잘못 알고 계시오. 난 사람을 믿지 않는다오. 남들이 날 믿어준다면 그것은 그냥 일방적인 신뢰가 될 것이오."

한유민의 어조가 평소보다 좀 더 무감정하게 느껴진다.

진원명은 고개를 갸웃거렸다. 한유민의 생각이 어찌 되었건 자신의 생각은 변함이 없다.

"어쨌든 전 한 소협을 믿습니다."

한유민은 다시 호수를 바라본 채 고개를 살짝 끄덕였다.

"사실, 그래서 진 소협이 필요했던 것이긴 하오."

한유민은 돌아보지 않고서도 지금 진원명이 자신을 바라보고 있다는 사실을 느낄 수 있었다.

사실 한유민은 지금 자신을 바라보고 있을 진원명을 마주보지 않기 위해 호수를 바라보고 있는 것이었다.

'믿을 수 있는 것은 변하지 않는 사실들뿐이다. 누군가가 너에게 호의를 보이고 너를 믿어준다면 그것은 지금까지 네가 그에게 베푼 호의에 대한 결과일 뿐이다. 그 결과는 한계가 있지. 인간이면 누구나가 가지고 있는 망각이라는 한계. 그가 네가 베풀었던 호의를 잊는 순간 그가 네게 가진 호의와 믿음도 끝날 것이다. 그 호의와 믿음에 현혹된다면 기다리는 것은 배반에 의한 상처뿐인 것이지. 항시 누군가를 부릴 때는 그가 뜻하지 않은 방향으로 움직일 것을 대비해 두어라. 그것이 너를 살리고, 교(教)를 살릴 것이다. 명심해라.'

한유민은 오래전 들었던 목소리를 떠올리며 입을 열었다.

"진 소협이 이곳에서 나를 대신해 주시오."

진원명은 한유민의 느닷없는 요청에 당황하지 않았다.

"…알겠습니다."

진원명의 확신에 찬 어조가 한유민이 떠올렸던 목소리를 부정하는 듯했다.

한유민은 진원명을 바라보지 않았지만 진원명의 모습을 머릿속에 그릴 수 있었다. 진원명의 방금 전 목소리는 낯설지 않다. 바로 무민과 아민이 보이곤 하던 그 신뢰에 찬 음성과 같다.

바로 자신에게 누구보다 사람을 신뢰하고 있다고 말했던 그들의 목소리.

"하나같이 어리석은 자들이지."

한유민은 나직하게 속삭이고는 진원명을 돌아보았다. 그리고 평소와 같은 무표정으로 진원명에게 자신의 계획을 설명하기 시작했다.

第二章 불패(不敗)

"자신은 지금까지 중요한 고비마다 안주(安住)와 진행(進行)이라는 선택 중 항시 진행만을 선택했다. 아니, 정확히는 진행을 선택해야 할 상황에 놓였다. 아마 그런 것이 습관이 되어서일까? 지금의 자신은 안주하는 것을 불편하게 여기게 된 듯하다. 분명 여기서 더 나아가는 것이 그나마 유지되고 있는 현실마저 붕괴시킬지도 모른다는 것을 알면서도 난 그 진행을 멈추지 못한다."

야인(夜人) 1

쏴아아.

그날은 아침부터 비가 쏟아졌다.

빗방울이 땅바닥을 헤집고 들어갈 정도의 장대비인 터라 악주 시내를 가로지르는 대로는 평소와 달리 한적했다.

간혹 도롱이를 뒤집어쓴 사내들이 날랜 걸음으로 그 위를 지나가곤 했는데, 주의 깊게 지켜본다면 그 사내들 중 상당수의 행로가 동일하다는 사실을 알 수 있을 것이다.

그 행로가 끝나는 지점, 유원협이 소유하고 있는 거대한 장원의 처마 아래에서 진원명은 쓰고 있던 도롱이를 벗어 물을 털어내고 있었다.

"이런, 다 젖었잖아."

진원명은 살짝 투덜대고는 이내 장원의 대문을 돌아보았다. 자신과 같이 처마 밑에서 물을 털어낸 무인들 몇 명이 장원으로 들어서는 모습이 보인다.

한유민과 헤어진 뒤 일주일이 지났다.

그간 세간에는 유원협의 연회를 통해 아민의 패거리가 악주로 돌아왔다는 소문이 퍼졌고, 그 소문에 뒤따라 동창이 얼마 전 호숫가에 위치한 도관에서 흉수들을 거의 잡을 뻔하다가 놓쳤다는 소문도 퍼졌다.

전자의 소문이 잠시 동안 악주에 모여 있는 무인들을 일확천금의 희망에 들뜨게 했지만 이내 후자의 소문이 악주에 모여 있던 무인들을 주눅 들게 만들었다.

동창의 행사가 실패할 정도로 적들의 실력이 대단하다면 일반 무인들이 단독으로 그들에게 대항하는 것은 자살 행위와도 같다.

대다수의 무인들은 의욕을 잃은 채 허송세월했고 더러는 악주를 떠나는 이도 있었다.

악주에 모인 무인들이 이처럼 의욕을 잃는 것은 흉수들에게 위협받는 유원협에게 좋은 소식이 아닐 것이다.

때문에 얼마 뒤 유원협은 한 가지 계책을 내놓았다.

흉수를 토벌하기 위해 악벌단(惡伐團)이라는 작은 단체를 조직한다는 공고를 내건 것이다.

보수로 한 달에 은 스무 냥의 거금을 내건 데다 악벌단이 흉수를 잡을 경우에는 그 공에 따라 단원들에게 상금을 분배해 준다 하였으니, 어차피 혼자서 흉수들과 맞설 자신이 없던 무인들이 모두 그 소식을 반겼다.

그 단체의 무인들을 선발하는 날짜가 바로 오늘이었다.

"빌어먹을! 하필 오늘 같은 날 비가 쏟아지다니!"

거칠게 외치는 한 여인이 진원명의 눈앞으로 뛰어들었다.

물기를 다 털어내고 대문으로 향하던 진원명은 하마터면 그 여인과 부딪칠 뻔하다가 가까스로 뒤로 몸을 뺐다.

황급히 물러나는 바람에 등에 멘 봇짐이 처마 밖으로 비어져 나가 비에 맞았다. 진원명이 곧바로 다시 처마 안으로 들어왔지만 이미 등허리가 축축해져 있다.

도롱이를 벗은 여인이 고개를 돌려 진원명을 흘깃 노려보고는 이내 미안하다는 말도 없이 장원 안으로 들어가 버린다.

진원명은 화를 내기보다 안도의 한숨을 내쉬었다. 다행히 그녀가 자신을 알아본 것 같지는 않았기 때문이다.

"무정귀가 어떻게 이곳에 있는 것이지?"

방금 자신을 지나쳐 간 여인은 바로 무정귀였다. 한유민은 일주일 전 악주를 떠나며 사로잡은 무정귀를 데리고 갔었다.

진원명은 잠시 고민했다.

무정귀가 혼자서 탈출한 것일까? 아니라면 한유민이 놓아준 것일까?

진원명은 대충 후자일 거라 생각하기로 했다. 한유민은 무정귀의 탈출을 방치할 만큼 녹록한 인물이 아니다.

진원명이 봇짐을 벗어 물기를 털어내다가 피식 웃었다. 지금 자신의 봇짐 속에 무정귀의 검이 들어 있다는 것을 문득 깨달았기 때문이다.

자신에게 검술의 새로운 경지를 보여줬던 검이라 그런 것인지 진원명은 그 검에 왠지 모를 애착을 느껴 계속 소지하고 있던 터였다.

대문을 들어서자마자 큰 천막이 세워져 있었다.

비가 와서 임시로 세워둔 천막인 듯하다. 악벌단에 가입하고자 하는 무인들이 그곳에서 대기하고 있었는데 사람이 워낙 많아 천막 안은 발 디딜 틈도 없을 정도로 복잡했다.

"이런 더러운 잡것들! 내 곁 일 장 안으로만 들어오면 누구든 멱을 따버릴 줄 알아라!"

천막 안쪽에서 무정귀로 보이는 목소리의 소란이 있기는 했지만 안내하는 이의 '말썽을 부린 자는 누구든 바로 쫓아낼 것이오!' 라는 외침에 이내 조용해졌다.

기다린 지 얼마의 시간이 지났을까? 장원의 사람으로 보이는 삼십대의 건장한 사내가 나와 외쳤다.

"바쁘신 와중에 이처럼 걸음해 준 강호 협사 분들의 의기에 이 장수생(張修生)이 장원의 식구들을 대표해 감사드립니다."

모여 있던 무인들이 웅성거리기 시작한다.

'장수생이 장원을 대표한다고?'

'장수생이 유원협에게 고용된 모양이군.'

진원명 역시 전생에 불사귀로 활동하던 시절 장수생의 명성을 들어본 적이 있었다.

그 당시 강북에서는 정풍쾌검(靜風快劍) 이박명(李博明)을, 강남에서는 박악단천(撲岳斷天) 장수생을 무인들 중 으뜸으로 쳤었다.

"장 대협이 혹시 악벌단의 단주(團主)입니까?"

무인들 중 누군가가 외친다. 장수생이 손을 내젓는다.

"이 장모는 힘만 쓸 줄 알지 아는 게 없어 단주라는 중임을 맡기에는 적합하지 않습니다. 단주에 어울릴 인물은 지혜와 용기를 두루 겸비한, 여러분 모두가 인정할 만한 덕망있는 분이라야만 할 것입니다."

사람들이 납득한다는 모습으로 고개를 끄덕거린다.

진원명이 기억하는 장수생의 명성은 지금으로부터 몇 년 뒤의 것이다. 아마 아직은 그만한 명성까지는 쌓이지 못한 듯 보였다.

"하지만 그런 인물이 어디에 있겠습니까? 아무리 보아도 우리 중에 장 대협 이상 가는 사람이 있을 것 같아 보이지 않는군요."

군중 속에서 다시 누군가가 외친다.

"없긴 왜 없……."

날카로운 여인의 목소리가 울려 퍼지려다가 갑자기 멈춘다.

분명 무정귀의 목소리 같았는데… 누군가에게 입이라도 틀어막힌 것일까? 진원명이 의아해할 때 장수생의 말이 이어졌다.

"다행스럽게 악벌단에 대한 소식을 듣고 한 고인이 장원을 찾아주셨습니다. 장원의 분들께서는 모두 만장일치로 그분이 악벌단의 단주를 맡아주길 원했고, 그분은 그 요청을 받아들였습니다."

"그 고인 분이 대체 누굽니까?"

군중 중 몇몇이 외친다. 장수생이 군중을 한 번 슥 돌아보고는 대답했다.

"바로 무당파의 청허 도사님이십니다."

진원명은 문득 얼마 전 조각배 위에서 본 어떤 검무를 떠올렸다.

고목귀를 뒤쫓다가 통천이사에게 위협받았을 때 같이 배에 타고 있었던 무당파의 도사들 중 맏형이 분명 청허라는 도명을 가지고 있었다.

"단주를 청허 도사님이 맡아주신다면 누구도 이견을 갖지 않을 것입니다!"

군중 속의 누군가가 외치고, 그에 동의하는 외침들이 연이어 터져 나온다.

"난 그런 도사 나부랭이 따위……."

어디선가 불만 섞인 여인의 외침이 섞여들 뻔했지만 이번에도 말이 다 끝나기 전에 뭔가에 막힌 듯 멈춰졌다.

장수생이 들고 있던 칼집으로 땅을 쿵 하고 찍어 주의를 환기시킨다.

"여러분 모두 동의해 주는 듯해서 기쁩니다. 그럼, 이제 본론으로 들어가 악벌단원 선별을 시작하겠습니다. 악벌단의 단원은 전부 오십 명을 뽑도록 하겠습니다. 그 기준은 두 가지인데 두 가지 중 한 가지만 만족해도 무방합니다. 천막 뒤편으로 나가 정면으로 보이는 문을 지나면 마련된 두 개의 천막 안에서 심사가 이루어질 것입니다. 선별된 인원이 오십 명을 넘긴다면 선별된 인원을 대상으로 다시 한 번의 심사를 거쳐 오십 명을 가려낼 것입니다."

지금 모인 인원은 적게 잡아도 이백 명이 넘어 보였으니 오십 명을 뽑는다는 것은 네 명 중 세 명은 떨어진다는 이야기다. 군웅의 분위기는 금방 불만스럽게 바뀌었다.

장수생이 소란스러워진 장내를 돌아보고는 다시 한 번 칼집을 쿵 하고 내리찍는다.

"두 가지 기준은 무예와 신분입니다. 자신의 신분이 명확하다면 좌측의 천막을, 자신의 무예에 자신이 있다면 우측의 천막을 찾아주십시오."

말을 마친 장수생은 포권을 취해 보이고 장원 안으로 들어갔다.

장수생이 사라지자 다시 사람들의 웅성거림이 커진다. 대부분은 단원을 선별하는 기준에 대한 불만을 늘어놓고 있었다.

분명 이렇게 실력의 고하보다 출신과 신분을 따지는 선별은 무인들의 방식이라기보다 유생들의 방식이다. 악벌단을 계획한 사람이 사대부 집안의 가주인 유원협이니 어쩔 수 없는 노릇이긴 했다.

불평을 늘어놓던 사내들이 이내 체념한 듯 하나둘 천막 뒤편으로 빠져나가기 시작한다. 진원명도 그 뒤를 따랐다.

쏴아아.

천막 바깥으로 나가자 바로 후원으로 연결된 문이 보인다. 사내들이 빗속을 뚫고 그곳으로 달려가고 있다.

"한데, 무슨 무공을 펼쳐 보여야 하지?"

진원명은 빗속으로 뛰어드려다 문득 자신의 처지를 떠올리고 인상을 찌푸렸다.

진원명은 자신의 정체를 속 시원하게 밝힐 수 있는 형편이 되지 못한다.

자신이 제대로 배운 무공이라 봐야 마공에 나온 몇몇 무공과 가전도법이 전부인데, 그것을 누군가 알아보기라도 한다면 낭패가 아닐 수 없다.

자신이 그 밖에 평생 사용한 무공은 그 체계를 구분하기 어렵다. 그저 단순히 사람을 베고, 죽이는 방법일 뿐이다.

어떤 초식이나 형상이 없이 상황에 맞추어 변화하는 무공이다 보니 진원명은 그것을 남에게 어떻게 보여줘야 할지 그 방법을 떠올리지 못했다.

쓸데없는 관심을 받지 않을 정도로 강해 보이지 않는, 무난한 무공을 펼쳐 보일 수 있다면 좋을 텐데.

진원명이 고민하고 있을 때 뒤편에서 누군가의 화난 목소리가 들려온다.

"이봐, 빨리빨리 좀 움직이라고!"

자신이 천막의 입구를 막고 있었던 것이다. 진원명이 사과하며 황급히 빗속으로 몸을 던졌다.

하지만 진원명은 후원으로 통하는 문을 지난 뒤 다시 걸음을 멈춰야 했다.

역시 당장 펼쳐 보일 무공이 고민되었다.

문지방 곁에 서서 자신의 곁을 지나쳐 가는 무인들을 바라보며 진원명은 잠시 고민에 잠겼다.

"이보시오, 당신. 아까부터 계속 망설이는 것처럼 보이던데, 신분이나 무공에 자신이 없다면 꼭 심사를 받지 않아도 된다오."

얼마를 그렇게 서 있었을까, 진원명의 곁에서 한 사내의 목소리가 들려온다.

진원명이 돌아보니 장원의 안내인으로 보이는 사내가 자

신을 못마땅한 시선으로 바라보고 서 있다.

진원명이 멀뚱하게 서 있자 사내가 이어서 말했다.

"어차피 안 될 일이라면 이곳에서 이러고 있지 말란 말이오. 저기 왼편으로 나가면 바깥으로 통하는 문이 있다오."

"잘못 보신 듯한데, 그런 게 아닙니다."

"안 그래도 사람이 많은데 어차피 떨어질 것 같다면 쓸데없이 시간 낭비하지 말라는 말이네. 자네 같은 사람들 때문에 비도 오는데 지금 이게 무슨 꼴인가?"

사내는 이제 말투조차 평대로 바꾸어가며 불평을 털어놓고 있었다.

진원명이 눈살을 찌푸리며 반박하려 할 때 진원명의 뒤에서 누군가의 목소리가 먼저 들려온다.

"이 사람은 내 동료예요. 무공이 뛰어난 데다 명확한 신분도 가지고 있으니 귀하께서 염려하지 않으셔도 됩니다."

진원명이 놀라 돌아본다.

자신을 대신해 대답한 여인의 목소리는 익숙했다. 바로 단목영이었다.

진원명은 단목영의 등장에 대경실색했다.

"어찌 전 소저가 이곳에?"

"일단은 여기 이러고 있지 말고 움직이도록 하죠? 이런 곳에 멍하게 서 있으니 저런 사람 보는 눈도 없는 무능한 문지기에게까지 무시당하는 것이 아니에요."

단목영에 의해 졸지에 무능한 문지기가 된 사내가 발끈하려다가 단목영이 매섭게 노려보자 시선을 피한다. 단목영이 '흥' 하고 코웃음을 치고는 진원명의 팔을 잡아끌었다.

진원명은 단목영의 등장에 당황한 채 엉겁결에 단목영을 따라 이동했다.

천막에 다 이를 때까지 진원명은 당황을 수습하지 못했다. 오히려 진원명은 새로운 당황스러운 사실을 깨달은 상태였다.

"그런데 도대체, 도대체 어떻게 날 알아본 것이오?"

진원명은 한유민과 헤어진 다음날 단목영과 만나 곧바로 이별을 통보했었다.

한유민이 도와주는 이상 단목영의 도움이 이제 필요없어진 탓도 있고, 한유민에게 부탁받은 일을 수행하기 위해서는 단목영과 함께 움직여서는 안 되기 때문이기도 했다.

자세한 사정은 알 수 없었지만 한유민은 자신이 지금 악주에 머무를 형편이 아니라 말했다. 그리고 진원명에게 자신을 대신해 줄 것을 부탁했다.

그것은 단순히 한유민의 요청에 따라 움직이기만 하는 것이 아니라, 진원명 스스로 한유민을 대신해 매사를 판단하고 결정하기까지 해야 한다는 말이기도 했다.

"아마 이제부터 나는 이곳에 신경을 쓸 여유가 없어질 것이오. 그래서 진 소협이 나를 대신해 주기를 바라오. 단순히 내 부탁을 들어달라는 말이 아니오. 나를 대신해 모든 것을 판단하고, 결정하는 일까지 해주어야 하오. 진 소협이라면 적어도 아민에게는 신뢰받을 수 있을 것이오. 게다가 아민 주변의 다른 사람들도 나보다는 진 소협을 덜 경계할 것이오."

한유민은 진원명이 자신을 대신해 두 가지 일을 해주길 원했다.

아민과 아민의 동료들을 이곳 악주에서 무사히 빠져나가게 하는 것과 무민의 소재를 확실히 알아내서 그를 구해내는 것이다.

무민은 지금 한강민에게 납치당한 상태라 하였다.

생각해 보면 과거 자신이 통천이사의 화살에 반쯤 폐인이 되다시피 했을 때에도 한강민이란 자는 무민을 납치하려 들었었다.

한유민은 한강민이 무민을 납치한 이유가 무민의 세력을 이용하기 위해서라고 말했다.

하지만 무민의 세력을 이용해 무엇을 꾀하고 있는 것인지에 대해서는 아직 정확한 내막을 알지 못하고 있었다.

단지 한유민이 알고 있는 것은 한강민이 무민을 인질로 협박해 무민의 수하들로 하여금 상근명의 장원을 습격하도록 했다는 사실과, 상근명의 가문이 멸문함으로써 가장 큰 이득을 얻은 유원협과 한강민이 모종의 관계를 맺고 있다는 사실

뿐이었다.

좌위장 이등이라는 자가 끝까지 말하지 않긴 했지만, 이런 저런 정황을 놓고 볼 때 악주에 무민을 잡아둘 만한 곳은 유원협의 장원밖에 없다고 한유민은 말했다.

진원명은 그래서 이곳에 잠입했다.

이곳에서 한강민의 잔당의 흔적을 발견하던가, 무민의 소재를 알 수 있을지도 모른다.

사실 이 모든 일들은 무민이 납치되었기 때문에 벌어진 일이다. 무민을 구할 수 있다면 일은 간단하게 마무리될 수도 있는 것이다.

하지만 어쨌든 이곳은 한강민의 세력에게 얼굴이 알려진 진원명에게는 위험한 곳이었다.

그래서 진원명은 지금 한유민이 주었던 인피면구를 통해 분장한 상태였고, 단목영이 이토록 간단하게 알아볼 리 없는 모습을 하고 있었다.

"아참, 이름은 무엇이라 하는 것이 좋을까요? 얼굴을 바꿨으니 왕정이라는 이름을 그대로 쓸 생각은 당연히 아닐 테고, 생각해 둔 이름이 있나요?"

단목영이 뒤돌아보며 묻는다. 진원명은 눈살을 찌푸렸다.

"내 얼굴이 바뀌긴 바뀐 것이오? 이처럼 쉽게 알아본다면 이름을 바꿔보아야 아무 소용이 없을 것 같구려."

"그러고 보니 진 공자를 어떻게 알아본 것인지를 물었나요? 사실 해서파에는 비전의 천리향(千里香)이 전해져 내려온답니다. 진 공자에게 배어 있는 그 향기를 통해 알아본 것이지요."

"농담하지 마시오. 세상에 그런 물건이 어디 있단 말이오?"

"그런 물건이 왜 없다는 것이죠? 그런 것이 없다면 내가 어떻게 이토록 변한 진 공자를 알아봤겠어요?"

진원명은 물끄러미 단목영을 바라보았다. 오늘의 단목영은 왠지 모르게 기분이 좋아 보였다.

문득 며칠 전 자신이 이별을 통보하고 떠나가던 날의 단목영이 떠오른다. 그때의 단목영은 창백한 표정을 한 채 아무 말도 없이 떠나는 자신을 바라보기만 했었다.

그 모습이 왠지 모르게 외롭고 쓸쓸해 보여서 마음에 걸렸는데, 지금의 이런 밝은 모습을 보니 진원명은 자신의 마음이 한결 편안해짐을 느꼈다.

하지만 지금 진원명의 상황은 그렇게 여유 부릴 만한 상황은 아니다.

진원명은 고개를 살짝 저으며 말했다.

"전 소저는 내가 알려준 계곡을 찾아간 게 아니었소?"

"찾아갈 거예요. 지금 악주에서 벌어지고 있는 이 일이 모두 끝난 뒤에요."

"하지만 전 소저, 이 일은……."

진원명이 눈살을 찌푸리며 뭐라 말하려 했지만 단목영은 진원명을 바라보지도 않고 진원명을 잡아끌었다.

"지금이 우리 차례예요."

두 사람이 들어온 천막은 왼편의 천막이었는데 사람이 그다지 많지 않았다. 오늘 모인 무인 중에 신분이 확실한 인물이 그만큼 드물다는 얘기일 것이다.

단목영이 천막 가운데에서 접수를 받는 사내에게 말한다.

"전목영이라고 해요. 해서파에서 왔습니다."

사내가 알고 있다는 듯 고개를 끄덕인다.

"해서파 문주님의 여식이시군요. 곁에 계신 분은 해서파의 형제 분이신가요?"

"네, 맞아요. 이름은……."

단목영이 그렇게 말하며 진원명을 바라본다.

"그게, 저, 연구민(淵救民)이라 하오."

"연구민이라. 알겠습니다. 그럼 들어가셔도 좋습니다. 우측의 건물에서 다른 인원들이 선별될 때까지 잠시 기다려 주십시오."

"네, 고마워요."

단목영이 빙긋 웃어 보이고는 천막을 나선다.

진원명은 한숨을 한번 내쉬고는 그 뒤를 쫓았다.

이처럼 쉽게 통과할 수 있으리라고는 생각하지 못했었다. 다시 또 단목영의 덕을 본 셈이다.

하지만 이 이상 단목영과 함께하는 것은 문제가 생길 소지가 있었다. 이제, 이곳에 들어가기 전에 단목영을 돌려보내는 편이 좋으리라.

잠시 고민하던 진원명이 마음을 정하고 막 빗속으로 뛰어드려는 단목영의 팔을 붙잡았다.

쏴아아.

"이보시오, 전 소저!"

"고맙다는 말이라면 됐어요. 나 역시 당신에게 도움받은 적이 많으니 그걸로 상쇄되었다고 생각하세요."

단목영이 뒤를 돌아보며 말하자 진원명이 고개를 젓는다.

"내가 하고자 하는 말은 그게 아니오. 당신에게 정말 고마워하고 있소. 하지만 이제 더 이상은 나를 도와줄 필요가 없다오."

"무슨 의미죠?"

"얼마 전에도 이야기했지만 내 사정이 좋지 못해 당신과 함께 다닐 수가 없게 되었소. 그러니 전 소저는 이만 해서파로 돌아가는 편이 좋을 듯하오."

단목영은 당황한 표정을 짓다가 이내 화를 냈다.

"도대체 왜 갑자기 도움이 필요없다는 거죠? 바로 얼마 전까지만 해도 내 도움이 필요하다고… 나와 새롭게 계약마저 했으면서 왜 이렇게 갑자기 마음이 바뀐…….'

단목영이 문득 말을 멈추고 표정을 굳힌다.

"설마 그 여자……."

"여자? 무슨 소리요?"

진원명이 의아하다는 듯 되물었다.

단목영은 진원명을 외면한 채 입술을 지그시 깨물었다. 진원명이 왠지 자신이 잘못한 듯한 느낌이 드는 것을 느끼고 황급히 변명했다.

"그, 그러니까 내 입장에 변화가 생겼다오. 다른 경로를 통해 내가 필요한 정보를 얻은 데다 내 정체를 숨겨야 할 사정이 생겼소. 물론 느닷없다는 것은 알지만 그래도 내 전 소저에 대한 약속은 지켰으니 전 소저에게는 오히려 잘된 일이 아니……."

"내가 언제 당신이 돕고 싶어 왔다고 했나요? 난 그저 이 사건의 전모가 궁금했을 뿐이에요! 함께 움직이자 해도 내 쪽에서 마다할 테니 신경 끄시죠!"

진원명의 변명을 가만히 듣고 있던 단목영이 갑자기 화를 버럭 냈다.

진원명이 얼떨떨한 표정으로 바라보자 단목영이 인상을 잔뜩 찌푸리고 진원명을 노려보더니 이내 빗속으로 달려나가 우측의 건물로 들어가 버린다.

잠시 어이없어하던 진원명이 헛웃음을 지었다. 화가 나기보다 웃음이 나오는 것을 보면 이제 단목영의 이해 못할 태도에도 어느 정도 면역이 생긴 듯하다.

단목영은 어쨌든 이곳을 떠날 생각이 없는 듯했다. 단목영이 이곳에 있다는 사실은 부담스러운 일이다.

정확하게 말하면 자신이 아니라 단목영의 안위에 대한 부담이라 해야 하겠지만…….

하지만 자신이 단목영에게 강요할 만한 입장도 아니고 단목영의 고집이야 경험으로 알고 있는 처지이니, 지금으로선 자신이 단목영을 배려하는 수밖에 다른 방법이 없는 듯하다.

"좀 더 조심하면 되겠지."

진원명은 그렇게 중얼거리며 눈앞의 건물을 올려다보았다.

내리붓는 빗속으로 보이는 건물은 묘하게 현실감이 없게 느껴진다.

이 안에 무민이 납치되어 있을지 모른다. 그리고 아민과 한유민이 그를 구하려 한다. 자신은 그들을 도울 것이다. 예전에 그들이 자신을 도왔듯 말이다.

그래서 자신의 이름도 구민(救民)이라 지었다.

진원명은 왠지 감상적이 되는 듯한 느낌을 받으며 고개를 저었다.

진원명은 자신에게 닥친 일과 그 일을 해내는 것에만 신경을 쓰려 했다.

자신의 내면 깊숙한 곳에서 떠오르는 의혹들을 조금 더 묻어두고, 언젠가 다가올 선택의 순간 또한 아직 생각하지 않으려 했다. 진원명은 자신이 당장 열중할 수 있는, 해야 할 일이 있다는 것에 자신도 모르게 안도하고 있었다.

인원 선발이 다 끝날 때까지 거의 두 시진이 걸렸다. 일찍 선별된 낭인들은 대부분이 기다림에 지쳐 땅바닥에 주저앉아 졸고 있었고, 개중에는 봇짐을 바닥에 깔고 대놓고 드러누워 자는 자들도 있었다.

몇몇 하인들과 함께 건물로 들어서던 장수생이 그 모습을 보고 눈살을 찌푸린다.

쿠웅!

땅을 내려친 칼집이 내는 소리에 졸고 있던 낭인들이 깨어나 장수생을 바라본다.

진원명 역시 창가에 서서 멍하게 비 오는 풍경을 바라보고 있다가 장수생에게로 시선을 돌렸다.

장수생이 주변을 슥 훑어보고는 낮게 말했다.

"지금부터 선별한 인원들을 다섯 명씩 묶어 한 조로 편성할 것이오. 오십 명이 선별되었으니 총 열 개의 조가 만들어지는 것이지."

무사들은 모두 조용히 장수생의 말을 경청했다. 아마 장수생의 심기가 편치 않음을 느낀 것이리라.

장수생이 밖으로 손짓을 하자 몇몇 하인들이 책상과 지필묵을 들고 들어온다.

"여기 목 선생께서 오늘 선별된 인원을 분류해 조를 짰소. 정해진 조원들은 일조부터 내 앞에 와서 서도록 하시오."

장수생이 소개한 목 선생이라는 자는 가는 눈에 빼빼 마른 체형을 가진 사내다. 목 선생이라는 자가 나서서 말한다.

"장원의 글선생으로 일하는 목인량이라 합니다. 이제부터 호명하는 분들이 다섯 명씩 한 조로 묶여질 것인데, 혹시나 자신이 속한 조에 불만이 있다면 언제라도 말씀해 주시기 바랍니다."

목 선생은 목을 한번 가다듬고는 손에 든 명단을 읽어나갔다.

"설문일, 장백심, 왕오, 기정원, 마백산, 이 다섯 명이 일조입니다. 조장은 기정원 대협입니다."

무인들 중에 호명된 다섯 명이 일어나 장수생의 앞으로 걸어간다.

"이어서 이조요. 만백, 심진청, 금남용, 청명, 청진 다섯 명 중에 청명 도사님이 조장입니다."

익숙한 이름이 들린다. 청명, 청진 두 도사의 이름이다.

진원명은 선별된 뒤 뒤이어 들어오는 무인들에게 주의를 두지 않았기에 방금 전의 호명을 듣고서야 두 명의 도사가 이 자리에 있다는 사실을 깨달았다.

생각해 보면 청허 도사가 단주가 되었으니 무당파의 나머지 두 도사 역시 이곳에 와 있는 것은 당연한 일이었으리라.

목 선생의 호명이 계속된다.

"다음은 삼조요. 만백지, 서보원, 목정진, 금용수……."

"잠깐! 난 일행이 있으니 그들과 같은 조로 넣어줘요."

중간에 귀에 익은 여인의 외침이 들려온다. 바로 무정귀의
목소리다.

목 선생이 눈살을 찌푸리며 들고 있던 명단을 들여다본다.

"음, 소저의 이름이……."

"서보원이에요. 그리고 내 동료들은 각각 막문위와 용유진
이라 하죠."

무정귀가 있는 방향을 돌아보자 큰 덩치에 험악한 표정을
한 귀에 익은 얼굴이 눈에 들어온다.

얼마 전 동창의 무리들을 인솔하고 있던 사내, 용유진이다.
얼마 전 한유민과 싸웠을 때 적지 않은 부상을 입은 듯 보였
었는데 지금 보이는 용유진의 모습은 아무 일도 없었다는 듯
멀쩡해 보인다.

용유진의 곁에 용유진에 비해 상대적으로 말라 보이는 체
형에 졸린 눈을 한 사내가 서 있었는데 그가 아마 막문위라는
자인 듯했다.

목 선생이 명단에서 눈을 떼며 고개를 흔든다.

"흠, 그렇게 된다면 전체적으로 다 바꿔야겠구려. 쯧쯧. 뭐
알겠소. 바꾸도록 하지요. 서보원 대신 백우일이 들어가시
오. 그리고 삼조의 마지막 사람은 차기주요."

목 선생이 지필묵을 들어 명단에 뭔가 표시를 하고는 말을 잇는다.

"다음은 사조요. 전목영, 연구민……."

"잠깐만요!"

또 다른 여인의 목소리가 터져 나온다. 목 선생이 불만 섞인 목소리로 묻는다.

"이번엔 무슨 일이오?"

목 선생의 말을 멈추게 한 여인, 전목영이 말한다.

"저와 연구민이란 사람을 다른 조로 편성해 주세요."

"두 분은 같은 해서파 출신이 아니시오. 내 일부러 같은 조로 편성했는데 뭐가 문제인 것이오?"

"우리 두 사람은 그다지 친한 사이가 아니니 서로 다른 조에 있는 것이 편합니다. 그렇게 해주세요."

목 선생은 잠시 기가 막히다는 표정으로 단목영을 바라보다가 이내 고개를 젓는다.

"알겠소. 그럼 두 사람을 다른 조로 편성하도록 하지요. 에잉, 또 전체적으로 다 고쳐야 하겠군. 쯧쯧."

목 선생이 혀를 차며 고민하는 동안 주변 무인들에게서 이런저런 불만들이 터져 나온다.

"저년들은 대체 뭐야, 지금 우리가 무슨 나들이 계획이라도 세우는 줄 아는 건가?"

"허! 무사를 뽑는데 웬 계집들이람. 빨래라도 시킬 요량인가?"

"이래서 생각없는 계집년들과는 같이 일하기가 싫다니깐."

쓸데없이 주변 사람들에게 좋지 않은 눈치를 받게 되는 것은 불편했지만 그렇다 해도 단목영이 곁에 붙어 있어서야 자신이 원하는 대로 행동하기가 어려워진다. 진원명은 차라리 단목영이 저렇게 행동하는 것이 잘된 일인지도 모른다고 생각했다.

목 선생이 다시 붓을 들어 목록을 수정한다.

"그럼, 전목영 소저를 빼기로 하죠. 사조를 다시 불러 드리겠소. 연구민, 용유진, 막문위, 서보원, 장영길 이렇게 다섯 명이고 조장은 연구민이오."

"이, 이런⋯⋯."

진원명의 얼굴이 당혹감에 물든다.

왜 바뀐 자들이 하필 동창이란 말인가?

"잠깐! 기다려요!"

그때 마침 진원명의 마음을 대변하기라도 하듯 무정귀가 불만에 찬 목소리로 소리쳤다.

"또 뭐요?"

하지만 그 불만의 내용은 진원명과 다르다.

"왜 연구민이라는 자가 조장인 거죠? 대체 그 조장이라는 건 무슨 근거로 뽑는 겁니까? 난 납득, 읍⋯⋯."

"미안합니다. 신경 쓰지 말고 계속하십시오."

막문위라 했던가? 무정귀의 곁에 있던 졸린 눈의 사내가 무정귀의 입을 막고 말하고 있었다.

무정귀가 불만스러운 눈초리로 막문위를 바라보았지만 막문위는 신경도 쓰지 않는다.

목 선생이 한심하다는 듯 무정귀를 바라보다가 말한다.

"혹시 또 다른 문제가 있는 사람이 있소? 있다면 지금 한꺼번에 말하시오."

목 선생이 좌중을 한번 슥 둘러본다.

"아무도 없다면 이어서 오조를 부르겠소. 오조는……."

목 선생의 말이 계속 이어진다.

진원명은 중간에 목 선생의 말을 끊지 않았다.

진원명은 조용히 생각에 잠긴 채 사조가 위치할 열의 맨 왼편에 가서 섰다. 그리고 고개를 살짝 돌려 자신의 우측에 와서 선 무정귀와 그의 일행을 훔쳐보았다.

막문위라는 자는 용유진과 다르게 무정귀의 수하가 아닌 듯했다. 얼마 전 한유민에게 들은 정보를 통해 진원명은 막문위라는 사내의 정체를 유추할 수 있었다.

바로 오귀의 마지막 한 명인 백무귀(百武鬼)이다.

한유민의 말에 따르면 백무귀는 다름 아닌 무정귀의 사형이다. 그렇기 때문에 저 사나운 무정귀를 이렇게 쉽게 대할 수 있는 것이다.

이미 다른 오귀의 무공은 경험해 보았으니 진원명은 백무귀 또한 결코 만만한 인물은 아닐 것이라 여겼다.

그렇다면 백무귀나 무정귀 정도 되는 자들이 같은 조여서는 그들의 눈을 피하는 것에 많은 노력을 기울여야 할 것이 분명했다. 게다가 자신은 무정귀와 용유진과는 이미 한 번의 좋지 않은 인연이 있는 몸이기도 하다. 가까이 지내기에는 여러모로 껄끄러울 수밖에 없는 입장인 것이다.

하지만 좀 더 생각해 보면 동창의 인원들이 어차피 악벌단에서 함께 활동한다면 그들을 그냥 무시할 수는 없는 노릇이다.

어차피 그들을 주의해야 한다면 오히려 그들과 가까이 있는 것이 더 나을 수도 있지 않을까? 진원명은 지금 그런 고민을 하고 있었다.

또한 가까이에서 지내다 보면 그들의 의도나 동창의 동태를 알아낼 수도 있을지도 모르는 일이다.

"팔조를 부르겠소. 인원은……."

목 선생의 말이 계속 이어진다. 진원명은 고민을 그쳤다. 생각을 계속하다 보니 지금의 상황이 오히려 잘되었는지도 모른다는 생각이 들었기 때문이고 목 선생의 말에서 자신의 주의를 끄는 새로운 뭔가를 들었기 때문이다.

"구조와 십조가 남았구려. 십조는 녹양방에서 오신 네 분과 나머지 한 분으로 해야 할 듯한데, 해서파가 녹양방과 친분이 있으니 전 소저가 십조에 들어가는 게 어떻소?"

녹양방이 와 있었던 건가?

눈살을 찌푸리며 주변을 둘러보던 진원명은 곧 청색 옷을 입은 네 명의 사내를 찾아낼 수 있었다.

그 사내들 중 한 명은 진원명이 익히 알고 있는 사람이다. 진원명은 그 사내를 보는 순간 알 수 없는 한기가 등을 타고 흐르는 듯한 느낌을 받았다.

"네, 좋아요."

"잘되었군요."

애초 만나서는 안 되는 인연이 있다. 그 결과가 양자에게 모두 큰 불행으로 마무리될 수밖에 없는 인연, 진원명은 지금 자신의 시야에 보이는 남자, 녹양방주 설공현을 바라보며 그 것을 느꼈다.

아까부터 설공현은 주변의 어떤 것에도 신경을 쓰지 않은 채, 자신의 우측에 자리한 단목영의 모습만을 뚫어지게 바라보고 있었다.

야인(夜人) 2

진원명은 화려하게 치장된 방을 보고 있었다.

바깥은 날이 저물어 있었고 연회가 벌어진 것인지 무척 시끄러웠다.

진원명은 지금 자신이 바라보는 방이 신방(新房)임을, 그리고 바깥에서 벌어지고 있는 연회가 오늘 이 방을 이용할 두 사람의 혼례식에 의한 것임을 알 수 있었다.

주변을 살피던 진원명은 다소의 혼란을 느꼈다. 왜 자신은 지금 이곳에 있는 것인가?

잠시 후, 몇몇 여인들에게 둘러싸인 신부가 방으로 들어왔다.

신부는 붉은 천으로 얼굴이 가려져 있었지만 진원명은 그녀가 단목영이라는 것을 알 수 있었다. 자신은 그들을 볼 수 있지만 그들은 자신을 보지 못한다.

진원명은 문득 떠올렸다. 자신이 이런 경험을 얼마 전에도 했었다는 것을.

저들은 자신을 볼 수 없고 자신은 허공에 떠 있는 듯한 위치에서 저들을 바라보며 저들이 지금 떠올리는 생각마저 읽을 수 있는 상태, 지금의 자신은, 마치 죽어 귀신이 된 듯한 느낌이다.

신부가 도착하고 난 얼마 후 신랑이 방으로 들어왔다. 조금 마른 체형에 눈가가 살짝 처져 있어 부드러운 인상을 주는 중년의 사내, 이미 알고 있는 사실이었지만 그는 설공현이었다. 본처를 여읜 뒤 수년간 여인을 가까이하지 않던 그가 이번에 단목영을 후처로 받아들인 것이다.

설공현은 가볍게 신부의 얼굴에 드리운 면사를 벗겨냈다. 짙지 않은 화장과 촛불의 불빛이 어우러진 단목영의 얼굴은 아름다웠고 설공현은 잠시 멍하게 단목영의 얼굴을 바라보다가 감탄한 듯한 목소리로 말했다.

"정말 아름답구려."

단목영의 눈가가 살짝 떨린다. 진원명은 당혹한 감정을 느꼈다. 본의 아니게 자신은 지금 신혼부부의 신방을 엿보고 있는 꼴이 되었다.

설공현은 침상 곁에 있는 탁자로 걸어가 술병을 들어 두 잔의 술을 따랐다.

"드시오."

설공현이 그중 한 잔을 들어 단목영에게 건넨다. 설공현이 남은 한 잔을 들고는 살짝 미소 짓는다.

"부인은 내 얼굴을 보는 게 처음이겠구려. 낯설더라도 너무 겁내지 마시오."

무척 편안하고 부드러운 미소다. 진원명은 그렇게 느꼈다. 지금 설공현이 가진 단목영에 대한 따뜻한 배려심을 진원명이 읽어냈기에 그렇게 느끼는 것인지도 모른다.

"처음이 아닙니다."

문득 들려온 단목영의 목소리에 의자에 앉아 술잔을 입에 가져가던 설공현이 의아한 표정으로 단목영을 돌아본다.

"제 지난번 생일에 벌였던 연회에서 설 방주님이 저희 문파를 찾아주셨던 것을 기억하고 있습니다. 그때 먼발치에서 설 방주님의 모습을 본 적이 있습니다."

설공현은 술을 한 모금 마시며 피식 웃었다. 설공현의 살짝 주름진 눈이 부드럽게 감긴다.

"그 일을 기억하고 있었구려. 맞소, 그때 내 부인에게 옥비녀를 하나 선물했었지. 하지만 사실 나는 그보다 훨씬 이전에 부인을 보았던 적이 있소."

그렇게 이야기하는 설공현의 머릿속에 해서파의 본채 주

변 갈대 숲 위에 홀로 떠 있는 조각배와 그 배 위에 앉아 나이에 걸맞지 않게 공허하고 쓸쓸한 표정으로 갈대 숲을 바라보던 한 여인의 모습이 스쳐 간다. 바로 단목영의 모습이다.

이미 삼 년이 지난 기억이지만 설공현의 머릿속에는 마치 방금 전의 일처럼 그 모습이 선명하게 떠오르고 있었다. 설공현은 당시 그 모습을 호수 근처의 뭍에서 한참 동안 멍하게 바라보았었다.

"지금 생각해 보면 오늘 우리가 이렇게 맺어지게 된 것은 참 재미있는 우연들이 겹친 결과인지도 모르겠소."

잠시 예전의 일을 떠올리던 설공현이 말하자 단목영이 고개를 젓는다.

"우연 따위가… 아닐 것입니다."

그 목소리는 작아서 설공현에게 들리지 않았다. 설공현이 의아한 표정으로 묻는다.

"뭐라 하였소?"

단목영이 대답하지 않고 고개만 살짝 저었다.

설공현이 가볍게 미소 짓고는 술잔을 비웠다. 그리고 의자에서 몸을 일으켜 단목영에게 다가서 단목영을 가볍게 껴안았다.

단목영의 당혹스러운 감정이 느껴진다.

분명 각오하고 있는 일이었지만 그렇다 해도 단목영은 자신의 두려움을 완전히 지우지 못했다.

그리고 그것을 바라보는 진원명 역시 당혹스러움을 느꼈다. 어떻게든 진원명은 이곳에서 벗어나고 싶었으나 그럴 수 있는 방법을 알지 못했다.

단목영의 몸은 가볍게 떨리고 있었다. 설공현은 단목영의 뒷머리를 가볍게 쓸어 올리고는 드러난 목덜미에 입을 맞추었다.

순간 단목영의 몸이 경직되는 것을 느끼며 설공현이 말했다.

"안심하시오. 너무 긴장할 필요 없소."

설공현은 이어 단목영의 몸을 어루만지기 시작했는데 잠시 후 단목영의 몸에서 긴장이 사라지는 것이 느껴졌다.

설공현은 가볍게 웃으며 고개를 들어 단목영의 얼굴을 바라보았다. 단목영은 고개를 돌리고 있어 그 얼굴이 보이지 않았다.

부끄러움 탓일 것이다. 설공현은 단목영의 옷고름을 풀며 그렇게 생각했다.

진원명은 잠시 이 장소를 벗어날 방법을 생각하다가 그것이 불가능함을 깨닫고 어쩔 수 없이 이 묘한 대치를 바라보았다. 눈앞의 두 사람이 가진 생각이 머릿속으로 흘러들어 오고 있었다.

이런 상황에서 저들의 생각을 읽는다는 것은 진원명의 당혹을 더 짙게 했다. 게다가 저처럼 같은 상황에 놓인 두 사람의 생각이 극히 다른 입장이라면 더욱 그럴 것이다.

진원명은 지금 설공현이 다음에 취할 행동을 짐작할 수 있었고, 그 행동의 결과를 불안한 표정으로 지켜보았다.

"부끄러워 마시오. 내 부인에게는 어떤 비밀도 두지 않으리다. 솔직하게 말하자면, 사실 나는 처음 보았을 때부터 부인을⋯⋯."

설공현은 나직하게 속삭이며 옆으로 돌려진 단목영의 얼굴을 부드럽게 들어 올렸다. 그리고 설공현의 말이 멈춘다.

설공현은 단목영의 눈을 바라보고 있었다. 반면 단목영은 얼굴은 설공현을 향해 있었지만 그 시선은 설공현을 바라보고 있지 않았다.

먼 곳을 바라보는 듯한 공허한 시선. 설공현은 지금 보이는 단목영의 모습이 익숙하다는 것을 느꼈다. 삼 년 전 처음 해서파에서 보았던 바로 그 모습이다.

시간이 멈춘 듯 설공현과 단목영은 지금 취한 자세 그대로 움직임을 멈추었다. 하지만 진원명은 적어도 설공현의 생각은 멈춰 있지 않다는 것을 알고 있다.

설공현의 표정에는 큰 변화가 없었지만 그 머릿속에는 수없이 새로 생겨나고 변화하는 감정들이 떠돌고 있었다.

잠시 후, 설공현은 가볍게 한숨을 내쉬며 몸을 일으켰다.

방금 전 자신이 앉아 있었던 의자에 앉은 설공현은 혼례복이 답답한 듯 오른손으로 앞섶을 살짝 풀어헤치며 왼손으로는 탁자 위에 놓인 술병을 들어 술을 따랐다. 그리고 곧장 그 술잔을 들이켠다.

목을 타고 흐르는 시원함은 식도를 따라 뱃속으로 들어가 이내 타는 듯한 뜨거움으로 바뀌었고, 설공현은 그 뜨거움을 식히기 위해 다시 한 잔의 술을 따라 들이켰다.

그렇게 설공현이 연거푸 세 잔째의 술을 들이켰을 때 단목영이 몸을 일으켜 침상에 걸터앉았다. 단목영에게 등을 돌린 방향으로 앉아 있었지만 설공현은 그 사실을 알 수 있었다.

설공현은 술을 따르려던 자세 그대로 움직임을 멈췄다. 잠시 설공현은 고개를 돌리지 않은 채 그렇게 우두커니 의자에 앉아 있었다. 그 얼굴에 갖가지 복잡한 표정이 떠돌기 시작했다.

그리고 잠시 후 설공현은 단목영을 향해 몸을 돌렸다. 돌아선 설공현의 얼굴에는 가벼운 미소가 떠올라 있었다. 부드럽지만 왠지 모를 피곤함이 느껴지는 미소다.

"이거 첫날부터 이 모양이니 우리의 부부 생활이 앞으로 순탄하지는 않겠구려."

단목영의 시선은 설공현을 향해 있었다. 하지만 왠지 모르게 단목영의 시선은 어딘지 먼 곳을 바라보는 듯 초점이 흐려져 있었다.

설공현이 술을 한잔 더 따라 들어 보이며 단목영에게 말한다.

"부인도 한잔하시겠소?"

단목영은 뒤늦게 자신에 대한 질문이라는 것을 깨달은 듯 흠칫하더니 살짝 고개를 저었다.

설공현은 어깨를 살짝 으쓱하고는 자신이 직접 술잔을 비웠다. 그리고는 의자를 살짝 벽 쪽으로 옮긴 뒤 몸을 뒤로 젖혀 벽에 기댄 채 다시 술잔을 채운다.

쪼르륵.

설공현이 앉은 자리 위로 창이 나 있어 그 창으로 내린 달빛이 방금 따른 술에 비쳐 보였다. 설공현이 그것을 바라보며 재미있다는 듯 피식 웃었다.

"부인은 내 별호가 무엇인지 아시오?"

빙월철심(氷月鐵心), 단목영이 그 대답을 떠올리고 있을 때 설공현이 대답을 기다리지 않고 말을 이었다.

"빙월철심이라 부른다오. 마치 차가운 달처럼 홀로 고고하고 흔들리지 않는 마음을 가졌다고 사람들이 칭찬하더군. 내 처음 그 별호를 들었을 때는 무척 기뻤다오. 하지만 지금은 부끄럽소."

설공현이 술잔을 들이켰다. 잔을 채우고 있었던 술과 함께 그 위에 비친 달도 함께 사라졌다.

"하하, 무엇이 흔들리지 않는 마음이라는 것인지. 그들은 단지 내 겉모습만을 보았을 뿐이오. 내 진정한 모습은 내 별호와 같지 못하다오. 벌써 나는 이 혼사에 대해서도 냉정하게 생각해 보지 못했소."

설공현의 웃음에서 우울함이 느껴진다. 단목영의 초점이 서서히 설공현에게 맞춰지기 시작한다.

잠시 후 설공현이 다시 고개를 들어 단목영을 바라보며 물었다.

"왜 나와 혼인한 것이오?"

설공현은 단목영을 바라보았다. 단목영 역시 설공현을 바라보았다.

아까부터 단목영의 눈앞에 앉아 있던 설공현이지만 마치 다른 곳을 바라보다가 지금 막 고개를 돌린 듯 단목영은 설공현의 표정을 생소하게 느꼈다. 단목영에게서 대답이 없자 설공현이 고개를 저으며 계속 말한다.

"이 혼인이 당신들 모녀가 해서파를 벗어나 안전하게 이곳으로 오기 위한 방편임은 나도 알고 있소. 내가 묻는 것은 그것을 위해 당신이 이 결혼을 반드시 해야 했는가의 문제요. 나는, 사실 가장 먼저 물었어야 했소. 당신이 이 결혼을 정말 원하는 것인지를 말이오."

말을 하는 도중 설공현의 표정에서 조금씩 미소가 사라져 갔는데 말이 끝날 즈음에는 설공현은 웃는지 어떤지 모를 표정으로 단목영을 바라보고 있었다.

설공현이 말을 멈추자 주변이 잠시 정적에 휩싸였다. 그 정적을 깨뜨리며 단목영의 대답이 울려 퍼진다.

"제 의사가 왜 이 혼인에 그토록 중요한지 궁금하군요."

단목영은 조금 전과 다르게 설공현의 눈을 똑바로 바라보며 또렷한 목소리로 말을 이었다.

"정상적인 중매라고 보긴 어렵지만 제 어머니는 설 방주님에게 저의 혼인을 약속하셨습니다. 그 혼인이 제 의사와 반한다 하여도 어쩔 수 없는 일이지요. 설 방주님의 질문은, 조금 엉뚱하군요."

설공현은 단목영의 말을 끝까지 듣고 잠시 멍한 표정으로 생각에 잠겼다가 이내 고개를 끄덕였다.

단목영의 말은 지극히 옳았다. 이미 단목영의 어머니인 유소매가 단목영의 혼인을 약속한 이상 자식인 단목영에게 거부할 권리가 있을 수 없다. 당연한 사실이다. 자신의 첫 번째 부인과의 결혼도 그리하지 않았던가?

당연한 이야기이지만 설공현이 그것을 당연하지 않게 여겼던 이유는 지금의 상황이 단목영의 말대로 정상적인 중매가 아니기 때문이다.

단목영은 설공현을 사랑하게 된 것처럼 연기했고, 가출해 녹양방을 찾았다.

단목영의 어머니 유소매는 딸을 걱정하는 것처럼 연기했고, 역시 해서파를 떠나 녹양방을 찾았다.

아무리 자식의 혼인을 부모가 마음대로 결정할 수 있다 하여도 지금과 같은 상황마저 자식의 의사를 무시할 수 있는 부모는 없을 것이라고, 설공현은 생각하고 있었다.

"확실히… 의미없는 질문이었나 보구려."

설공현은 쓰게 웃으며 술잔을 채웠다.

다시 술잔에 달이 떠올랐다. 그 술잔에 비친 달의 모습이 부끄러워 설공현이 곧바로 술잔을 들이켰다. 달이 사라졌다. 하지만 완전히 사라진 것이 아닌 듯 목소리가 남았다.

'못난 놈, 제 하고 싶은 말도 똑바로 하지 못하는 못난 놈!'

설공현은 가슴이 무엇인가로 짓눌리는 것처럼 답답해짐을 느꼈다. 그 목소리를 들을 때면 항상 그랬다.

그리고 설공현은 그 답답함을 해소하는 방법을 알고 있었다. 갑자기 술을 따르고 들이켜는 설공현의 손이 바빠진 것이 그 방법과 무관하지 않았다.

단목영이 자신을 바라보는 것을 알고 있었다. 하지만 이번엔 설공현도 단목영에게 술을 권하지 않았다. 정확히는 그럴 여유조차 갖지 못했다.

화촉(華燭)이 모두 녹아 불빛이 미약해졌지만 밝은 달빛이 어둠을 밝혀주었다.

술과 함께 몇 번의 달을 들이켰을까? 설공현은 문득 자신의 술병이 비었음을 깨달았다.

잠시 술병을 뒤집어 털어보던 설공현은 이내 술병을 채워올 생각을 한 듯 몸을 일으키려다 탁자에 부딪쳐 들고 있던 술병을 떨어뜨렸다.

쨍그랑.

"아! 이런, 아깝구려."

설공현은 단목영을 바라보며 멋쩍게 웃었다.

단목영은 아까부터 계속 똑같은 자세로 침상에 앉아 설공현을 바라보고 있었다. 하지만 무표정했던 표정에는 약간의 변화가 있었다.

지금 단목영의 표정에는 조금이지만 당혹스러움이 묻어 있었다.

설공현은 깨진 술병의 조각을 피해 걸으려 했지만 불안정한 발걸음으로는 쉽지 않은 일이었다.

설공현이 비틀거리며 오히려 술병의 조각이 있는 방향을 발로 디디려 할 때 단목영의 팔이 재빨리 설공현의 요대를 잡아 뒤로 끌었다.

"어이쿠!"

설공현과 단목영은 침대 위로 쓰러졌다.

가까스로 설공현이 병 조각을 피했음을 깨달은 단목영이 안도의 한숨을 내쉬려다가 뒤늦게 자신이 설공현을 품에 안은 듯한 자세로 침대에 누웠음을 깨닫고 얼굴을 붉혔다.

그때 설공현의 목소리가 들려왔다.

"부인의 몸에서는 좋은 향기가 풍기는구려."

단목영이 부끄러움과 당황으로 더욱 얼굴을 붉힐 때 설공현이 말을 이었다.

"이 향기가… 아마… 그럴 것이…….."

설공현의 말이 불분명하게 몇 마디 이어지다가 어느 순간 끊기고 대신 고른 숨소리가 들려오기 시작한다.

잠이 든 것 같았다. 단목영은 잠시 그 모습을 지켜보다가 이내 한숨을 내쉬며 긴장을 풀었다.

단목영은 묘한 시선으로 설공현을 바라보았다.

몇 번 본 적이 없었지만 지금 자신이 보았던 설공현의 모습은 그동안 자신이 먼발치에서나마 보아왔던 설공현의 모습이나 소문을 통해 접했던 설공현의 모습과는 뭔가 달랐다.

빙월철심이라는 별호는 그냥 주어진 것이 아니다.

설공현은 젊은 나이에 녹양방의 방주가 되었지만 나이에 걸맞지 않은 진중함과 침착함을 통해 녹양방 문도들의 큰 신뢰를 받고 있다고 하였다.

하지만 지금 보이는 설공현의 모습에서는 진중함보다는 무언가 공허하고 자조적인 분위기가 느껴지고 있었다.

설공현의 질문이 다시 떠오른다.

'왜 나와 혼인한 것이오?'

그 질문의 의도를 몰랐던 것은 아니다.

아니, 단목영은 오히려 그 질문을 설공현보다 더 민감하게 받아들였을지도 모른다.

'이렇게까지 하면서 아버지를 찾고자 하는 이유가 무엇이오?'

'당신의 어머니가 정말 당신을 도울 것이라 생각하시오?'

단목영에게는 설공현의 질문이 그렇게 들렸다.

단목영은 한숨을 쉬고 나직하게 중얼거렸다.

"나는 왜 모든 것을 떨치고 떠나 버릴 수 없는 것일까?"

                    *   *   *

진원명은 자다 일어난 사람처럼 멍한 표정으로 주위를 둘러보았다.

유원협의 장원 안에 마련된 자신의 방이었다. 잠시 고민하던 진원명은 방금 전 자신이 방에 돌아와 단목영과 설공현의 인연에 대해 생각하고 있었음을 깨달았다.

"깜빡 잠이 들었던 모양이군."

진원명은 고개를 흔들었다.

잠기운을 털어내기 위해서였지만 또한 단목영에 대한 걱정을 털어내기 위해서이기도 하다.

단목영의 문제는 당장 고민해서 대답이 나올 문제는 아니라 여겨졌다. 그리고 자신에게는 다른 중요한 문제들이 많이 있다.

악벌단의 거처는 유원협의 장원 외곽에 있는 건물이었는데 삼중의 구조로 되어 있었다. 가장 안쪽에는 수뇌부가 위치했고, 그 다음으로는 조장들이, 가장 외곽의 건물에는 일반

조원들이 머물도록 되어 있었다.

얼핏 보기에 무공의 강약보다 확실한 신분을 가진 인물들이 조장으로 편성된 듯했다.

조원들은 함께 뭉쳐서 생활하게 된 반면 조장들은 각자의 방이 배정되었으니 진원명에게는 여러모로 잘된 일이었다.

한유민이 건네준 인피면구가 상당히 좋은 물건이긴 했지만 그것을 하루 종일 착용하고 있을 수는 없는 일이다. 같이 생활한다면 자신의 변장을 들킬 가능성도 더 높았을 것이다.

"전 소저에게 감사해야겠군."

진원명이 중얼거리고 있을 때, 누군가가 방문을 두드리며 말한다.

"각 조장들께서는 내실로 드시랍니다."

진원명이 내실로 들어가자 그곳에는 이미 몇 명의 조장들이 모여 앉아 있었고 그 정면에는 장수생과 몇몇 장원의 인물들로 보이는 자들, 그리고 청허 도사가 앉아 있었다.

진원명이 가볍게 포권을 취해 보이고 자리에 앉는다. 얼마 지나지 않아 조장들이 모두 자리하자 청허 도사가 일어나 인사한다.

"악벌단의 단주를 맡게 된 청허라고 합니다. 여러분을 모이게 한 것은 다름 아니라 몇 가지 행동 지침을 알려 드리기 위해서입니다."

이어서 청허 도사가 말한 것은 적들이 악주로 돌아왔다는 사실과 그들의 목적이 아마 유원협의 장원을 노리려는 것이 아닌가 생각된다는 것, 그래서 악벌단의 절반은 이곳 유원협의 장원에서 항시 대기하고, 나머지 절반은 밖으로 나가 적들의 소재를 탐문할 것이라는 이야기였다.

"다 알고 있고, 예상하고 있는 얘기를 참 길고 어렵게도 주절거리는군. 여긴 대충 요약해서 말해주면 못 알아듣는 멍청이들만 모인 건가?"

그리고 청허 도사의 말을 그대로 조원들에게 전달해 주었을 때 무정귀는 그 내용을 이렇게 평가했다.

"허, 소저는 외모는 선녀처럼 아름다운데 말투는 잡배들마냥 너무 거치시구려. 조금만 고운 말투를 쓰신다면 아마 따르는 청년들이 족히 일문을 이룰⋯⋯."

진원명의 조에 속한 장영길이란 자가 그렇게 말하다가 무정귀와 동창의 두 사내가 눈살을 찌푸리며 장영길을 바라보자 기가 죽어 침묵했다.

이곳은 사조원들이 배정받은 방이었다. 무정귀는 여인이라 따로 방을 배정받았다지만 그렇다 해도 저 흉흉한 두 명의 사내와 같은 방을 쓰게 된 것은 장영길에게는 참 불행한 일일 것이다.

'힘내시오.'

진원명은 마음으로만 장영길을 격려했다.

"어쨌든 우리 조는 내일 밖으로 나가게 될 것이오. 그러니

채비를 해주시오."

진원명이 말하자 용유진이 묻는다.

"그럼 내일 우리는 어느 쪽 방면으로 나가게 되는 것이오?"

아마 장영길에게 있어서는 이 사내가 가장 큰 불행으로 느껴질지도 모른다는 생각이 들었다.

용유진은 험상궂은 표정을 잔뜩 일그러뜨리며 묻고 있었는데, 아마도 용유진 나름의 진지한 표정인 듯했다.

"그건 아마 내일 알려줄 듯합니다. 그리고 한 가지 더 주의 사항이 있는데 처소를 벗어나 장원을 함부로 돌아다니지 말라는 것입니다. 그리고 장원 밖으로 출타할 때는 조장인 저에게 행선지를 미리 알려주시기 바랍니다."

"무슨 감옥도 아니고 더럽게 까탈스럽군."

"잘 알겠소. 이만 가보시오."

무정귀가 투덜거리고, 그 곁에서 막문위가 대답한다. 진원명이 고개를 한 번 끄덕이고는 방을 나서려 할 때 무정귀가 외친다.

"아, 잠깐!"

"무슨 일입니까?"

쿵!

무정귀가 장수생의 흉내를 내듯 칼집으로 땅을 내리찍는다.

"당신 말이야, 자기가 조장이라고 해서 착각하지 않았으면 좋겠어. 우리가 그냥 당신 말대로 따라주는 졸자…… 읍."

"후우, 기분이 나빴다면 미안하오. 신경 쓰지 말아주시오."

무정귀의 입을 막은 막문위가 한숨을 쉬며 사과했지만 진원명은 그 말을 듣고 있지 않았다.

진원명은 무정귀가 내리찍은 검을 바라보고 있었다.

동방검.

무정귀가 들고 있는 검은 진원명이 얼마 전 빼앗은 검과 동일한 모양을 가지고 있었다.

"그런데… 황색이군."

"뭐라고 했소?"

"아, 아닙니다. 화나지 않았습니다. 전 이만 나가보도록 하죠."

진원명이 그렇게 말하고 방을 나선다.

뒤에서 '저런 배알도 없는 겁쟁이가 조장이라니' 라는 무정귀의 불평이 들려왔지만 진원명은 신경 쓰지 않았다.

대신 진원명은 방금 전 무정귀가 들고 있던 검을 떠올리고 있었다.

그 검은 얼마 전 한유민이 무정귀에게서 빼앗아 지금 자신이 가지고 있는 검과 동일한 겉모양을 가지고 있었다.

"저 정도의 명검이 저렇게 흔한가?"

진원명은 고개를 갸웃거렸다.

그러고 보면 방금 전 무정귀가 가진 검은 검병(劍柄:손잡이)과 호수(護手:손잡이 보호대)의 색이 황색이었다. 자신이 가진 검은 검병과 호수의 색이 적색이니 애초에 두 자루가 짝을 이루어 만들어졌던 것인지도 모른다.

"뭐, 무슨 상관이겠어."

진원명은 피식 웃으며 고개를 저었다.

자신은 오늘 밤에 할 일이 있다. 지금은 일단 그것에 대해 생각할 때이다.

＊　　＊　　＊

비는 그쳤지만 구름마저 개지는 않았기에 그날 밤의 어둠은 어지간히 밤눈이 좋은 이들도 등불 없이 다니기 어려울 정도로 짙었다.

밤길을 재촉해서라도 해야 하는 어떤 일들이 있는 사람들에게는 불행한 일이라 할 수 있겠지만 야행을 시도하려는 도둑들이나 자객들에게는 제법 좋은 환경이라 할 수 있을 것이다.

탓.

바로 곁에서 듣는다 해도 별다른 주의를 가질 것 같지 않은 낮은 발소리가 울린다. 누군가가 담장을 넘는 소리였다.

그 발소리의 주인공인 검은 그림자는 잠시 어둠 속에 몸을 숨기고 있다가 어느 순간 소리없이 담벼락을 따라 달리기 시작했다.

스스슥, 탁!

담벼락을 달리다가 아래로 뛰어내린 그림자는 다시 어둠 속에서 행동을 멈춘 채 기다리다가 잠시 후 가볍게 몸을 날려 자신의 왼편 건물 처마 위로 오른다.

사삭.

지붕을 기어올라 그 위에 엎드린 그림자는 다시 몸을 낮춘 채 행동을 멈추었다.

마치 지붕과 한 몸이 되려는 듯 몸을 엎드린 채 움직이지 않던 그림자는 차 한 잔 비울 정도의 시간이 흐른 뒤 몸을 살짝 일으켜 주변을 살피기 시작했다.

제법 오랜 시간 동안 꼼꼼하게 주변을 살피던 그림자가 이내 조심스럽게 땅으로 내려온다.

사사삭.

그림자는 다시 조심스럽게 이동하기 시작했다.

지금까지 해왔던 것처럼 조심스럽게 담을 넘고, 주변을 살피고, 건물의 지붕 위로 오른다.

이어서 앞선 건물에서 했던 것과 동일하게 주변의 지형을 살핀다.

이 이상한 행동을 보이는 야행인은 다름 아닌 진원명이었다.

진원명이 지금 하고 있는 일은 유원협의 장원의 지형과 구조를 살피는 일이었다.

장원의 안쪽에 있는 유원협의 처소 쪽은 지키는 이들이 많아 접근이 어려웠다. 대신 진원명은 천천히 장원의 외곽을 돌며 장원의 전체적인 구조를 머릿속에 그려 넣으려 하고 있었다.

장원은 넓었다. 하지만 넓은 만큼 건물의 구조가 합리적이지 않으면 이동에 번거로움이 생기기 마련이니 그 구조를 파악하는 것은 오히려 어렵지 않았다.

약 두 시진가량 장원을 살핀 뒤 진원명은 어느 정도 장원의 모습을 머릿속에 그려 보일 수 있게 되었다.

무민이 갇혀 있을 만한 곳은 좀 더 차분히 생각해 보는 것이 좋을 듯하다.

진원명은 그렇게 여기며 발길을 돌려 처소로 돌아가려 했다.

그때, 진원명의 시야 한구석에 순간 검은 그림자가 지나친다.

진원명이 곧바로 몸을 낮추며 그림자가 스쳐 지나간 어둠 속을 바라본다.

'뭐지?'

그림자가 들어간 어둠 속에서는 아무런 기척도 느껴지지 않았다.

보통 사람이라면 눈의 착각이라 여기고 지나쳐 버릴 만한 시간이 지났지만 진원명은 그 자리에서 움직이지 않은 채 그림자가 이동한 어둠을 주의 깊게 노려보았다.

잠시의 시간이 더 흐른 뒤 어둠 속에서 두 개의 그림자가 튀어나와 어딘가로 달려간다.

'나 말고도 이곳을 염탐하는 자들이 있었나?'

두 그림자는 두 명의 흑의인들이었다.

진원명은 잠시 그들을 지켜보다가 조심스럽게 뒤를 따랐다.

우습게도 그들은 진원명이 방금 전 취했던 행보를 똑같이 따르고 있었다. 어둠에서 어둠으로 이동하다가 주변의 높은 건물 지붕으로 올라 주변을 살핀다. 다시 건물을 내려와 조심스럽게 다음 건물로 이동해 지붕 위에서 주변을 살핀다.

뭐 하는 자들인 것일까? 혹시 아민의 동료들인 것일까?

진원명은 이런저런 의혹을 떠올리며 일정한 거리를 두고 그들을 쫓았다.

적어도 펼치는 경공으로 보아서는 적들은 하수가 아니었다. 자신이 그들을 먼저 발견했던 것은 그저 운이 좋았기 때문이리라.

약 반 시진 정도 그들의 뒤를 쫓았다.

그들은 몇 채의 건물을 그렇게 거쳐 간 뒤, 어느 순간 갑자기 길을 거슬러 다시 돌아오기 시작했다.

진원명은 그들이 설마 가던 길을 되돌아올 것이라고 생각하지 않았기에 깜짝 놀랐다.

그들과의 거리가 가까운 데다 자신이 있는 곳이 마침 앞뒤로 트여 있는 곳이라 그들의 시야를 피해 숨기가 곤란하다.

고민하던 진원명이 재빨리 몸을 솟구쳐 자신의 위에 있던 처마의 아랫부분에 바짝 달라붙어 매달렸다.

두 흑의인은 이제까지처럼 조심스럽게 길을 돌아오고 있었다.

그리고 잠시 후 두 명의 흑의인은 하필 진원명이 매달린 처마 바로 아래쪽으로 숨어들어 왔다.

진원명은 호흡을 멈추고 그들이 빨리 지나쳐 가길 빌며 두 사람의 모습을 살폈다. 얼굴마저 복면으로 두른 터라 정체를 알아볼 수 없었지만 둘 중 한 사람의 체형은 확실히 여인이 맞아 보였다.

두 복면인의 기다림이 길게 느껴진다.

복면인들은 어둠 속에서 충분히 주변의 움직임을 살피고는 이내 다음으로 목표한 어둠 속으로 몸을 날리려 했다.

그 순간 조금이나마 세상이 밝아진다.

진원명의 위치에서 보이진 않았지만 아마 달이 구름에서 잠시 벗어났던 모양이다.

'빌어먹을. 왜 하필 지금이냐고!'

진원명은 내심 욕설을 내뱉었다.

　복면인 중 여인으로 보이는 인물이 고개를 들어 하늘을 바라보다가 처마에 매달린 진원명과 눈이 마주쳤기 때문이다.

야인(夜人) 3

"사형, 위!"

여인의 낮은 외침보다 빠르게 진원명이 떨어져 내렸다. 순식간에 뽑아진 진원명의 검이 여인의 목덜미를 노리고 여인 또한 빠르게 검을 뽑아 진원명의 검을 막아간다.

스르릉.

낮은 검명은 서로의 검이 부딪치지 않고 스쳐 지나가며 나는 소리였다.

짧은 순간 서로의 의향이 일치했기에 벌어진 결과다.

우웅.

진원명이 상체를 틀어 여인의 검을 피해내는 것과 동시에 여인 역시 상체를 틀어 진원명의 검을 피해냈다. 두 사람은 그렇게 아무 일도 없었다는 듯 서로를 교차해 지나갔다.

스윽.

지나쳐 간 두 사람이 다시 몸을 돌려 서로를 향해 칼을 겨 눈다.

짧은 순간이었지만 두 사람은 같은 생각을 했었다. 이런 상 황에 놓였지만 결코 소란을 일으켜 장원의 사람들에게 들켜 서는 안 된다는 생각이다.

두 사람뿐 아니라 그 자리에 있는 나머지 한 명의 복면인도 같은 생각인 듯했다. 방금 전 공방에서 빠져 있던 복면인 사 내가 조용히 등에서 무기를 꺼내며 여인의 곁으로 다가왔다.

사내의 무기는 밭일에나 쓸 법한 한 쌍의 낫이었다.

사내는 오른손의 낫은 역수로 왼손의 낫은 정수로 잡은 채 진원명을 바라본다.

잠시 두 무리는 서로 무기를 겨누고 대치했다.

달이 다시 구름 속으로 들어간 듯 정원에 깔린 어둠이 짙어 진다.

달빛에 드러나 있던 서로의 윤곽이 어둠 속에 묻히며 희미 해진다.

휘익!

먼저 움직인 것은 여인 쪽이었다.

여인이 뽑아 든 검날이 어둠 속에서도 푸른 광채를 발한다.

그 검을 보며 진원명은 자신이 가졌던 생각을 확신할 수 있었다.

손잡이를 검은 천으로 가리긴 했지만 저 검은 분명 익숙하다.

체구도 그렇고, 곁의 사내를 사형이라 부르던 목소리도 그렇고, 저 여인은 다름 아닌 동창의 무정귀가 분명하다.

후웅!

진원명은 크게 몸을 날려 무정귀의 검을 피했다. 짧은 순간이지만 소름이 돋을 만큼 무시무시한 살기가 무정귀의 검에서 폭사되었었다.

무정귀의 무공이 이처럼 대단했었나? 진원명이 질린 표정으로 무정귀를 돌아본다.

이처럼 회피에 큰 동작을 두는 것은 당연히 좋은 일이 아니다. 하지만 진원명은 어쩔 수 없이 그렇게 해야만 했다.

일도필살(一刀必殺), 어설픈 회피는 무용했다.

상대방의 검이 자신에게 다다를 수 있는 미세한 여지만 있었더라도 자신이 그녀의 검에 양단되었을 것임을 진원명은 느낄 수 있었다.

무정귀의 검술은 지금까지 경험한 어느 누구의 검술보다 날카롭다.

혹, 후욱!

무정귀의 이격, 삼격이 이어진다. 매끄러우면서 날카로운 검술, 진원명은 무정귀의 빈틈을 노리지 못하고 이리저리 피해 다녔다.

그리고 등 뒤에서 살기가 느껴진다.

사삭!

또 다른 복면인, 무정귀의 사형, 백무귀 막문위다.

진원명은 보이지 않는 백무귀에 대해 계속 의식하고 있었기에 뜻밖의 기습에 놀라지는 않았다.

하지만 알고 있다고 막을 수 있을 정도로 백무귀의 기습이 호락호락한 것은 아니다.

지이익.

진원명이 재빠르게 상체를 비틀었지만 어깻죽지의 옷자락이 길게 찢어져 나갔다. 위험한 순간이었다. 다행히 상처는 없는 듯했다.

진원명이 재빨리 몸을 돌려 백무귀를 공격하려 했다. 백무귀는 이미 그 자리에 없었다. 공격에 실패하자마자 어둠 속으로 숨어버린 것이다.

진원명은 어둠 속에서 백무귀를 찾을 여유를 갖지 못했다. 진원명의 뒤에서 다시 무정귀의 공격이 매섭게 파고들고 있었다.

유원협의 장원의 외곽 인적없는 후원에서 세 개의 그림자가 어우러지고 있었다.

진원명과 무정귀, 그리고 백무귀.

검과 검, 검과 낫이 발하는 청광이 어우러진다. 그 청광에 실린 살기들이 상대방의 피를 탐내며 후원 위로 휘몰아친다.

세 사람의 다툼은 치열하기 그지없었다.

하지만 누군가가 본다면 그 상황이 진정 치열한 것인지 분간하기 어려우리라. 세 명의 싸움은 격렬하지만, 놀랍도록 고요했다.

혹! 후욱!

무기들이 일으키는 작은 바람 소리들, 그마저도 없었다면 아마 세상에 갑자기 소리가 사라진 것처럼 느껴졌을지도 모르는 일이다.

혹, 혹, 후혹!

낮은 바람 소리, 진원명의 연검이 먹이를 노리는 뱀처럼 꿈틀대었지만 무정귀의 검은 연검의 움직임에 현혹되지 않고 진원명의 허리를 베어간다.

진원명은 그 기세에 맞서지 못하고 뒤로 몸을 회전시키며 뻗어낸 검을 뒤로 휘두른다.

부웅!

진원명의 뒤로 달려들던 백무귀에 대한 공세였다. 하지만 백무귀는 진원명의 배후로 달려들던 걸음을 잠시 멈추었다가 진원명의 공격이 끝남과 동시에 날카롭게 파고든다.

투둑.

하지만 이것마저 진원명이 예상한 바였다. 진원명은 한 바퀴를 더 회전하며 백무귀에게 한 번의 공격을 더 뻗어냈다.

백무귀는 예상치 못한 공격에 상의의 앞섶을 스치고는 곧바로 다시 어둠 속으로 물러났다.

진원명은 백무귀를 쫓지 못했다. 뒤편에서 무정귀의 공격이 들어오고 있다. 진원명은 황급히 그 공격을 회피했다.

사아아!

바람이 불어온다. 이토록 고요한 후원에 이처럼 지독한 살기들이 난무하는 것이 마음에 들지 않는다는 듯 불어닥친 바람이 후원의 모든 것을 훑고 지나간다.

후원에 깔려 있던 낙엽이 흩날리고 세 사람이 입은 흑의와 머리카락이 바람에 날린다.

무정귀의 공격은 여전히 매섭다. 진원명은 그 검에서 느껴지는 위세에 정면으로 맞서지 못하고 계속 피해 다니고 있었다.

그리고 백무귀는 싸우는 두 사람의 주변을 돌다가 피해 다니는 진원명의 사각을 파고든다.

백무귀가 취하는 협공이 매서워 처음에 진원명은 몇 번의 위기를 맞았었다. 하지만 어느 정도 위기를 벗어난 지금 역시 반격의 기회를 잡지는 못하고 있었다.

무정귀의 검술은 여인의 검술이라 믿어지지 않을 만큼 공격적이고 강력했다.

기세와 변화가 극한으로 어우러져 있다.

기세에 대응하려면 변화를 따라갈 수 없고, 변화에 대응하려면 기세를 따라갈 수 없으니 기본적으로 무정귀를 압도하는 실력이 없는 한 무정귀의 공격은 막을 수 없는 공격이라 보는 것이 옳았다.

실로 대단한 검술이다. 한유민이 무정귀를 높게 평가했던 것에는 이유가 있었다.

파라락, 파락.

바람이 강해지며 옷깃이 나부낀다. 진원명의 몸짓이 마치 그 바람을 타기라도 하는 듯 나부낀다.

하지만 진원명의 마음은 왠지 차분히 가라앉아 있었다. 분명 지금의 상황은 자신이 수세에 몰려 있었지만 진원명은 불리하다는 느낌을 받지 못했다.

아마 무정귀가 아닌 다른 고수의 협공이라면 이처럼 침착하지 못했을지도 모른다. 진원명은 기묘하다고 느꼈다.

무정귀의 공세는 대단했지만 그 공세가 왠지 모르게 익숙했다. 그 익숙함이 진원명에게 이유 모를 여유를 심어주고 있었다.

후우욱!

무정귀의 공세가 이어지고 진원명이 허리를 당겨 검을 피한다.

지익.

여유있게 피했음에도 무정귀의 검에 채 닿지도 않은 어깨의 옷자락이 베어져 나간다. 무정귀의 검이 발하는 검기에 베어진 것이다.

위험한 순간일 수 있었지만 진원명은 이어진 무정귀의 검술에서 두려움보다 확신을 느꼈다.

닮아 있다.

무정귀의 검이 채 회수되기도 전에 낮게 뻗어온다.

우웅!

진원명은 미리 알고 있었다는 듯 허공으로 살짝 몸을 띄우며 거리를 벌렸다.

무정귀의 검술은 분명 닮아 있었다.

지익!

공기를 가르는 무정귀의 검이 곧장 진원명의 가슴으로 뻗어온다.

진원명은 당황하지 않고 몸을 젖혔다. 처음 무정귀의 검술을 보았을 때보다 훨씬 안정된 회피였다. 아무리 위협적인 공격이라도 그 경로를 예측한다면 당황할 이유가 없다.

무정귀의 검이 진원명의 가슴 위를 스쳐 지나감과 동시에 진원명이 등 뒤를 향해 검을 뻗는다.

순간 뒤편에서 느껴지려던 백무귀의 살기가 사라진다.

진원명은 무정귀의 검술을 통해 백무귀의 협공이 들어올 순간을 읽고 백무귀의 공격을 원천적으로 차단한 것이다.

옆으로 몸을 회전시켜 자세를 바로 하는 진원명의 눈앞에 분노로 크게 떠진 무정귀의 모습이 보인다. 진원명은 그 모습을 보면서 또한 느꼈다.

무정귀의 검술은 분명히 닮아 있지만 다르다.

만약 그녀가 펼친 검술이었다면 무정귀처럼 이렇게 맥없이 끊어져 자신을 놓아주지 않았을 것이다.

진원명은 무정귀를 바라보며 무정귀의 모습 위에 익숙한 누군가의 모습을 겹쳐 떠올리며 미소 지었다.

아민.

무정귀가 펼치는 검술은 분명 아민의 검술과 닮아 있었지만 아민의 검술을 따르지 못하고 있었다.

야인(夜人) 4

생각해 보면 실낱같은 차이이다.

아민과 무정귀의 차이는 그처럼 미세했다.

아민의 검술이 흐름 그 자체라면, 무정귀의 검술은 공격을 위한 흐름이다.

아민이 무도로서의 본질에 더 가깝게 수련했다면 무정귀는 검술 자체의 위력과 살상력을 극대화시키는 방향으로 수련했을 것이다.

위력은 분명 무정귀의 검술이 더 강맹하다.

실제로 그러했고 아마 거의 모든 사람들이 그렇게 느낄 것이다.

하지만 아민의 무공에 대해 수없이 연구해 보고 그로 인해 나름의 깨달음을 얻은 바도 있는 진원명에게는 이야기가 다르다.

무정귀의 검술에는 아민의 무공에서 느껴지지 않았던 미세한 빈틈이 있었다. 바로 부자유스러움이다. 무정귀의 검술은 기세와 강맹함을 살린 대신 검로를 제한해 두었다. 그 제한된 검로만으로도 충분한 위력을 발휘할 수 있기 때문이다. 하지만 그 위력은 상대방이 맞상대해 줄 때에나 발휘될 수 있는 것이다.

상대방의 검로를 읽기 시작한 진원명은 그 검로가 미치지 않는 곳으로 계속 이동하며 무정귀를 맞상대해 주지 않고 있었다. 무정귀의 검술은 더 이상 진원명에게 위협이 되지는 않는다.

부웅, 후웅.

무정귀의 공세가 거칠어진다. 아마 자신의 공세가 점점 더 먹히지 않게 되어가고 있음을 본인도 느낀 것이리라.

그들과 같은 고수들 간의 싸움에서 흐름을 잃는 것은 금물이다. 진원명은 내심 지금의 상황이 자신에게 유리하게 흘러간다고 느꼈다.

시간이 흐르면 무정귀는 분명 다른 빈틈을 보일 것이고, 그때가 바로 수세인 자신의 상황을 반전시킬 기회가 될 것이다.

진원명이 그처럼 상황을 낙관한 그 순간, 백무귀의 무공이 변했다.

철컹!

작은 금속성과 함께 진원명의 등 뒤의 살기가 증폭된다. 진원명이 이유 모를 섬뜩함에 뒤를 돌아보며 몸을 비틀었을 때 백무귀의 낫이 진원명의 겨드랑이 아래를 스쳐 지나간다.

지익!

옷이 찢어졌다. 아슬아슬한 회피였다. 하지만 안심할 틈이 없다. 공격은 그것으로 끝이 아니었다.

촤악.

선혈이 튄다. 옆구리를 지나간 낫이 다시 되돌아가며 진원명을 베었다. 진원명의 방금 전 자세에서는 피할 수 없는 공격이었다.

다행히 깊지는 않은 듯했지만 뜻하지 않은 부상에 진원명의 자세가 무너졌다. 순간 정면에서 무정귀가 달려든다.

진원명이 뒤로 몸을 피하려 할 때 다시 살기가 느껴진다. 백무귀의 낫이 자신을 노리고 있다. 방금 전과 같은 공격이리라. 지금 뒤로 물러난다면 무정귀의 공격에 당하고 만다.

째앵!

낮은 칼 울림이 울려 퍼진다. 진원명은 오히려 다시 앞으로 전진해 자신의 연검을 무정귀의 검에 마주쳤다.

스르릉.

진원명의 검이 무정귀의 검에 달라붙은 채 무정귀의 검을 타고 흐른다. 마공을 통해 무정귀의 공격에 실린 힘을 흩어버리려는 수작이다.

무정귀는 놀랐다. 하지만 당황하지는 않았다.

살 방법이 없어 펼치는 잔재주일 뿐이다. 무정귀 정도의 기세에 이런 수법은 의미가 없었다. 진원명이 채 힘을 흘려버리기도 전에 무정귀의 검이 이미 진원명의 머리 위로 떨어져 내린 것이 그 증거다.

이 녀석은 끝났다. 무정귀는 확신했다.

지익!

무정귀는 다시 한 번 놀랐다. 그리고 이번엔 당황했다.

칼이 명중하려는 순간 눈앞의 진원명이 사라졌다. 이 무슨 귀신놀음 같은 일이란 말인가?

"사매, 엎드려!"

무정귀가 의아한 표정을 지어 보일 때, 무정귀의 머리 바로 위에서 바람 소리가 울려 퍼진다.

우웅, 후우웅.

무정귀는 황급히 몸을 비틀며 하늘을 바라보고 드러누워 버렸다.

무정귀의 몸 위를 떠도는 세 개의 청광이 보인다.

한 자루의 검과 두 자루의 낫.

검과 그 검을 쥔 사내가 허공을 날고 있다.

반면 낫은 주인이 없다. 두 자루의 낫은 홀로 하늘을 날며 검과 맞서 싸우고 있다.

무정귀는 순간 멍하게 그 싸움을 바라보았다. 허공을 날며 싸우는 사람과 낫의 모습이 마치 신선들 간의 싸움인 양 비쳐 보였기 때문이다.

우웅, 우웅, 우우웅.

현란한 청광이 눈앞에서 나부끼고 흑의 사내가 그 사이에서 춤을 춘다. 마치 중력을 무시하는 듯 사내는 허공을 자유롭게 노닐었다. 무정귀는 적이지만 그 춤을 아름답다 느꼈다.

잠시 후 진원명이 땅으로 내려섰다. 백무귀의 낫도 그 순간 주인에게로 돌아갔다.

무정귀는 그제야 정신을 차리고 몸을 일으켰다.

"사매, 그만 해라."

다시 진원명에게로 달려드려 하는 무정귀에게 백무귀가 말한다.

"왜 그러는 거죠?"

무정귀가 낮게 묻는다.

"강적이다. 여기서 계속 싸우다가는 장원의 사람들에게 들킬 것이다."

무정귀가 눈을 살짝 찌푸렸지만 이내 고개를 끄덕인다. 방금 전 하늘을 날며 싸우던 적의 모습은 인간이 아닌 것처럼 보였었다.

"그럼 어떻게 하죠?"

백무귀는 무정귀의 질문에 대답하지 않고 진원명에게 말한다.

"대단한 고수시구려. 당신의 목적은 알 수 없지만 모양으로 보아 우리처럼 이곳 사람들에게 들켜선 안 될 몸이라는 것은 잘 알겠소. 방금 우리의 대화를 들어서 알겠지만 우리가 이곳에서 계속 싸운다면 장원의 누군가에게 들키고 말 것이오. 어떠시오. 서로 내키지는 않겠지만 우리 오늘은 서로를 눈감아주기로 하는 것이……"

진원명은 백무귀가 들고 있는 낫에 눈길을 주고 있었다. 낫 손잡이가 사라지고 그 자리에 긴 줄이 매달려 있다. 바로 저 줄을 이용해 백무귀는 먼 거리에서 진원명을 공격해 왔던 것이다.

아마 어떤 장치를 통해 싸움 도중에도 무기의 형태를 변화시킬 수 있도록 해둔 듯했다.

"듣고 있소?"

백무귀의 질문에 진원명이 고개를 끄덕인다.

"그렇게 합시다."

진원명의 대답에 백무귀가 고개를 끄덕인다.

백무귀의 기문병기에는 또 어떤 장치가 숨겨져 있을지 알 수 없으니 이런 어둠 속에서 상대하기에는 보통 까다로운 것이 아니다. 백무귀의 제안은 진원명으로서도 바라는 바였다.

백무귀는 잠시 진원명을 묘한 눈길로 바라보며 중얼거렸다.

"혹시, 당신은… 그분의……."

진원명이 의아한 듯 바라보자 백무귀는 고개를 젓고는 무정귀에게 살짝 눈짓을 했다.

두 사람은 주변을 살피고 이내 장원 외곽으로 통하는 어둠 속으로 몸을 날렸다.

무리하는군. 진원명은 피식 웃었다.

저들의 거처는 장원 안에 있으니 이처럼 장원을 벗어나는 것처럼 연기하려 한다면 상당한 거리를 빙 돌아와야 하리라.

진원명은 슬쩍 주위를 둘러보고 싸움을 통해 파인 땅이나 풀들을 대충 손본 뒤 그들과 달리 장원 안에 있는 자신의 거처를 향해 곧바로 이동했다.

초면(初面) 1

"음, 왠지 두 분은 어제 잠자리가 편치 못하셨던 듯하구
려."

진원명이 속한 사조에서 가장 기죽어 지내는 인물, 장영길
이 말했다. 그 대상이 된 두 사람, 무정귀와 백무귀가 장영길
을 귀찮다는 듯 노려보았고 그 곁에서 걷던 용유진이 장영길
을 잡아먹기라도 할 듯 노려보았다.

장영길은 다시 고개를 푹 숙이고 걸음을 늦춰 뒤따르던 진
원명과 보조를 맞췄다.

"우리 조가 아마 악벌단 중 인상으로는 최강일 것이오."

장영길이 낮은 목소리로 속삭인다.

진원명이 고개를 끄덕이며 피식 웃었지만 별다른 대꾸를 해주지는 않았다.

인피면구 때문에 드러나진 않지만 진원명의 몰골 역시 백무귀나 무정귀와 크게 다르지 않을 것이다.

어제 그 치열한 사투를 끝내고 처소로 돌아간 뒤 한 시진도 채 자지 못하고 일어나 이른 아침부터 악주를 순찰하고 있는 참이다. 진원명은 지금 무척 피곤해 있었다.

"빌어먹을, 이 시간에는 흉수들도 아마 집에서 자고 있을걸. 왜 이렇게 일찍부터 사람을 찾아야 한다는 거야!"

무정귀의 짜증에 찬 목소리가 들려온다. 장영길이 곁에서 어려서 혀를 다친 모양이라는 등, 말이 짧다는 등 궁시렁거렸지만 진원명은 여전히 대꾸하지 않았다.

사실 진원명은 감정적으로는 무정귀의 생각에 동의하고 있었다.

"날씨도 우중충하고 말이지."

진원명이 하늘을 올려다보며 중얼거렸다.

하늘에는 먹구름이 낮게 깔려 있었다. 언제 비가 쏟아지더라도 이상하지 않을 모습이다.

지난번 해서파가 알아낸 아민의 일행 중 몇 명의 얼굴 그림이 오늘 순찰을 나가는 조 모두에게 배포된 상태였다. 순찰을 나가는 조들에게 내려진 기본 명령은 악주 내의 수상한 자들을 가능한 한 모두 탐문하라는 것이지만 악벌단이 관군도 아니고 사실상 불가능한 일이니 그 그림을 통해 사람을 찾는 것이 주된 목적이라 할 수 있다.

그런 상황인데 만약 비가 오면 사람들이 도롱이나 우산으로 머리를 덮고 다닐 것이니 사람들의 면면을 확인하기 어려워진다.

"젠장, 날씨 좀 보라고! 분명 오늘은 비가 와서 허탕이 되고 말걸."

무정귀가 다시 짜증을 부린다. 순간 무슨 주문이라도 되는 듯 비가 쏟아졌다.

쏴아아!

일행은 비를 피하기 위해 황급히 거리를 달리기 시작했다.

"젠장, 저년 입에는 무슨 액신(厄神)이 붙은 건가?"

장영길은 그 와중에도 궁시렁거리는 것을 잊지 않았다.

이른 아침이라 문을 연 가게가 많지 않았다. 하지만 다행히 일행에게서 멀지 않은 곳에 문을 연 객점 하나가 보인다.

"이봐! 다들 비켜!"

무정귀가 객점 문 앞에 서 있던 사내들을 밀치고 객점 안으로 뛰어든다.

밀쳐진 사내가 얼떨떨한 표정으로 돌아볼 때, 진원명과 나머지 일행이 우르르 객점으로 따라 들어왔다.

"젠장, 다 젖었군."

무정귀가 투덜거리고 백무귀가 점소이를 바라보며 말한다.

"물을 좀 닦아내야 할 듯하니 마른 수건 몇 장만 가져다주 게나."

"저기 사형은 굳이⋯⋯."

무정귀가 무언가 말하려다가 멈추고는 이내 뭔가 생각에 잠긴 표정으로 눈살을 찌푸린다.

잠시 후 점소이가 수건을 가져왔을 때에도 무정귀는 물을 닦을 생각도 하지 않은 채 찌푸린 표정을 풀지 않고 가만히 뭔가를 고민하고 있었다.

왜 그러는 거지? 진원명이 수건으로 몸을 닦으며 무정귀를 훔쳐봤다.

그때 등 뒤에서 누군가의 목소리가 들려왔다.

"이보시오, 낭자. 비를 피하려는 마음에 그런 것은 알겠지 만 사람을 밀치고 지나갔으면 못해도 미안하다는 말 한마디 는 해주는 것이 옳지 않겠소?"

객점 문 앞에 서 있다가 무정귀에게 밀쳐진 사내였다. 다섯 명의 사내가 도롱이를 뒤집어쓰고 서 있었는데 어딘가 나가 려던 참이었나 보다.

"⋯지금 내 기분이 좋지 않으니 잠자코 꺼져라."

무정귀의 낮은 목소리였다. 진원명이 움찔하며 무정귀를 돌아본다. 저 여자가 결국 사고를 치는구나.

"방금 뭐라고 했소?"

사내가 어이없다는 목소리로 묻자 무정귀가 사내들을 슬

쩍 올려다본다.

"거지꼴을 한데다 귀까지 먹은 병신들이 눈앞에 다섯이나 모여 있으니 심기가 불편하다는 것이다. 그나마 사지가 멀쩡할 때 눈앞에서 사라……. 읍."

"미안하게 되었소. 내 대신 사과하리다."

황급히 다가온 백무귀가 무정귀의 입을 막고 사과했지만 이미 늦었다.

"이년이 제대로 정신이 나갔구나. 아니면 너 같은 기생년 꽁무니나 졸졸 따라다니는 것들도 수컷이라고 옆에 네 놈이나 끼고 있으니 눈에 뵈는 게 없는 것이냐?"

사내의 폭언에 용유진이 인상을 쓰며 몸을 일으킨다. 하지만 그보다 먼저 장영길이 앞으로 나서며 황급히 머리를 숙인다.

"아이쿠, 협객 분들, 죄송하게 되었습니다. 저희 일행이 세상 물정을 몰라 입이 거칠답니다. 부디 넓은 아량으로 이해해 주시기 바랍니다. 헤헤."

"어이, 쓸데없이 문제를 일으키는 것은 좋지 않으니 그냥 무시하고 가자고."

화를 낸 사내 뒤에 있던 사내가 그렇게 말하며 화를 낸 사내를 잡아끈다.

"대낮부터 미친년을 보는군. 이거 원 재수가 없으려니까. 에이, 퉤. 거기 자네들, 앞으로는 조심하라고."

화가 난 사내가 자신의 눈앞에서 굽실대는 장영길을 바라보다가 이내 땅바닥에 침을 뱉더니 뒤돌아 걸어간다. 하지만 그 발걸음이 오래가지 못했다.

"거기 거지 놈들! 네놈들이 사지 멀쩡히 돌아가는 것은 이제 늦었다. 내 심기가 정말 불쾌해졌거든. 뭐, 거지 놈들이 사지가 멀쩡해서야 어디 구걸이나 되겠어? 내가 친절하게 한군데씩 부러뜨려 줄 테니 각자 원하는 부위를 내밀어봐라."

다시 무정귀의 목소리가 들려왔기 때문이다. 이번에는 다섯 사내가 모두 기분이 상한 듯 뒤돌아본다.

그리고 장영길은 사이에 끼어 울상이 되어 있었다.

"이런 웬수 같은 년, 네년의 우라질 눈깔엔 저놈들이 그냥 거지로만 보이나 보구나."

진원명이 한숨을 내쉬었다. 진원명 역시 장영길처럼 저들의 정체를 알 수 있었기 때문이다.

저들은 개방의 인물들이었다. 거지꼴을 하고서도 이처럼 기골이 장대한 데다 돈을 내고 객점에 머물렀을 정도면 의심할 여지가 없다. 게다가 조금 눈썰미가 있는 사람이라면 저들의 허리에 맨 띠가 개방 제자들 특유의 매듭으로 묶여 있는 것 또한 알아보았을 것이다.

"사매."

무정귀가 백무귀의 손을 뿌리치고 몸을 일으키자 백무귀

가 염려 섞인 목소리로 부른다.

"걱정 마세요. 몸도 말릴 겸 가볍게 놀아주는 것이니 크게 다치게 하지는 않을 거예요."

무정귀가 백무귀를 돌아보며 대답할 때, 사내들이 뒤집어 썼던 도롱이를 벗어던지고 죽봉을 꺼내 들어 진원명 일행을 겨눈다.

"네놈들 모두 저년이 매를 자초한 것이니 탓하려거든 저 정신 나간 년을 탓해라."

"저기, 이보시오. 나는 이들과 일행이 아니라……."

장영길이 중간에 서서 황급히 사내들에게 변명하고 그 뒤 편에서 용유진이 화난 표정으로 무기를 꺼내 드는 순간 장영 길과 용유진 사이를 은빛 그림자가 스쳐 지나간다.

스르륵.

퍽, 퍽, 퍽, 퍼퍽!

장영길은 순간 말을 하기 위해 입을 벌린 모습 그대로 동작을 멈추었다.

방금 전까지 자신의 눈앞에서 위협적인 모습으로 서 있던 다섯 명의 사내가 공중을 부양하고 있었다.

마치 순간 시간이 느려진 듯 장영길은 그 사내들의 얼굴에 드러난 표정을 또렷하게 바라볼 수 있었다.

길지 않은 순간이었지만 장영길은 그 표정을 통해 그들이 느끼는 감정이 자신이 느끼는 감정과 다르지 않다는 것 또한 알 수 있었다.

우당탕, 쿵, 와장창!

사내들의 착지는 요란했다. 객점의 의자와 걸상 몇 개가 넘어지고 부서졌다.

장영길이 자신이 느끼는 감정이 생동감있게 묻어 나오는 질문을 던졌다.

"지, 지, 지, 지금 무, 무, 무, 무엇이 이, 이, 이, 일어난 거요?"

장영길의 목소리에 한순간 다섯 명의 사내를 날려 버린 은빛의 그림자, 무정귀가 고개를 돌린다.

장영길은 무정귀의 시선에 움찔하며 뒤로 물러났다. 장영길의 질문에 대한 대답은 땅바닥에 누워 있던 한 사내의 입에서 나왔다.

"어, 엄청난 고수. 빌어먹을."

지켜보던 진원명이 근심하는 표정으로 고개를 젓는다. 무정귀는 지금껏 자신이 본 무인 중 세 손가락 안에 꼽을 무공을 지녔다. 이런 개방의 이류무사들 다섯이 당해낼 상대가 아닌 것이다.

문제는 상대가 개방의 문도들이라는 사실이다. 그 배경이 만만치 않으니 쓸데없는 말썽이 생길 우려가 있다.

잠시 후 개방의 다섯 명은 고통을 참고 몸을 일으켜 자신들의 짐을 챙기고는 거의 기다시피 객점을 떠나갔다. 무정귀는 이후에는 그들이 떠나는 것을 딱히 제지하지 않았다.

지켜보던 진원명은 조금 안심하는 표정으로 고개를 끄덕였다.

다행히 적들 중 큰 상처를 입은 자는 없는 듯하다. 무정귀 같은 여인에게 저처럼 몇 대 두들겨 맞았다고 개방에 하소연하는 것은 자존심상에라도 쉽지는 않을 것이다. 아마 저들은 그냥 오늘 하루 재수가 없었다 여기고 넘어갈 것이라 생각되었다.

무정귀가 몸을 돌려 자리로 돌아오다가 문득 옆을 돌아본다.

아직도 멍한 표정으로 자신을 바라보고 있는 장영길과 뽑아 든 칼을 어찌지 못한 채 엉거주춤한 자세로 서 있는 용유진의 모습이 보였다.

용유진이 무정귀의 시선을 의식한 듯 재빨리 칼을 집어넣으며 어색하게 웃어 보였다. 그 얼굴로 젓가락 한 짝이 날아든다.

퍼억.

"이 녀석 어디다 대고 인상을 써! 지지리도 쓸모없고 굼뜬 녀석 같으니라고. 사형은 왜 이런 녀석을 데려오자고 한 거죠?"

"…그야, 너희 둘이 좀 더 친하게 지내라는 의미였지."

"이 녀석과 친하게 지내느니 곰을 한 마리 데려다 놓고 친해지는 게 낫죠. 이 바보 녀석, 가만히 있지 말고 저기 어질러진 상이나 치워라!"

젓가락에 얻어맞은 콧잔등을 부여잡고 끙끙대던 용유진은 무정귀의 말을 듣고는 황급히 어질러진 객점을 치우기 시작한다.

잠시 지켜보던 장영길 또한 끼어들어 바닥을 치웠다. 얼핏 보기에도 용유진보다 요령있고 효율적으로 바닥을 치운 데다 자비를 털어 객점 주인에게 보상까지 해준다.

무정귀가 말한다.

"저 바보 녀석보다 네가 훨씬 쓸 만하구나."

"하하, 소저. 이 정도야 별것 아닙니다. 어차피 오늘은 비도 오고 하니 여기서 조금 쉬었다 가는 게 어떻겠습니까? 주인장, 여기 간단한 먹을 것과 술 좀 가져다주게!"

조장은 진원명인데도 장영길은 무정귀에게 질문하고는 무정귀가 고개를 끄덕이자 곧바로 음식을 시켰다.

방금 전까지 뒤에서 무정귀를 욕하던 것과는 판이하게 달라진 모습이다.

잠시 기다리니 음식이 나왔다.

장영길은 제법 사람의 기분을 맞춰주는 법을 아는 자였다.

처음에는 모두에게 어색한 분위기가 감돌았지만 장영길이 계속 동창의 삼인방의 기분을 맞춰주는 말을 하자 무정귀나 용유진은 제법 기분이 좋아진 듯 장영길과 어울리기 시작했다.

얼마의 시간이 지났을까? 비가 그칠 기미를 보이지 않자 진원명이 말했다.

"아무래도 비가 그칠 것 같지 않아 보이니 이곳에서 계속 놀고 있기보다는 비를 맞더라도 밖에 나가 거리를 좀 돌아보는 것이 좋을 듯싶습니다."

"어허, 자네 뭘 모르는구먼. 세상에 일만 중요한 것이 아니라네. 일에 앞서 먼저 다져야 할 것이 바로 조원들 간의 단결이지. 지금 우리가 하는 것이 그냥 놀고 있는 것이 아니란 말일세."

장영길이 나서 말한다.

어느새 장영길은 진원명에게 평대를 하고 있었다. 장영길이 이어 질문한다.

"아, 그리고 자네, 해서파의 문도라 했던가?"

진원명이 고개를 끄덕이자 장영길이 혀를 차며 말한다.

"해서파같이 작은 문파에서만 있다 보니 잘 모르는 것이군. 자네, 세상에 이런 고수 분들을 이처럼 가깝게 만나기가 보통 어려운 일이 아니라네. 막말로 자네가 앞으로 평생 동안 언제 이런 고수 분들을 구경이라도 해볼 수 있을 것 같은가? 아, 그렇군. 자네는 이분들이 방금 보여준 공부가 얼마나 대단한 것이었는지도 모르는 것이군. 어허, 참으로 안타까운 일일세."

장영길이 고개를 흔들며 탄식하다가 이내 진원명의 옆구리를 찌른다. 마침 어제 백무귀에게 당해 상처를 입었던 자리이기에 진원명이 살짝 움찔한다.

"사실, 난 말일세. 얼마 전 우연찮게 장수생 대협이 손을 쓰는 모습을 본 적이 있다네. 뭐, 운이 좋았던 것이지."

장영길은 이어 무슨 비밀스러운 이야기라도 되는 듯 주변을 살짝 둘러본 뒤 말한다.

"내 나름 강호를 굴러먹은 잔뼈가 있어 적어도 사람을 보는 눈은 있다 자부한다네. 내 확실히 말할 수 있는데 장수생 대협도 방금 보여준 서 소저의 무공을 따르지는 못할 것이네."

서 소저? 진원명이 잠시 고민하다가 무정귀를 말하는 것임을 알았다.

진원명은 피식 웃었다. 두 사람의 실력 차이는 장영길이 아니더라도 눈이 있는 사람이라면 누구나 알아볼 수 있었을 것이다.

"생각해 보게. 장수생이 누군가? 이미 강남에서 그의 적수가 없다는 말을 듣고 있는 인물이 아닌가? 내 짧지 않은 견문에도 서 소저 같은 고수가 있다는 말은 들어보지 못했네. 자네에게만 하는 말이네만 서 소저 정도 무공이라면 가히 천하제일을 논하기에 부족하지 않을 걸세."

동창의 오귀는 분명 충분한 악명을 누리고 있지만 강호는 그들을 인정해 주지 않는다. 충분히 그들의 실력을 증명할 만한 활약을 보였음에도 그것을 직시하고 이야기하려 들지 않는 것이다.

동창을 적대시하는 강호인들의 오기인지도 모른다. 권력에 맛을 들이고 돈에 휘둘려 황제의 개가 된 그들은 무인도 아니라는 편협한 시선.

그런 시선 덕에 장영길은 무정귀의 정체를 짐작하지 못했고 지금 무정귀는 장영길로부터 은거기인 취급을 받고 있었다.

무정귀는 장영길의 말에 피식 웃었다.

"난 천하제일이라는 말 같은 거 달갑지 않아. 이미 나보다 강한 사람을 세 명이나 보았고……."

"그게 정말입니까? 어찌 그런 사람이 세 명씩이나……."

"세상에 은거기인이 한둘이겠어? 게다가 그중 두 명은 최근에 보았다고. 정말 놀라운 자들이었지."

진원명이 움찔했다. 두 사람이란 설마…….

"내 서 소저를 만나고 새로운 세상을 대하는 느낌입니다. 도대체 서 소저보다 강하다는 그 세 사람은 어떤 사람입니까?"

"흠, 예전부터 알고 있던 한 사람은 그다지 말하고 싶지 않아. 최근에 만난 두 사람은… 한 명은 거의 신선이라도 된 듯하늘을 날며 검술을 펼치더군. 그리고 또 한 명은 전설에나 나올 이기어검을 펼쳤다네."

"허어."

진원명이 한숨을 내쉬었다. 역시 그 두 사람 모두 자신을 말하는 것이다.

이기어검이야 우연히 펼친 것이고, 어제 하늘을 날며 싸웠던 것은 공격해 오는 무정귀의 힘을 마공으로 모두 받아 허공에 머무르는 데 사용했기 때문이다.

아무래도 무정귀는 자신을 상당히 과대평가하고 있는 듯 보였다.

"이기어검이라니……. 믿을 수가 없군요."

"뭐, 나도 직접 보지 않았다면 믿지 않았을 거야. 그자가 조롱하듯 검을 휘두르는데 난 손가락 하나 꼼짝하지 못했지. 그런 패배는 평생 처음 경험해 본 것이야. 아마 그자라면, 그분도……."

무정귀가 왠지 심각한 표정을 지으며 말을 흐린다. 장영길이 슬쩍 두 사람의 눈치를 살피더니 묻는다.

"정말 세상 위에 세상이 있었군요. 오늘 제가 견문을 크게 넓힌 느낌입니다. 그런데 서 소저, 혹시 서 소저보다 강하다는 마지막 한 사람은 곁에 계신 막 대협을 말씀하시는 게 아닙니까?"

장영길의 말에 무정귀가 얼떨떨한 표정을 짓더니 이어 크게 웃는다.

"그래. 하핫, 네 녀석이 금방 알아보았구나. 네 말이 맞다. 내 사형이 바로 나보다 강한 마지막 한 사람이지."

무정귀가 그렇게 말하며 백무귀를 슬쩍 바라본다. 그 시선에 평소의 표독함이 아닌 따스함이 담겨 있는 듯 보인다. 백무귀 역시 빙긋 웃으며 무정귀를 바라보고 있었다.

두 사람 사이에 뭔가 있는 것인가? 진원명이 의문을 가졌다. 아마 진원명만 그런 의문을 느낀 것이 아닌 듯 장영길 또한 두 사람의 모습을 번갈아 바라보더니 이내 헤벌쭉 웃으며 대화의 주제를 바꾼다.

"아하하, 제가 눈치 하나로 먹고산답니다. 처음 보았을 때부터 막 대협 같은 분은 이런 곳에 어울리지 않는다 여겼지요. 마치 보통의 무인들과 다른 세상에 있는 듯한 근엄함이 보였다고 할까요."

장영길의 말에 백무귀는 쓰게 웃으며 고개를 저었지만 무정귀는 마치 자식이 칭찬받은 어미인 양 기뻐했다.

무정귀와 장영길이 이내 백무귀에 대한 이야기로 의기투합하여 웃고 떠들기 시작한다.

한 사람을 두고 칭찬하는 두 명과 쓸개라도 씹은 표정으로 그 칭찬을 듣고만 있는 눈앞의 모습에서 왠지 익숙한 느낌을 받았지만 진원명은 곧 그들의 대화에 관심을 끊고 술잔을 들어 입술을 적셨다.

"나머지 한 사람은 누구를 말한 것이지?"

진원명은 나직이 중얼거렸다.

진원명은 다시 강호로 나서며 나름대로의 자신감을 가지고 있었다. 전생의 무공을 다 찾지 못했지만 이 정도 무공이라면 천하에 적수가 없을 것이라는 자신감 말이다.

하지만 어제 경험한 무정귀의 무공은 실로 충격적인 것이었다. 이제껏 진원명이 만난 가장 강한 무인은 바로 고목귀였다. 하지만 어제 이후로 그 생각은 바뀌었다.

무정귀의 무공은 고목귀에 뒤지지 않는다. 고목귀가 무서운 이유는 고목귀의 본신무공보다 고목귀가 가진 알 수 없는 방어력 때문이라고 보았을 때, 오히려 무정귀의 본신무공은 고목귀보다 우위에 있다고 말할 수 있을 것이다.

그런 무정귀가 자신보다 강하다고 인정한 자가 있다. 진원명은 무인으로서의 호기심을 느꼈다.

적어도 백무귀는 아니다.

백무귀가 어제 마지막 순간 보여줬던 기문병기는 위력적이었지만 보여준 부분만 가지고는 그리 대단하다 하기 어렵다. 철수귀나 무영귀와 같은 수준, 고목귀와 무정귀보다는 한 수 아래의 실력인 것이다.

그렇다고 고목귀라고 생각하기도 어렵다.

고목귀의 무공이 특이한 만큼 일 대 일의 싸움이라면 무정귀보다 유리하다 말할 수 있을지도 모르지만 보통의 다른 사람들과 싸울 때의 효율은 무정귀가 훨씬 좋을 것이다.

만약 과거 자신들과 싸우던 장소에 고목귀 대신 무정귀가 있었다면 자신들은 모두 살아남지 못했으리라. 고목귀는 무정귀와 동급이라고 하는 것이 어울린다.

잠시 자신이 만난 이들 중 무정귀와 상대할 만한 고수들을 떠올려 보던 진원명은 고개를 저으며 생각했다.

역시 세상은 넓다.

전생의 자신은 오히려 세상에 숨어 있는 고수들과는 그다지 마주치지 않았었다.

자신이 보지 못했다고 해서 존재하지 않는 것은 아니다.

전생에 그처럼 많은 싸움을 거쳤지만 당시 경험하지 못했던 많은 절정고수들을 최근 들어 알게 되었다. 아직 자신이 알지 못한, 만나지 못한 고수들이 더 많이 남아 있을지도 모른다.

그렇다면 그런 고수들 중 과거의 불사귀와 비견될 만한 고수가 숨어 있는 것도 있을 수 없는 일은 아닐 것이다.

"비가 그친 것 같군."

백무귀의 목소리가 들려온다. 진원명이 고개를 돌려 창밖을 바라본다.

퍼붓던 비가 그치고 미약하지만 햇살이 고개를 내밀고 있었다.

"잘되었군요. 많이 쉬었으니 이만 나가서 마을을 돌아보도록 하죠."

진원명이 조원들을 돌아보며 말한다.

아민의 세력은 발견되지 않는 편이 가장 좋다.

분명 얼마 전 한유민에게 구출된 자들이 악주에 숨어 있는 다른 동료들에게 그들 세력이 위험한 지경에 처해 있음을 알렸을 것이니 그들도 철저하게 몸을 숨기고 있을 것이다.

하지만 만약 그들이 발각된다면 자신의 조에게 발각되는 편이 그나마 좋을 것이라 진원명은 생각했다. 그래야만 자신이 뭔가 수를 쓰기 쉬워진다.

"이보게, 아직 음식이 남아 있는데……."

장영길이 못마땅한 표정으로 진원명을 바라보자 곁에 있던 백무귀가 말한다.

"이미 배도 충분히 부르고 여기서 계속 놀고만 있을 수도 없으니 연 조장의 말을 따르는 것이 좋을 것 같소."

아마 장영길의 아부가 어지간히 듣기 괴로웠던 게 아닌가 하는 생각이 든다.

"사형이 그렇게 말한다면, 모두 그만 일어나서 마을을 돌아보는 게 좋겠어."

무정귀마저 그렇게 말하니 장영길이 곧바로 말을 바꾼다.

"그러고 보니 계속 가만히 앉아 있기도 좀이 쑤시던 참이었습니다. 오늘 음식은 제가 계산할 테니 모두들 먼저 나가 계시죠."

일행은 모두 자리에서 일어났다.

일행과 함께 밖으로 나가려던 진원명이 문득 걸음을 멈춘다. 자신을 바라보는 누군가의 시선을 느꼈기 때문이다.

고개를 돌리니 낯익은 얼굴이 자신을 바라보고 있었다.

송하진이다.

언제부터 있었던 것이지? 아마 객점 구석에 홀로 앉아 있었기에 자신이 눈치 채지 못한 모양이다.

송하진이 진원명의 시선을 느낀 듯 빙긋 웃으며 가볍게 고개를 숙여 보인다. 진원명 또한 동료들에게 눈치 채이지 않게 살짝 고개를 숙여 보이고는 객점을 빠져나갔다.

"자자, 이제 어디부터 가볼까요?"

뒤늦게 객점에서 나온 장영길이 묻는다. 백무귀가 진원명을 돌아본다.

"어떻게 하는 것이 좋겠소?"

"적들이 이곳 악주 내에 있다고 여긴다면 해야 할 일은 명확하지요. 악벌단에서 나눠 준 그림의 인상착의는 아마 모두 숙지했을 테고, 주변을 탐문하며 주민들에게 수상한 자들이 없었는지를 묻는 것이 가장 좋으리라 생각합니다."

"주변을 탐문한다면 꼭 다섯 명이 뭉쳐 다닐 필요는 없을 텐데……."

백무귀가 고개를 갸웃거린다.

"그래서 조원들 모두 흩어졌다가 약속 시간을 정해두고 모이는 편이 좋지 않을까 생각됩니다."

"모두가 따로 움직이기보다는 두세 명이 뭉쳐서 움직이는 편이 좋지 않겠소? 미연의 사태가 있을 수 있으니⋯⋯."

"그래, 맞아! 사형과 내가 한 조가 될 테니 나머지 세 명이 한 조가 되도록 해."

무정귀가 황급히 백무귀의 말에 동의하고 나선다.

"그것은 조원들의 자유에 맡기도록 하죠. 함께 행동하고 싶은 분이 있다면 그렇게 하고, 혼자 행동하려 한다면 혼자 행동하도록 합시다."

"그래, 좋아. 난 그럼 사형과 함께하지."

무정귀의 말에 진원명이 고개를 끄덕였다.

"그럼 두 분은 함께 행동하시는 것으로 하고 나머지 세 명은 따로 행동하도록 합시다."

"난 자네와 함께 행동하겠네."

들려온 목소리는 장영길의 것이었다.

"네?"

진원명이 놀라며 묻는다.

"왜 그리 놀라나? 혹시 혼자 행동하며 농땡이라도 피울 생각이었는가?"

"아니, 왜 저와 함께 다니시겠다는⋯⋯."

"그야 혼자 다니다 보면 무슨 일이 생길지 모르니, 상대적으로 약한 자네와 나는 함께 다니는 편이 서로에게 좋으리란 생각이지."

혼자 다니는 게 무섭다면 용유진을 고르던가…… . 진원명은 목까지 치밀어 오른 말을 참아냈다.

"시내를 벗어나지 않을 것이니 귀찮은 일 같은 것은 없을…… ."

"벌써 잊었는가? 방금 전에도 거지 다섯 놈이랑 시비가 붙지 않았던가? 잠자코 나와 함께 다니게. 내 기껏 자네를 위해 희생해 주는 것인데 그것을 마다하다니. 쯧쯧."

방금 시비는 무정귀가 혼자 일으킨 것이 아닌가? 진원명은 내심 부르짖었지만 무정귀가 듣는 데서 그렇게 항변할 수 없었다.

"그럼 대충 정해진 것 같군. 용 아우는 혼자인데 괜찮겠나?"

"전 괜찮습니다."

용유진의 우렁우렁한 목소리가 울려 퍼진다.

"그럼 유시(酉時) 초에 이곳 객점 앞에서 다시 모이는 것으로 하지. 모두 이의없지?"

진원명을 제외한 모두가 이의없었고, 진원명만이 이의있는 눈길로 장영길을 바라보았지만 다른 일행은 그 눈길을 무시했다. 일행이 모두 흩어진 뒤에도 진원명은 이의있는 눈으로 계속 장영길을 째려보았다.

혼자서 행동하면 지금처럼 주변의 눈치를 살펴야 하거나 자신의 정체를 들키지 않게 주의하지 않아도 될 텐데 굳이 따라붙어 사람을 번거롭게 하는 장영길이 곱게 보일 리 없다.

떠나는 다른 일행을 배웅해 주던 장영길이 진원명을 돌아본다.

"허허, 내가 왜 굳이 자네와 함께 다니는 것인지 궁금한가?"

진원명이 별다른 대답을 하지 않았지만 장영길이 말을 잇는다.

"저들이 있을 때는 말하지 못했지만 사실은 자네와 좀 더 친해지기 위해서이네. 자네도 느꼈겠지만 저들 세 명은 우리와 다르다네. 이런 곳에 어울리지 않는 뭔가 특별한 자들이지. 그런 자들과 한 배를 탔으니 저네들에 비해 평범한 우리 둘은 그나마 뭉치기라도 해야 위험이 덜하겠지."

방금 전까지 무정귀와 친해지기 위해 갖은 노력을 다하던 장영길의 모습을 보았기에 영 신뢰가 가지 않는다. 진원명의 반응이 시큰둥하자 장영길이 좀 더 은근한 목소리로 말한다.

"자네에게 내가 미덥지 않게 느껴질지 모르지만 그래도 세상을 오래 굴러먹어 온 몸이라 살아남는 요령에는 일가견이 있다네. 우리 같은 졸자들에게 있어 최우선 목표가 바로 살아남는 것이 아니겠는가? 내 살아오며 재능은 있되 그런 요령에 서툴러 아까운 목숨을 잃었던 젊은 친구들을 많이 보아왔다네. 그래서인지 자네를 보니 왠지 낯설지가 않구먼. 아마 내가 이런 기분이 드는 것이 자네와는 적지 않은 인연이 있는가

보네. 내 자네에게는 좀 더 진지하게 이야기하며 많은 것을 가르쳐 주고 싶구먼. 어떤가? 마침 내 이 근처에 아는 괜찮은 찻집이 있다네."

살아남는 요령이라. 사실 한때 그런 요령이 필요했던 시기가 있었다. 하지만 지금은 아니다. 아마 자신만큼 살아남는 것에 이골이 난 인물은 세상에 없을 것이다.

무엇보다 장영길은 지금 만만해 보이는 자신을 꼬셔서 농땡이를 피우고 싶어하는 것으로 보였다. 굳이 인연이라는 말까지 들먹이며 자신과 함께하려 하는 것을 보면, 혼자서 농땡이를 피우는 것은 왠지 마음에 걸렸던 것일까?

"아니, 전 괜찮⋯⋯."

고개를 저으며 거절하려던 진원명이 문득 말을 멈춘다. 장영길이 말한 인연이라는 말에서 문득 송하진을 떠올렸기 때문이다.

"⋯그리고 보니 그자는⋯ 어떻게 날 알아보았지?"

"응? 뭐라 했는가?"

자신은 분명 변장한 상태다. 송하진이 알아볼 리 없는 모습을 하고 있는 것이다. 그런데 어떻게 아는 척을 한 것이지?

아니, 송하진은 자신을 정말 알아보긴 한 것인가?

"저, 죄송하지만 그 찻집이 어딥니까?"

진원명의 질문에 장영길이 뒤쪽을 가리킨다.

"어, 저쪽 길로 일 리(里) 정도 가다 보면 바로 우측에 있네.

송림정이라고……."

"그럼 먼저 가 계시겠습니까? 잠시 근처에 들를 곳이 있는데 금방 따라가겠습니다."

진원명이 황급히 말하자 장영길이 의아한 표정을 짓다가 흔쾌히 고개를 끄덕인다.

"어, 그래? 그럼 먼저 가 있도록 하지. 볼일이 있다니 너무 서두르지 말고 천천히 보고 오도록 하게. 잊지 말게. 송림정이네."

장영길이 떠나갔다.

진원명은 잠시 기다리다가 시야에서 장영길의 모습이 사라지자 곧장 객점으로 되돌아갔다. 객점 구석에 방금 전과 같은 모습으로 송하진이 앉아 있었다. 진원명이 송하진에게 다가간다.

진원명이 평소와 다른 낮은 억양의 목소리로 말한다.

"방금 나에게 인사했던 것이오?"

송하진이 진원명을 바라보며 의아한 표정을 짓는다.

"내게 인사했소?"

"그렇소."

진원명이 한 번 더 채근해서야 송하진은 대답했다. 진원명이 얼굴을 살짝 일그러뜨린다.

"날 알겠소?"

송하진은 피식 웃었다.

"진 소협과 만난 지 며칠이나 지났다고 진 소협을 잊겠소?"

진원명은 한숨을 내쉬었다. 역시 송하진은 자신을 알아보았다.

"어찌… 어찌 알아본 것이오?"

"무슨 소리요?"

"내가 이처럼 변장하고 있는데도 어떻게 알아보았냐는 것이오."

진원명의 말에 송하진은 잠시 말을 멈추었다. 술잔을 들어올린 채 잠시 뭔가 생각하던 송하진이 이내 빙긋 웃으며 술잔을 비웠다.

"진 소협의 어깨……."

진원명이 초조함을 느껴 재촉하려 할 때 마침 송하진의 목소리가 들려왔다.

"뭐라고 하셨소?"

"진 소협의 우측 목깃에 나비 문양의 수가 놓아져 있소."

진원명이 고개를 틀었지만 잘 보이지 않는다. 손을 대 만져보니 아주 작은 수가 놓아져 있는 것이 느껴진다.

"언제 이런 것이……."

"그 문양은 해서파 문도들끼리 서로를 식별하는 표식이오. 보통 흰색이나 황색 수실을 이용하는 편인데 진 소협의 나비는 특이하게도 은색의 수실을 사용했더구려. 그 나비를 보고 알아보았소. 진 소협은 자신의 옷에 그런 문양이 수놓아진 사실을 모르고 있었소?"

진원명은 고개를 끄덕였다.

"알고 있었다면 얼굴을 이렇게 바꾸고도 그대로 놓아둘 이유가 없지요. 아마 나와 함께 다니던 그 여인의 짓일 거요. 그녀가 이처럼 나를 알아볼 수단을 마련해 두었으리라고 꿈에도 생각하지 못했으니 송 형이 가르쳐 주지 않았다면 낭패를 보았을지도 모르겠소."

송하진이 빙긋 웃는다.

"그 소저가 진 형이 얼굴을 바꾸고 나타날 것을 미리 안 것이 아니라면 꼭 진 형을 해치려고 한 것은 아닐지도 모르오. 진 형은 혹시 해서파의 문도로 위장하지 않았소?"

진원명이 고개를 끄덕인다.

"해서파의 문도로 위장했으니 그 문양이 없었다면 오히려 의심받았을지도 모르지요."

진원명이 송하진의 말에 잠시 고민하다가 고개를 젓는다.

"송 형은 그 여인을 두둔하는구려."

송하진은 고개를 끄덕였다.

"아름답지 않소? 아마 마음씨도 고울 거요."

진원명은 송하진의 대답에 너털웃음을 터뜨렸다.

"아름다운 것에는 대개 가시가 있지요. 어찌 되었건 난 내 옷에 이런 게 있다는 사실마저도 몰랐잖소. 오늘 송 형을 만난 게 정말 다행이오."

송하진이 빙긋 웃으며 술을 따른다.

"그처럼 얼굴마저 감추고 있는 것으로 보아 위험한 일을 하는 듯 보이는구려."

진원명이 송하진을 바라보며 잠시 고민했다. 자신은 송하진에 대해 잘 모른다. 자신과 전혀 다른 세상을 사는 자라 여겨 친해졌지만 해서파에 대해 이처럼 잘 아는 것을 보면 강호와 아주 무관한 자는 아닐 것으로 보였다.

그렇다면 이미 많은 것을 알고 있는 송하진에게 더 많은 것을 알려주는 것은 위험하지 않을까?

"내가 너무 많은 것을 물어보았나 보구려. 호기심이 많아 그러니 너무 마음에 두지 마시오."

송하진이 진원명의 기색을 읽은 듯 웃으며 말한다. 진원명이 머쓱하여 대답했다.

"그게, 조금 위험한 일을 하고 있는 것은 사실이오."

"아무리 뜻하는 바가 크다 하여도 위험을 감수하는 것은 쉬운 일이 아니지요."

"요즘 악주의 분위기가 좋지 않소. 송 형도 일이 끝난다면 되도록 빨리 이곳을 뜨시기 바라오. 자칫 쓸데없는 사건에 휘말릴지도 모른다오."

"사실 내가 이곳에 머무르는 것이 그 때문이오. 왠지 이곳 악주에서는 조만간 흥미로운 일이 일어날 듯한 분위기가 풍기고 있소."

"흥미로운 일이라니, 혹시 뭔가 알고 있는 사실이 있소?"

"나 같은 촌부가 가진 소문이라면 진 소협이 모를 리가 없을 것이오. 난 한 달 전 일어난 사건과 최근 현상금을 찾아 이곳에 모여드는 이들에 대한 사실만을 주워들었을 뿐이오. 이곳 사람들은 다들 이제 악주에서 일어날 일은 다 일어났다고 여기는 것 같지만 나는 아직도 뭔가 남은 것처럼 느껴지는구려. 세상을 여행하며 생긴 감이랄까? 뭐, 그런 거요."

진원명이 잠시 송하진의 말을 곱씹어보다가 이내 고개를 저으며 말했다.

"그 흥미로운 일이 송 형에게 위험할지도 모른다는 생각은 해보지 않았소?"

"무료함을 참지 못해 하는 여행인데 그 여행마저 무료하게 즐기고 싶지는 않소. 그리고 지난번에도 말했지만 내 눈치와 도망치는 재주 하나만큼은 정말 자신이 있다오."

"참으로 특이한 생활 방식이구려. 내 경험상 세상을 오래 떠돈 사람들은 대부분 그 반대로 행동한다오. 위험한 분위기가 조금이라도 풍기는 곳에는 아예 발도 들여놓지 않으려 하지요."

진원명의 말에 송하진은 술잔을 바라보며 빙긋 웃었다.

"가진 자의 사치인지도 모르지요. 무료하지 않기 위해 위험을 자초하는 것. 안주하지 않고 더 많은 것을 바라는 것. 분명 그 시도가 그나마 유지되고 있는 현실마저 붕괴시킬지도 모른다는 것을 알면서도 어떤 사람은 그 시도를 멈추지 않는다오."

진원명은 송하진의 말에 왠지 철렁한 느낌을 받았다.

이것은 자신에게 하는 말인 것인가?

마치 날이 선 검에 겨눠진 듯한 느낌을 받으며 진원명은 송하진을 돌아보았다.

송하진은 술잔을 살짝 들이켜며 술 맛을 음미하고 있었다. 진원명은 고개를 저었다. 송하진은 아무 의미 없이 한 말일 뿐이다.

"…저, 송 형. 일행이 기다리니 나는 이만 가보아야 하겠소."

진원명이 말한다. 송하진이 고개를 끄덕이며 들고 있던 잔을 들어 보인다.

"진 형의 일이 잘 풀리길 기원하겠소. 부디 몸조심하고 뜻한 바를 이루시기 바라오."

진원명은 송하진에게 포권을 취해 보이고는 객점을 빠져나왔다.

객점을 나선 진원명은 대로 한가운데에 서서 방금 송하진이 했던 말을 되뇌어봤다.

"안주라."

잠시 멍하게 서 있던 진원명이 이내 걸음을 옮기기 시작했다.

방금 송하진의 말은 진원명에게 진원명이 떠오르지 않으려 했던 진원명의 진심을 이야기하는 것처럼 들렸다.

투욱.

진원명과 부딪친 행인 하나가 불쾌한 표정으로 돌아보았지만 진원명은 자신이 누군가와 부딪쳤다는 사실도 자각하지 못하고 중얼거렸다.

"나는, 여기서 멈춰야 하는 것일까?"

고개를 갸웃거리며 걷던 진원명이 이내 한숨을 내쉬듯 중얼거렸다.

"아니, 그렇다 해도 아직은 아니야."

아직 자신은 어떤 선택도 하지 않았다. 아직 시도는 번복될 수 있고, 아직 자신은 돌아갈 수 있다.

그렇기에 아직 자신은 여유를 가져도 좋을 것이다.

어차피 아민을 만날 때까지이다. 그때까지는 자신은 선택을 보류할 것이다. 단지 선택을 뒤로 미룰 뿐이지만, 그리고 그 선택이 바뀌지 않을 것임을 알지만 진원명은 아민을 만나려 했다. 아민의 생각을 확인하고 싶어했다.

그 만남이 아무 의미 없다 해도 상관없었다.

선택하는 것은, 그러니까 그들과의 모든 인연을 끊고 진가장으로 돌아가는 것은 그 이후라 해도 늦지 않다.

진원명은 자신의 감정이 마치 의무감에 가깝다고 느끼며

고개를 저었다.

"어이, 연 조장! 이보게, 어딜 가는 건가!"

뒤편에서 익숙한 고함이 들려온다. 진원명이 생각에서 깨어나 고개를 돌렸다.

장영길의 모습이 보인다. 그리고 장영길이 고개를 내민 건물의 편액에 적어진 송림정이라는 글씨가 보인다.

정신없이 걷다가 지나쳐 버린 것을 용케 장영길이 발견했던 모양이다.

진원명은 장영길을 바라보며 실소했다.

장영길의 당황한 표정이 마치 부모를 잃어버린 어린아이와 같았기 때문이다.

장영길은 진원명이 걸음을 돌리자 희색을 띠며 기뻐했다.

생각보다 재미있는 사내인 듯했다. 진원명은 장영길의 천진한 모습에 마음에 쌓인 피로감을 조금이나마 털어버릴 수 있었다.

"다들 와 계셨군요."

그리고 그날 저녁 집합 장소로 돌아왔을 때 진원명은 장영길에 대한 평가를 달리하고 있었다.

장영길은 생각보다 더 귀찮은 사내였다. 진원명은 그새 먼저 와 있던 무정귀와 백무귀에게 다가가 비위를 맞춰주고 있는 장영길의 뻔뻔한 모습에 마음 깊이 피로감이 쌓여오는 것을 느꼈다.

장영길이 진원명과 함께해야 했던 이유는 두 가지였다. 바로 함께 놀아줄 상대가 필요했다는 것과 돈이 없었다는 것.

장영길을 대신해 찻값과 식비를 내주는 것은 참을 수 있었다. 하지만 이후 탐문을 위해 억지로 장영길을 찻집에서 끌고 나온 뒤, 장영길이 쉬지 않고 내뱉는 잔소리와 신세 한탄을 들어줘야 했던 것은 참기 어려운 일이었다.

진원명은 동창의 이귀와 겨루었던 어젯밤보다 더 큰 피로를 느끼며 일행에게 물었다.

"다들 뭔가 알아낸 것이 있나요?"

다들 고개를 가로젓는다. 하긴 하루 만에 찾아낼 인물들이었다면 예전에 발견되었을 것이다. 일행은 유원협의 장원으로 돌아갔다.

유원협의 장원 회의실에는 오늘 밖으로 나가 탐문했던 다른 조들이 보고를 위해 대기하고 있었다.

오늘은 짝수 조가 장원 밖으로 나갔었다.

기다리고 있던 자들이 들어오는 자신들을 돌아본다. 진원명에게 익숙한 얼굴들도 몇몇 보이고 있었다. 그중 십조에 포함된 단목영의 모습이 있다.

뜻하지 않게 힘든 하루를 보냈지만 그래도 오늘 결국 단목영이 변장한 자신을 알아본 방법을 밝혀냈으니 아주 보람이 없는 것은 아닌 듯하다. 그동안 그 방법을 몰라 얼마나 전전 궁금해 왔던가?

사실 송하진이 그냥 가르쳐 준 것이지만, 진원명은 왠지 모를 뿌듯한 마음에 단목영을 바라보며 의기양양한 미소를 지어 보였다.

그리고 이어지는 단목영의 반응에 고민해야 했다.

"그런데 왜 갑자기 얼굴을 붉히는 거지?"

잠시 후 청허 도사와 장수생이 들어오고 오늘 조사에 대한 결과 보고가 이어졌다. 내용을 들어보니 다들 별다른 성과가 있지는 않은 듯하다.

결과 보고가 끝나고 다들 숙소로 헤어질 때, 진원명은 단목영을 찾았다.

"전 소저, 잠시만 시간 좀 내주시오."

"무, 무슨 일인데요?"

진원명을 돌아본 단목영이 다시 얼굴을 붉힌다. 진원명이 의아하다는 듯 물었다.

"몸이 안 좋으시오? 안색이 좀 이상한데……."

"괜찮아요. 그런데 무슨 일이죠? 용건이 있다면 빨리 말해봐요."

"여긴 사람이 많잖소. 지난번에도 말했듯 남들 앞에서 나와 친해 보이지 않는 편이 좋으니 사람이 없는 곳에서 이야기하도록 합시다."

단목영이 인상을 구긴다.

"그, 그렇게 걱정된다면 왜 방금 나를 바라보고 웃어 보인……."

단목영의 말이 갑자기 멈춘다. 진원명이 씩 웃으며 말했다.

"내가 드디어 알아냈기 때문이오. 당신이 내 정체를 알아낸 방법……."

진원명 역시 말을 흐린다. 단목영이 자신의 이야기를 듣고 있지 않다는 것을 눈치 챘기 때문이다. 단목영은 묘한 표정으로 진원명의 뒤쪽 어딘가를 바라보고 있었다. 진원명이 고개를 돌려 단목영의 시선이 향하는 방향을 바라본다.

"무정… 아니, 서 소저를 보고 있는 것이오?"

단목영이 심각한 표정으로 묻는다.

"저 여인, 당신과 같은 조였죠?"

단목영이 바라보던 인물은 바로 무정귀다. 진원명이 고개를 끄덕였다.

"맞소만."

단목영은 고민하며 말했다.

"그렇다면 혹시… 저 검……."

무정귀의 검을 가리키며 말하던 단목영이 말을 멈춘다.

"저 검이 무슨?"

무정귀의 검과는 인연이 조금 있는 편인 진원명이 지레 놀라며 물었다.

"아, 아무것도 아니에요. 신경 쓰지 않아도 돼요."

단목영이 고개를 젓고는 여전히 뭔가 고민하는 듯한 표정으로 회의실을 떠나갔다.

진원명은 떠나가는 단목영을 지켜보며 갸웃거렸다.

왠지 오늘은 시기가 좋지 않은 듯했다. 나비 문양에 대한 질문은 다음에 하는 편이 좋으리라.

진원명은 그렇게 생각하며 회의장을 나서는 사람들을 따라 자신의 처소로 걸음을 옮겼다.

잠시 후 한 명의 사내를 제외한 모든 사람들이 회의장을 떠나갔다.

마지막까지 남아 있던 사내는 회의장 벽에 몸을 기댄 채 뭔가를 곰곰이 생각하다가 가벼운 한숨을 내쉬었다.

그 사내는 바로 설공현이다.

"연구민… 이라 했던가?"

그렇게 중얼거린 설공현은 이내 씁쓸한 미소를 지어 보이고는 회의실을 빠져나왔다.

초면(初面) 2

일주일이 지났다.

유원협의 장원은 작은 소란도 없이 고요했고, 악주 또한 가끔 비가 쏟아지는 것을 제외한다면 너무나도 고요했다.

지금 악주에 집중된 세간의 이목과 모여든 많은 무인들을 생각한다면 이해하기 어려울 정도의 고요함이다.

아무래도 모여든 무인들은 모두 조용히 기다리고 있는 듯 보였다.

악벌단과 동창에 의해 적들의 마각이 드러나고 그들이 쫓을 만한 명확하고 만만한 목표가 나타나길 말이다.

진원명이 악벌단의 회의를 통해 전해 들은 정보에 의하면 그랬다.

진원명은 악주의 소식을 악벌단의 정기 회의를 통해서 정해야만 하는 처지였다.

진원명은 장원 외곽을 흐르는 개울을 내려다보았다.

"그래도 다행히 은 누님이 먼저 뭔가를 알아낸 것처럼 보이는군⋯⋯."

진원명의 손에 쥐어진 쪽지에는 '그들 중 한 무리를 찾았음, 아민은 없었음. ─비연'이라고 적혀 있었다.

어제저녁 장원의 순찰을 끝내고 돌아왔을 때 진원명의 방 침상 위에 올려져 있던 쪽지였다.

야간도 아니고 대낮에 장원을 쉽게 드나드는 것을 보니 은비연의 재주는 참으로 대단했다. 하긴 그러니 이처럼 모두가 찾지 못하고 있는 아민의 패거리를 찾아낸 것이 아닌가.

자신이 회의를 통해 악주에서 벌어지는 일에 대한 정보를 얻어야 했고, 은비연이 이처럼 굳이 장원 안으로 쪽지를 전달해야 했던 이유는 진원명이 장원 밖으로 나갈 만한 사정이 되지 못했기 때문이다.

지난번 개방의 인물들과 다툰 일이 다른 경로를 통해 알려졌던 데다 그 일에 대한 추궁의 자리에서 무정귀가 다시 한번 난동을 피웠던 것이 결정적이었다.

진원명이 속한 사조는 그 일로 인해 당분간 장원 외부로의 출입이 금지된 상태였다.

"이봐, 거기서 뭐 하는가?"

고개를 돌리니 용유진의 모습이 보인다.

"농땡이를 피우고 있었군. 뭐, 하고 싶어도 할 일이 없으니 어쩔 수 없는 일인가?"

장원 밖을 탐문하지 못하니 진원명의 사조는 매일 장원 내부 순찰조에 편성되었다.

장원의 순찰이라 말하지만 사실상 악벌단의 인원이 장원에 그냥 대기하고 있는 것으로 족한 일이다.

순찰에 제대로 된 규율과 기강이 잡혀 있지 않으니 대다수의 무인들은 건성으로 순찰하는 시늉만 냈고, 더러는 아예 순찰하지 않는 자도 있었다.

"계속 이렇게 아무 일도 없다면 몸이 무뎌질 텐데 걱정이네."

"용 형님은 아마 일 년을 쉰다 해도 몸이 무뎌지지 않을 겁니다. 매일 그렇게 연무장에서만 살고 계시지 않습니까?"

진원명이 웃으며 대답했다. 장영길은 무정귀의 환심을 사기에 바빴고, 백무귀는 평소에는 무척 과묵한 데다 게을러 보일 정도로 자기주장을 펼치지 않는 인물이라 마주치더라도 별다른 말을 나누지 않았다. 때문에 이 일주일간 진원명은 자연스럽게 남은 용유진과 많은 대화를 나누게 되었다.

용유진은 심성이 성실하고 꾸밈이 없어 적이 아니라면 좀 더 친해져도 좋았을지 모른다는 아쉬움이 느껴질 정도의 사내었다.

"중요한 것은 실전의 감각이지. 하다못해 연습 상대를 해줄 만한 사람이라도 있으면 좋을 텐데 말이야. 혹시 연 동생이 해주겠나?"

장원을 걸으면서 좀이 쑤시다는 듯 몸을 풀던 용유진이 말했다.

진원명이 손을 저으며 너스레를 떨었다.

"이런, 저를 죽일 셈입니까? 그래도 다행히 우리 조에는 용형의 상대를 해줄 만한 사람이 두 명이나 있지 않습니까? 그들에게 부탁해 보지 그러십니까?"

지난번 잠깐 보았던 한유민과의 대결과 가끔 연무장을 이용하는 용유진의 모습을 보며 알 수 있었다. 용유진의 무공은 상당하다. 아마 장수생을 능가할지도 모른다.

"음, 백, 아니, 막 형님은 부탁한다면 들어주시겠지만……."

잠시 생각해 보던 용유진이 말한다. 진원명이 피식 웃는다.

"아마 지금 자고 계시겠지요?"

"아, 그, 그렇지. 그러니까 그게, 막 형님이 원래 잠이 많으시거든. 서 누님도 그렇고. 이렇게 할 일이 없으니 잠이 오지 않는 게 이상한 일이지 않은가?"

진원명은 황급히 변명하는 용유진을 보며 피식 웃었다. 동창의 이귀가 이처럼 잠이 많아진 이유는 계속해서 야행을 나서기 때문이다. 진원명은 그들의 동태를 살피고 있었기에 그 사실을 알고 있었다.

그들은 이유는 알 수 없지만 매일 밤 장원을 두루 살피고 돌아다녔다. 진원명 또한 무민을 찾기 위해 그들처럼 밤마다 장원을 돌아다녀야 했기에 그 사실을 잘 알고 있었다.

그들을 피해 다니기 위해 그들보다 훨씬 더 많은 신경을 써야 했지만 진원명은 그들처럼 낮에 어딘가에 숨어 부족한 수면을 채우거나 하지는 않았다.

피로를 회복하는 요령이 그들보다 좋기 때문이다.

그리고 진원명은 낮이라 해서 그냥 놀고만 있지는 않았기 때문이다.

유원협은 악벌단을 제하고도 자체적으로 많은 경비를 두고 있었고, 그들과 마주치지 않고 건물 안을 살피는 것은 불가능했다.

그렇기에 진원명은 대낮에 당당하게 장원을 순찰하며 건물을 오가는 사람들을 주의 깊게 살폈다. 악벌단 무사는 장원 내부까지는 들어가지 못하지만 일주일을 주의 깊게 살피니 장원 외부를 돌면서도 오가는 사람들의 대략적인 모습과 경로를 파악할 수는 있었다.

적어도 많은 사람이 오가는 건물이나 실제 사람이 머무르는 건물에는 무민을 가둬두지 않았을 것이다.

쓰임이 없는데도 많은 인물이 지키는 건물이나, 사람이 거주하는 듯 보이지 않는데 식사가 들어가는 건물이 있다면 그 건물은 의심해 볼 만한 가치가 있을 것이다.

일주일간을 조사한 결과 진원명은 이미 네 채의 수상한 건물을 추려둔 상태였다.

장원을 걸으며 진원명이 습관처럼 고개를 돌려 문간 너머 내원의 모습을 살피고 있을 때 하녀 한 명이 진원명의 곁을 스쳐 지나갔다. 왠지 모를 익숙함을 느낀 진원명이 하녀를 향해 시선을 돌렸지만 이미 내원으로 들어간 하녀는 어디로 갔는지 보이지 않았다. 곁에 있던 용유진이 말한다.

"이보게. 순찰을 하려면 안쪽보다 바깥쪽을 살펴야지. 그리고 난 이만 자리를 피해주겠네. 저 뒤에 자네 애인이 와 있구먼."

진원명이 의아한 표정으로 돌아보니 삼 장 정도 뒤에서 단목영이 따라오고 있다.

"…아, 아닙니다. 절대로 아니에요! 애인이라니……. 이건 정말로 잘못 생각한 겁니다!"

진원명이 손을 흔들며 부정했지만 용유진은 의미심장한 웃음을 지어 보이고는 진원명을 앞질러 가버렸다.

진원명이 한숨을 내쉬고 있을 때 단목영이 따라붙는다.

"뭐가 아니기에 그렇게 호들갑인 거죠? 그러고 보니 당신은 저 험악한 사람과 요즘 참 잘 어울려 다니는군요."

단목영이 떠나가는 용유진을 바라보며 말한다.

"오늘 비번이었던 거요?"

진원명이 맥 빠지는 표정으로 물었다.

"비번이 아니라 장원 순찰조죠. 매일 장원을 순찰해야 할 사람이 그처럼 안일하게 말하면 안 되는 것 아닌가요?"

"비번이건 순찰조건 당신이 매번 날 찾으니 우리 조원이 이상한 오해를 하는 것이 아니오? 예전에도 말했지만 난 되도록 누군가와 관련되지 않고 싶다오."

"오해? 오해를 할 테면 하라죠. 그리고 내가 진 공자를 보려고 온 줄 아나요? 난 그저 진 공자에게 물어볼 게 있어 온 거라고요!"

단목영은 최근 이상하게 무정귀에게 많은 관심을 가지고 있었다. 최근 계속 진원명을 찾아와서 물어보는 것들이 모두 무정귀에 대한 것들이다.

"서 소저에 대한 것이라면 이미 다 말해주었소. 그래도 더 알고 싶다면 직접 물어보는 편이 낫지 않겠소?"

"안 그래도 오늘은 그럴 생각으로 왔어요. 혹시 서보원 그 사람이 어디에 있는지 알고 있나요?"

진원명은 자신이 먼저 말해놓고도 단목영의 대답에 조금 움찔했다. 이 두 드센 여인들을 만나게 해도 정말 괜찮은 것일까?

"모르는 건가요?"

"알고 있소. 이곳 좌측 길로 가다 보면 큰 나무 아래에 세워진 정자가 있는데 그곳 지붕 위에서 자고 있을 것이오. 그리고……."

진원명이 말을 끊자 단목영이 묻는다.

"그리고 뭐죠?"

"그러니까 서 소저는 성격이 거친 편이니 조금… 말을 조심하는 편이 좋을 듯하오."

"후훗, 걱정 말아요."

단목영은 진원명의 말에 피식 웃고는 걸어가 버린다.

잠시 걸어가는 단목영의 뒷모습을 바라보던 진원명은 잠시 후 인상을 찌푸렸다.

"누, 누가 걱정 따윌 한다는 거야?"

무정귀가 아무리 생각이 없다 해도 설마 같은 악벌단원인 단목영을 상하게 하지는 않겠지. 오히려 단목영이 무정귀에게 당해 홧김에 해서파로 돌아가 버리기라도 하면 자신으로서는 바라 마지않는 결과가 아니겠는가?

"그렇지. 걱정할 이유가 전혀 없는 일이 아닌가?"

진원명은 짐짓 크게 중얼거리며 다시 걸음을 옮겼다.

그로부터 반 시진 뒤, 진원명은 아까 전 단목영에게 가르쳐 줬던 정자 근처의 나무 뒤에서 걱정스러운 기색으로 정자 지붕 위의 동정을 살피고 있었다.

"젠장, 설마 벌써 일이 벌어졌던 건가? 왜 이리 조용한 거야?"

지붕 위는 너무도 조용했다. 단목영이 그냥 돌아가서 그런 거라면 상관없지만 그렇지 않은 경우라면 문제가 심각하다.

"내가 그렇게 말했는데도 쓸데없이 무정귀의 성질을 건드린 것은 아니겠지?"

진원명은 인상을 쓰며 고민하다가 결국 근처의 나무를 타고 오르기 시작했다. 일단은 어찌 되었는지 상황부터 살피고 볼 일이다.

일 장 정도 조심스럽게 나무를 타고 올라가자 나뭇가지들 사이로 얼핏 정자의 지붕이 보이기 시작한다. 진원명은 시야를 돋워 나무들 사이를 살폈다.

"거기서 뭐 하는 건가?"

갑자기 나무 아래에서 들려온 소리에 진원명은 하마터면 놀라 나무에서 떨어질 뻔했다.

나무 아래를 바라보니 백무귀가 서 있다.

"아, 저, 그게……."

진원명이 당황하는 모습을 보며 특유의 졸린 듯한 표정으로 고개를 설레설레 젓던 백무귀가 말한다.

"방금 전에 소집령이 떨어졌네. 모두 회의실로 집합하라 했으니 이만 내려오게."

뎅, 뎅, 뎅!

백무귀의 말이 끝나기 무섭게 악벌단의 거처로부터 소집

을 알리는 타종 소리가 들려온다.

"무슨 일인 거지?"

정자 위에서 무정귀가 뛰어내린다. 그 뒤를 이어 단목영도 내려왔다.

"엉? 저 녀석은 왜 저러고 있는 거야?"

무정귀가 진원명을 바라보며 물었다. 진원명은 당황하여 나무에서 뛰어내렸다.

"그러니까 그게……."

무정귀의 뒤에 서 있던 단목영이 어처구니없다는 표정으로 진원명을 바라본다. 진원명이 무안하여 고개를 푹 숙였다. 무정귀가 단목영을 돌아보고는 피식 웃는다.

"아, 그런 거로군. 내가 자네 애인을 잡아먹기라도 할 줄 알았나 보지?"

무정귀에게마저 오해를 사는 건가? 진원명이 울상을 짓고 있을 때 백무귀가 말했다.

"이런 데서 노닥거릴 때가 아니네. 그자들의 종적이 발견되었다는군."

"그자들이라니, 누굴 말하는 거예요?"

"뻔하지 않겠나. 바로 상근명의 장원을 습격한 흉수들이지."

진원명이 놀라 묻는다.

"설마 그자들이 나타났습니까?"

"잘은 모르지만 그렇다고 하더군."

뎅, 뎅, 뎅!

다시 조급한 느낌의 타종이 울린다.

"어서 가보도록 하지요."

진원명이 황급히 앞장서서 회의실로 향한다. 다른 일행도 진원명의 뒤를 따랐다.

회의실에는 이미 많은 사람들이 모여 있었다. 모두 오늘 장원을 순찰할 순번인 자들이다. 그 사람들 앞에 청허 도사와 장수생이 서 있다. 장수생은 조급한 듯 외치고 있었다.

"아직 육조는 오지 않은 것이오? 인원 점검이 끝난 조는 바로바로 보고하시오!"

잠시 후 모든 사람이 모인 듯하자 장수생이 입을 열었다.

"다들 뭣들 하고 있기에 이처럼 늦은 것이오! 방금 전, 흉수무리가 있는 곳에 대한 제보가 있었소. 일이 시급하니 지금 장원에 남은 인원을 동원해야 하게 되었소. 당장 출발하겠소. 모두들 나를 따라오시오."

장수생이 회의실을 빠져나가려 할 때, 누군가가 외친다.

"잠시만 기다려 주십시오! 급하게 나오느라 무장을 하지 못했습니다."

장수생이 벌컥 화를 낸다.

"도대체 뭘 하고 있었던 거요! 혹시 무장을 놓고 오거나 준비가 덜 된 자가 더 있소?"

모여 있는 자들 중 몇 사람이 손을 든다. 장수생이 어이없다는 듯 한숨을 내쉰다.

"다들 정신이 빠졌군. 당신들은 반 각을 줄 테니 준비를 마치고 후원으로 나오시오. 준비가 된 나머지 인원들은 나를 따라오시오."

장수생이 다시 빠른 걸음으로 회의실을 나서려 할 때, 진원명의 뒤에서 무정귀가 외쳤다.

"잠깐, 그 제보가 거짓이 아니라고 어찌 확신하죠?"

장수생이 뒤돌아서서 인상을 찌푸린다.

"따라오라면 잠자코 따라……."

"다름 아닌 내 사형 되시는 분의 제보였소이다. 소저는 걱정하지 않아도 될 것입니다."

장수생의 말을 끊고 대답한 것은 청허 도사였다.

"청허 도사의 사형이라면……."

"도호는 청림이라고 합니다. 몇 년째 강호를 떠돌고 계시는 분이지요."

"그렇군요."

"거기 더 궁금한 게 있다면 일이 끝난 뒤 물어보시오. 내자세히 설명해 줄 테니."

장수생이 무정귀를 노려보며 말하고는 이어 회의실 문을열고 나간다.

진원명은 청허 도사의 말에서 묘하게 낯익은 느낌을 받았지만 신경 쓸 겨를이 없었다. 장수생이 어지간히 급한 듯 단원들을 독촉해 대고 있었기 때문이다.

잠시 후 준비를 마친 사람들이 몰려오자 장수생은 장원을 나서 어딘가로 급하게 달려가기 시작했다.

"뭐 하는 자들이지?"

"무림인들인가?"

길가의 민가에 거주하는 사람들이 모두 나와서 이동하는 악벌단을 구경했다. 삼십 명에 가까운 인원이 경공을 펼쳐 달리는 것은 쉽게 보기 어려운 광경이니 당연한 일이다.

장수생은 시선을 끌지 않도록 최대한 민가를 피해 이동했다. 반 시진가량을 이동하자 경공이 떨어지는 인물들이 슬슬 뒤로 처지기 시작했다.

장원을 나온 지 거의 한 시진이 지나자 일행의 눈앞에 우거진 숲이 나타났다. 장수생은 뒤도 돌아보지 않고 숲 속으로 들어갔다.

진원명은 호흡을 고르며 잠시 주위를 둘러보았다. 이미 조들은 죄다 뒤섞여 있었고 얼핏 보아도 십여 명이 비어 보이는 것이 아직 쫓아오지 못한 모양이었다.

진원명은 장수생이 너무 서두른다고 생각하며 다시 장수생의 뒤를 따르기 시작했다. 장수생은 수하들의 체력을 고려하지 않고 있었다. 이대로라면 만약 적과 대면한다 해도 지쳐 제대로 힘을 쓸 사람이 드물 것이다.

숲 속을 얼마나 나아갔을까? 수풀 속으로 낡은 저택이 모습을 드러내기 시작했다. 해가 슬슬 저물어가는 것을 보니 족히 한 시진 반은 뛰어온 듯하다.

장수생이 걸음을 멈추고 손을 들어 보인다. 일행이 모두 멈추었다.

"바로 저곳이 목적지이니 모두 긴장하시오."

장수생의 낮은 음성에 일행이 가쁘게 내뱉던 숨을 억지로 죽인다. 저택은 이미 상당히 가까운 거리에 있었다.

장수생이 뒤를 돌아보곤 인상을 찌푸렸다. 못해도 절반 가까운 인원이 쫓아오지 못한 듯 보였다.

장수생이 심각한 표정으로 고민하기 시작했다.

진원명은 장수생의 표정을 보며 의문을 가졌다.

그럼 이제부터 도대체 어떻게 하려는 거지? 뭔가 방안이 있는 것인가?

아군은 지친 데다 수도 많지 않고, 적들의 수와 실력은 아직 파악이 되지 않는 상태다. 이런 상황에서 섣불리 덤벼들다 간 자칫 적들에게 되레 크게 당할지도 모른다.

진원명은 몸에 진기를 돌려 피로를 달래며 장수생이 과연 어떤 방법으로 지금의 상태를 해결할지 관심을 가지고 지켜보았다. 주변을 둘러보니 모두가 장수생을 기대감 어린 표정으로 지켜보고 있었다. 진원명 또한 주변 사람들과는 반대의 이유지만 장수생이 지금의 상황을 어떤 방법으로 해결할지 관심을 가지고 지켜보았다. 고민하던 장수생이 입을 열었다.

"음, 그럼 내가 앞장서서 길을 뚫겠소. 그 길로 모두 따라오시오."

진원명이 안도의 한숨을 내쉬었다. 또한 그 자리에 있던 자들은 모두 한심하다는 한숨을 내쉬었다.

정말로 대책없는 사내로군. 뭐, 장원 안의 사람들을 도울 생각인 진원명에게는 잘된 일이긴 하다.

"지금 같은 상황에서 그런 방법은 좋지 못하다고 생각되는군요."

청허 도사 역시 마찬가지의 생각이었는지 장수생에게 그처럼 말한다.

"에, 그럼 어떻게……."

"조금 물러나서 저택의 동정을 살피고 뒤따르는 자들을 기다리는 것이 어떻습니까. 적의 수가 얼마나 되는지 알 수 없으니 신중하는 편이 나으리라 봅니다."

"하지만 시간을 둔다면 적들이 눈치 채고 도망칠지도 모르는데……."

장수생이 고개를 갸웃거리며 말할 때 뒤에 서 있던 누군가가 장수생의 말을 거든다.

"적들의 본거지에 필요 이상으로 접근한 듯합니다. 자칫 뒤로 물러나 기다렸다가는 저들이 우릴 먼저 발견하기 십상입니다. 장 대협의 말대로 지금 당장 쳐들어가는 것이 오히려 그나마 기습의 효용이라도 살릴 수 있는 방법인 것 같습니다."

말을 한 자는 무당파 도사들 중 중간 연배의 도사인 청명이다.

청허를 제외한 무당파의 나머지 두 도사는 이조에 속해 있었던가? 그러고 보니 청명의 뒤에 어린 도사 청진의 모습도 보이고 있었다.

"아, 저도 젊은 도사님과 같은 생각입니다."

장수생이 황급히 말한다. 사실 장수생이 이처럼 무작정 저택에 접근하지만 않았다면 청허 도사의 말대로 저택의 동정을 살피며 인원을 정비하는 편이 좋았을 것이다. 청명이 장수생을 바라보며 고개를 설레설레 저었다.

청허가 잠시 고민하다가 고개를 끄덕였다.

"일단 적들의 동정을 살펴야 하니 장 대협과 제가 앞장서겠습니다. 나머지 분들은 조금 떨어진 곳에서 따라와 주십시오. 적들이 정돈되기 전에 한 번에 소탕해야 하니 모두 힘들더라도 조금만 참아주십시오."

청허와 장수생이 앞장서서 나아가기 시작한다. 진원명은 내심 마음을 졸였다. 저택 안의 사람들은 아직 자신들의 접근을 눈치 채지 못한 것인가?

청허와 장수생이 저택에 거의 접근할 무렵, 두 명의 복면인이 저택 문 앞에서 모습을 드러냈다.

"살고 싶다면 저항할 생각 말고 뒤돌아서서 무기를 버려라."

복면인 중 하나가 위협적으로 검을 겨누며 그렇게 말한다. 청허와 장수생이 슬쩍 고개를 끄덕여 신호하고는 손을 들어 올리며 서서히 몸을 돌렸다.

진원명이 내심 욕설을 내뱉었다. 저들은 분명 아민의 일행으로 보였다. 그리고 저들은 아직 숲 속에 더 많은 적들이 숨어 있다는 사실을 눈치 채지 못한 듯 보였다.

청허와 장수생이 무기를 내려놓자 적들이 서서히 다가오기 시작한다.

다가온 적들 중 하나가 허리춤에서 포박용 줄을 꺼내 든다.

장수생이 말한다.

"그것으로 우릴 묶을 생각인가?"

복면인이 장수생의 예상치 못한 평온한 목소리에 움찔하며 대답한다.

"보면 알지 않느냐? 다치고 싶지 않다면 잠자코 있어라."

장수생이 피식 웃는다.

"그런데 어쩌나. 아무래도 줄이 부족할 듯싶구나. 네 왼편 숲을 바라보아라."

복면인이 고개를 돌려 왼편 숲을 바라보고는 놀라 외친다.

"젠장, 적들이다!"

복면인이 놀라 빈틈을 보인 그 순간 장수생과 청허가 움직였다.

장수생은 왼발로 땅에 놓아둔 검을 차올림과 동시에 칼을 뽑으며 뒤돌아 베었고, 청허는 복면인의 품으로 낮게 파고들어 손목을 제압했다.

"으억!"

청허에게 손목을 붙잡힌 복면인이 손목이 부러지는 듯한 고통에 비명을 지르며 칼을 놓치자 청허가 번개처럼 그 칼을 낚아채 복면인의 가슴을 찌른다.

"끄윽!"

복면인이 비명도 지르지 못하고 쓰러진다.

반면 장수생이 맡은 복면인은 장수생의 칼에 베이고도 쓰러진 채로 크게 고함을 지르고 있었다.

"적들이 침입했다! 적들이 침입했다!"

아마 그 깊이가 조금 얕았던 듯하다.

장수생이 뒤돌아 베느라 무너진 자세를 수습하고 잘못을 저지른 어린아이가 지을 법한 표정으로 청허를 돌아보았다. 청허가 고개를 저으며 한숨을 내쉬는 것을 본 장수생은 이내 울상을 지었다.

"적들이 침입했다! 적들이 침입……."

계속해 소리를 지르던 복면인이 문득 고함을 멈췄다. 자신의 눈앞을 가린 거대한 그림자 때문이다.

고개를 들자 분노한 표정의 장수생이 복면인의 앞에서 칼을 치켜들고 있었다.

장수생이 외쳤다.

"좀 조용히 하란 말이다!"

부웅.

퍼억!

장수생의 무자비한 일격이 앉아 있던 복면인을 그대로 양단하고 땅에 처박힌다.

장수생은 발로 복면인을 밀어내 칼을 뽑아내고는 곧바로 뒤돌아보며 외쳤다.

"그, 그래도 적들이 아직 모두 대비하진 못했을 테니 빨리 들어갑시다!"

장수생이 문을 어깨로 부수고는 저택 안으로 뛰어들어 갔다. 처음부터 일이 어긋나는 느낌에 나머지 일행은 조금 맥 빠진 표정을 지었지만 이내 모두 그 뒤를 따랐다.

사람들이 모두 저택 안으로 들어간 뒤 저택 문 앞에 외롭게 버려진 두 구의 시체 위로 한 사람의 그림자가 드리워진다. 바로 진원명이다. 진원명은 방금 전 장수생과 청허가 적들을 제압할 때 슬쩍 일행의 뒤편으로 처져 있었다.

진원명은 슬쩍 주변을 둘러봐 사람이 없음을 확인하고는 재빨리 좌측에 누워 있는 시체에게 걸어가 고개를 숙였다. 바로 청허의 검에 가슴이 관통당한 복면인이었다.

"말을 할 수 있겠소?"

진원명이 물었다. 복면인은 아직 숨이 붙어 있었다.

"누, 누구……."

복면에 가려 목소리가 뚜렷하지 못하다. 진원명이 사내의 복면을 벗겨내었다.

"물어볼 게 있소. 이곳에 아민이 있소?"

"다… 당신은 대체……."

"난 당신들을 도우러 왔소. 안심하고 대답해 주시오."

사내의 표정에 희미하게나마 화색이 돈다.

"그… 그럼, 꼭… 동료들을… 구해주시오. 부… 부탁……."

"그럴 것이오. 그러니 내 말에 대답해 주시오. 아민이 이곳에 있소?"

진원명이 다급하게 묻는다. 사내의 눈시울이 붉어진다.

"지, 진정, 감사… 하오……. 내 꼭… 보답……. 아민은… 유원협……."

힘겹게 말을 잇던 사내의 고개가 풀석 꺾였다. 사내는 대답을 채 마치지 못하고 사망했다.

진원명은 한숨을 내쉬며 일어났다.

사내가 죽는 순간 묘한 감정이 솟아났다. 죄책감과도 동정심과도 비슷한 알 수 없는 감정.

사내의 고개가 꺾이며 사내의 눈에 고였던 눈물이 볼을 타고 흘러내린다. 자신에게 감사하다 말하며 흘렸던 눈물이다.

하지만 자신은 죽어가는 그들이나 그들의 동료들에 대한

어떠한 감정도 갖고 있지 않았다. 방금 전 자신이 관심을 가진 것은 오로지 아민의 안위뿐이었다.

자신이 구하고자 하는 이는 아민뿐이다. 그 밖의 다른 이들은 자신의 관심거리가 아니다. 만약 자신이 그들의 부탁을 들어준다 해도 그것은 그들을 위한 것이 아니라 아민을 구하기 위함일 것이다.

사내는 자신을 오해했다.

"젠장."

사내가 마지막 순간 보였던 눈빛이 떠오른다. 진심으로 자신을 믿고 자신에게 감사하던 그 눈빛.

진원명은 고개를 크게 한번 젓고는 사내에게 떼어낸 복면을 얼굴에 두르고 저택 안으로 들어갔다.

만약 모든 사람을 구할 수 있었다면, 자신에게 그럴 능력이 있다면 그렇게 했을 것이다. 하지만 자신은 그럴 능력이 없다. 그렇기에 자신은 자신이 아끼는 자라도 구하고 싶은 것이다. 자신은 전능한 신(神)이 아니다.

무엇보다 지금은 쓸데없는 감상에 빠질 만한 시간이 아니었다.

진원명이 저택에 들어서서 주변을 둘러보고 있을 때, 어디선가 여인의 비명 소리가 들려왔다.

"꺄악!"

진원명의 안색이 굳는다. 설마 아민이 이곳에 있는 것인가?

진원명은 황급히 소리가 들려온 방향으로 몸을 날렸다. 소리가 들려온 방향의 건물 위로 오르자 눈앞에 넓은 마당이 펼쳐졌다.

그곳에서는 지금 복면인들과 악벌단 간의 사투가 벌어지고 있었다.

땅거미가 슬슬 내려앉아 가고 있어 마당은 어두웠지만 진원명은 빠르게 전황을 파악했다.

복면인들은 급하게 적을 맞이한 탓인지 복장이 정돈되지 않은 자나 복면을 하지 않은 자들도 더러 보였다. 그럼에도 한곳에 모인 채 제법 체계적으로 적을 맞이하고 있는 것을 보면 이들은 아마 제법 많은 훈련을 거친 자들이 분명하다.

개개인의 무공은 복면인들이 높아 보이는데다 악벌단은 심하게 지쳐 있었지만, 복면인들은 불과 일곱 명밖에 되지 않았다. 그 수가 두 배 가까이 차이가 나니 복면인들이 밀집해 방어진을 구축했음에도 악벌단에게 밀리는 모습이 역력했다.

"젠장."

하지만 진원명은 그 실상이 보이는 것보다 더 어렵다는 것을 알았다. 악벌단에는 움직이지 않은 고수가 있다.

청허와 장수생이 적극적으로 선두에 서서 싸우고 있는 것에 반해 동창의 삼인방은 일행의 배후에 선 채 움직이지 않고 있다.

저들이 나선다면 막아낼 만한 인물이 없다. 아니, 저들 중 누구 하나만 나서도 그나마 맞춰진 균형이 깨질 것이다.

그 말은 이들을 구하려면 최소한 저들 세 명 이상을 자신이 맡아야 한다는 이야기다.

이귀와의 싸움도 벅찬데 용유진까지 합세한다면 과연 자신이 당해낼 수 있을까?

"꺄악!"

진원명이 고민하고 있을 때 다시 한 번 비명이 들려왔다. 진원명의 시선이 재빠르게 비명이 들려온 곳을 찾아 헤맨다. 방어진에 미처 포함되지 못한 듯, 마당 구석에 악벌단의 무사를 피해 도망가는 한 여인의 모습이 보였다.

두근.

진원명은 그곳을 바라보는 순간 자신의 가슴이 터질 듯 요동치는 것을 느꼈다.

도망치는 자는 바로 자신이 찾던 그녀, 아민이었다.

초면(初面) 3

진원명은 연검에 마공을 끌어올렸다.

검이 잠시 살아 있는 생물마냥 크게 요동치다가 이내 요동이 줄어들며 조용해진다. 마공을 최대한으로 끌어올린 여파다. 진원명의 검은 작지만 엄청나게 빠르게 진동하고 있었다.

진원명이 마공을 끌어올리는 시간은 말 그대로 눈 깜짝할 사이다.

그리고 그 눈 깜짝할 순간 동안 진원명은 아민을 노리던 사내의 눈앞에 이르러 검을 뻗고 있었다.

아무 망설임도 없었다.

진원명은 마공을 일으키고 지붕에서 뛰어내리고 사내에게

검을 뻗는 이 행동들을 단 한 동작으로 풀어냈다.

사내가 뒤늦게 놀란 표정을 지었지만 늦었다. 진원명의 검이 아민을 향해 내려치려던 사내의 검을 쳐냈다.

쩌엉!

엄청난 파열음과 함께 사내의 칼이 폭발하듯 터져 나갔다. 그 파편이 사내의 오른팔을 스치고 지나면서 사내의 팔이 온통 피로 물든다.

"으아아악!"

사내는 비명을 지르며 땅을 뒹굴었다. 순식간에 파편에 의한 상처에서 흐른 선혈이 온몸을 적셨지만, 오히려 그 상처는 대단해 보이지 않았다.

사내의 오른손은 벌겋게 변해 마치 연체동물의 그것인 양 기묘하게 늘어져 있었는데 아무래도 손 내부의 뼈 역시 방금 박살난 칼처럼 조각조각 부서져 버린 것이 아닌가 생각되었다.

진원명이 황급히 아민을 돌아보며 말한다.

"괜찮은 거……."

괜찮은 거야? 아민.

진원명은 시작한 말을 채 끝맺지 못했다. 대신 진원명은 눈을 크게 뜨고 눈앞의 여인을 바라보았다. 눈앞에 보이는 여인은 아민이 아니었다.

진원명은 이내 깨달았다. 애초 아민이라면 그처럼 무력하게 도망치고 있었을 이유가 없다. 조금만 생각해 보았으면 바로 알 수 있는 사실이었는데 그것을 눈치 채지 못하다니…….

"당신은 누구죠?"

여인이 묻는다. 진원명은 고개를 젓고는 다시 고쳐 물었다.

"괜찮은 거야? 수연?"

눈앞의 여인은 아민의 동생이고, 전생에 자신의 아내였던 수연이다.

누가 되었건 상관없는 일이다. 아민이건, 수연이건, 어차피 자신은 그녀를 구했을 것이다.

"…나를 아나요?"

후욱!

수연이 의아한 표정 자신을 올려다보고 있을 때 왼쪽에서 낮은 바람 소리가 들려온다.

진원명이 황급히 왼손으로 수연을 감싸 끌어당기며 몸을 반 바퀴 회전한다.

악벌단원 중 한 명이 진원명을 향해 검을 내밀고 달려들고 있었다.

기습치고는 느리고 요란하다.

진원명이 칼을 들어 악벌단원을 겨누자 기습해 온 악벌단 단원이 진원명의 기민한 대응에 오히려 당황해 동작을 멈춘다.

진원명은 검을 죽 뻗어 급히 동작을 멈추느라 엉거주춤 내밀어진 악벌단원의 검에 가져다 댔다.

"뭐, 뭐야!"

악벌단원은 순간 몸에 힘이 죽 빠지는 것을 느꼈다. 진원명의 마공이 순간 악벌단원이 몸에 운용하던 진기를 빨아들였기 때문이다.

진원명은 검을 끌어당겼다가 다시 앞으로 뻗으며 악벌단원에게 빨아들인 진기를 그대로 방출했다.

"으헉!"

악벌단원은 입에서 피를 토하며 날아가 싸우고 있던 다른 악벌단원과 충돌했다.

순간 대열이 무너지며 악벌단원 중 두 명이 복면인들의 검에 부상을 입었다.

"젠장! 우측에 고수다!"

악벌단 중 누군가가 소리를 지른다. 악벌단 인원 중 몇몇이 진원명이 있는 방향을 돌아본다. 진원명이 그들을 경계하듯 칼을 겨눴다.

"저, 저기……."

"음?"

진원명이 문득 내려다보자 반쯤 쓰러진 채 자신의 품에 안긴 수연이 발갛게 상기된 얼굴로 자신을 바라보고 있다.

"…아, 실례했군. 미안해."

그녀는 예전처럼 자신의 아내가 아니었다. 진원명은 황급히 수연을 놓아줬다.

"그, 그런 게 아니라 왜 저를……"

"내가 상대할 테니 모두 비키게!"

수연이 중얼거리는 소리는 정면에서 들려온 외침에 묻혔다. 다름 아닌 장수생이다.

"뒤로 물러서 있어."

진원명이 황급히 수연에게 말하고는 앞으로 나선다. 소문대로라면 이자의 도법(刀法)은 상당히 과격할 것이다.

"받아봐라!"

후웅!

마치 세상을 베어내려는 듯 호쾌한 기세의 공격이 들어온다. 아마 이런 도법 덕에 박악단천이란 별호가 생겨났던 것이리라.

쩌엉!

기세와 힘이 적절하게 실린 좋은 베기다. 진원명은 장수생의 첫 베기를 막으며 그렇게 생각했다.

쩌엉! 쩌엉! 쩌엉!

이어지는 장수생의 공격이 폭풍처럼 몰아치기 시작했다. 진원명의 검과 장수생의 도가 부딪치는 소음이 저택 안에서 싸우는 다른 이들의 검명(劍鳴)을 압도하며 울려 퍼진다.

진원명은 장수생의 도법을 피하지 않고 정면으로 마주했다. 자신이 움직인다면 수연이 노출될 것이 걱정되었기 때문이기도 하지만, 정면으로 대치해서 마공으로 상대방의 힘을 흘린다면 쉽게 끝낼 수 있다는 자신감이 있었기 때문이기도 하다.

하지만 몇 번의 검격이 더 이어지고 난 뒤 진원명은 깨달았다.

이자는 마공에 휩쓸리지 않는 인물이다.

쩌엉! 쩌엉! 쩌엉!

서로가 마치 오기를 부리듯, 두 사람은 한 걸음도 움직이지 않은 채 제자리에서 검을 나누고 있었다.

장수생은 기본기가 뛰어난 자였다. 보통 장수생같이 힘있는 도법을 사용하는 자가 이런 가는 연검을 대할 때에는 일도양단의 기세를 취하는 것이 대부분이고, 그러했다면 자신의 마공에 휘말려 순식간에 승부가 가려졌을 것이다.

하지만 장수생의 도법은 단순히 강맹하게만 보이면서도 힘의 조절이 철저했다. 이는 비슷하게 공격적인 무정귀의 검술과 전혀 다른 모습이다. 무정귀는 상황에 따라 기세가 이어지고 힘이 가감하는 반면 장수생의 기세와 힘은 정확하게 일치하고 정확하게 끊어진다.

시작과 끝이 너무도 정확하며, 한 번의 공격은 그것으로 끝날 뿐 추호의 변화도 생각하지 않는 검술이기에 그렇다. 변화를 주로 두고 그 사이에 기세를 싣는 무정귀의 검술과는 가는 길이 다르다.

어느 쪽이 더 낫다고 할 수 없었지만 진원명이 운용하는 마공은 바로 그런 이유로 장수생의 공격에 실린 힘을 잡아채기 힘들었다.

쩌엉! 쩌엉! 쩌엉!

진원명은 침착하게 장수생의 검을 막아나갔다.

그렇다고 지금의 상황이 진원명이 불리한 것은 아니다. 시간이 지나 실력이 더 늘어난다면 오귀만큼 강한 상대가 될지도 모르지만 지금의 장수생이 발하는 기세와 힘은 자신에게 위협이 되기에는 턱없이 모자라다.

마공으로 상대방의 공격을 흘리지 못한다는 것은 그저 쉬운 방법으로 상대하지 못한다는 의미일 뿐이다.

몇 번의 공격을 더 흘리려 했던 진원명은 방법을 바꾸었다. 애초에 장수생 정도라면 힘을 들이지 않고 끝낼 상대는 아니었다.

장수생에게는 미안한 일이지만 적들의 자신에 대한 경계심이 크지 않을 때, 동창의 삼인방이 아직 자만하여 나서지 않고 있는 이때, 단 한 수에 장수생이 더 손을 쓰기 어렵게 만들어야 했다.

진원명은 검에 마공을 끌어올렸다. 그리고는 장수생의 내려치는 칼을 자신의 검으로 힘껏 올려쳤다.

쩌어엉!

칼의 부딪침이라고 하기에 너무도 큰 소음이 터져 나온다.

장수생은 처음으로 뒤로 물러났다. 손아귀가 진동한다. 방금 칼이 부서지지 않은 것이 신기할 정도의 충격이 자신의 칼로부터 전해져 왔다.

장수생은 놀라 다시 한 번 진원명의 무기를 바라보았다. 도대체 저 복면인이 들고 있는 칼은 뭐란 말인가?

분명 보기에는 얇은 검인데 칼을 울리는 감각은 육중한 둔기의 그것과 같았다.

쩌어엉! 쩌어엉! 쩌어엉!

방금 전과 공수가 바뀐 채 세 번의 검격이 더 이어졌다. 장수생의 팔이 마비되고 검날이 심하게 빠지기 시작한다.

뒤로, 옆으로 장수생은 세 번 모두 상대를 피해 물러났지만 진원명의 검과의 부딪침을 피할 수는 없었다. 검술이 단순한 것은 진원명 같은 상대를 만났을 때에는 독이나 마찬가지였다.

쩌엉! 쩌어엉!

공격이 계속 이어져 왔다.

이제 장수생은 금이 가기 시작한 칼이나 마비된 손에 관심을 두지 않았다. 아니, 그럴 상황이 아니었다.

장수생은 강호를 떠돌던 낭인 출신이고 지금과 같은 상황에서 가장 중요한 것이 무엇인지를 잘 알고 있었다.

쩌어엉!

그것은 일단 살고 보는 것이다.

슈욱!

진원명의 다음 공격이 들어오는 순간 장수생은 재빠르게 진원명에게 자신의 칼을 던지고 뒤로 몸을 굴렸다.

데굴데굴.

챙!

진원명은 장수생의 칼을 자신의 검으로 막아내었다. 장수생의 칼은 튕겨지지 않고 그대로 진원명의 검에 달라붙는다.

체면을 생각하지 않는 장수생의 임기응변은 좋았지만 자신에게 통할 만한 것은 아니다.

진원명은 장수생을 무리해 뒤쫓지 않았다. 진원명은 제자리에서 검을 한 바퀴 빙글 돌린 뒤 장수생을 향해 뻗었다.

쐐애액!

바로 장수생 본인의 칼이 진원명이 뻗어낸 검을 따라 쏘아졌다. 다름 아닌 진기의 방출을 운용한 공격이다.

채애앵!

생각지 않은 방해에 진원명이 눈살을 찌푸렸다. 자신의 공격은 막혔다.

장수생의 칼이 금 가 있던 것이 원인이었다. 칼에 실은 진기라면 막으려 해도 막을 수 없다 여겼지만 칼이 깨져 버리면서 방향이 바뀌어 아슬아슬하게 표적 옆을 스쳐 지나가고 말았다.

"젠장."

진원명이 중얼거릴 때 진원명의 공격을 막아낸 인물이 진원명을 향해 입을 열었다.

"대협의 아량에 감사드립니다. 다리가 아니라 몸을 향해 검을 던졌다면 막을 수 없었을 것입니다."

마지막 순간 손에 사정을 둔 것도 독이 되었다. 몸을 향해 던졌다면 무기가 깨졌더라도 그 파편이 몸에 박혔을 것이다.

"후회 중이오. 당신들은 정문의 두 명을 아무 거리낌 없이 죽였는데 말이오."

진원명이 내뱉듯 말하고 있을 때, 몸을 일으킨 장수생이 다급하게 청허에게 말한다.

"젠장, 그렇게 느긋하게 떠들고 있을 때가 아니오. 우리 둘이 덤벼도 당해낼 자가 아닙니다. 적당히 기회를 보아 모두 도망쳐 제 한 목숨 돌보는 수밖에 없게 되었습니다."

"지금 도망치려다간 대부분 죽어나갈걸. 당신들 둘은 어서 싸우고 있는 자들이나 돌보라고. 저자는 우리가 맡을 테니."

장수생이 뜻밖의 목소리에 놀라고 있을 때, 장수생의 등 뒤에서 한 여인이 걸어나온다.

진원명은 입술을 깨물었다. 장수생의 앞으로 걸어나온 자는 바로 무정귀였다.

드디어 싸움에 나서려는 것인가?

장수생이 어이없다는 표정을 짓다가 황급히 진원명에게

걸어가는 무정귀를 잡아간다.

"이봐, 어딜 가는 거야! 그자는 너무 위험……."

웅!

장수생은 말을 멈췄다. 무정귀의 칼이 한순간 장수생의 코 앞에 들이밀어졌기 때문이다. 장수생은 등이 서늘해짐을 느 끼곤 황급히 뒤로 몇 걸음 물러섰다.

"이 바보 같은 녀석도 결코 약한 것은 아닌데 네놈한테는 전혀 상대가 되지 않더군. 아마 나라도 그렇게는 못할 거야. 요즘 강호는 은거기인이 대세인가 보지? 젠장, 내가 천하제일 이라 여기진 않았지만 이처럼 순번이 처진다고도 생각하지 않았는데 말이야."

"사매, 저자는 사매도 알고 있는 자다. 얼마 전 만났던 복 면인, 저자의 무공은 그 복면인이 쓰던 무공이다."

백무귀의 목소리다. 무정귀의 뒤에서 백무귀와 용유진이 걸어나오고 있었다. 진원명은 백무귀의 눈썰미가 상당하다 여겼다.

"네놈들은 대체 정체가 뭐냐?"

동창의 삼인방에게 밀려 뒤로 물러난 장수생이 당혹스러 운 표정으로 묻는다.

"어, 아직도 거기 있었나? 저기 싸우고 있는 자들이 다 죽 고 나서야 도와줄 셈인가?"

무정귀가 빈정댄다. 아닌 게 아니라 장수생과 청허가 빠진 악벌단원들은 복면인에게 크게 밀리고 있었다.

"장 대협, 저들의 정체가 어찌 되었건 일단은 눈앞의 불부터 끄도록 하지요."

청허가 그렇게 말하며 싸움이 벌어지는 악벌단원들 사이로 뛰어든다. 장수생 역시 잠시 동창의 삼 인을 노려보고는 아까 진원명에게 당한 자가 떨어뜨린 칼을 집어 전장으로 뛰어들었다.

장수생이 멀어지는 것을 본 무정귀가 말한다.

"네놈이 얼마 전 만났던 그 복면인이라면 뭐, 잘되었군. 그때 마무리 짓지 못했던 것이 마음에 걸렸는데."

무정귀와 백무귀, 그리고 용유진이 각기 무기를 들어 진원명을 겨눈다.

네 사람 사이에 조용한 살기가 휘몰아친다.

진원명은 새삼스러운 기분에 주위를 둘러보았다.

청허와 장수생이 싸움에 끼어들어 복면인들은 다시 수세에 몰리고 있었고, 자신의 눈앞에는 세 명의 절정고수가 대기하고 있었다. 분명 힘든 상황이다.

하지만 두려움은 느껴지지 않았다.

오히려 진원명은 지금의 상황을 익숙하게 느끼고 있었다. 그 익숙함이 새삼스러웠다.

세 사람을 둘러보던 진원명이 낮게 말했다.

"난 당신들의 정체를 알고 있소. 그러니까 당신네들이 나라의 녹을 먹고사는 자들이라는 사실 말이오. 한데, 나는 그 사실을 굳이 폭로하고 싶지는 않구려. 서로가 불리한 부분이 있다면 서로 감싸주는 것이 미덕 아니겠소?"

백무귀가 졸린 눈을 가늘게 뜨며 자신을 바라보다가 이내 고개를 끄덕인다.

"생사를 건 싸움이지만 거기 있는 여인마저 이용하고 싶진 않군. 무공도 모르는 것 같으니 내 대결이 끝날 때까지 저 여인만은 손대지 않겠네."

진원명이 고개를 끄덕였다.

진원명은 백무귀와의 대화를 통해 자신이 느끼는 익숙함의 정체를 알 수 있었다.

바로 전생에 경험한 마지막 일 년이다.

당시에 아민은 자신에게 죽어 있었고, 수연은 복수를 위해 자신의 아내가 되어 위기를 자초했다. 그 일 년간 자신은 위험에 처한 수연을 구하기 위해 수없이 위험한 싸움들을 펼쳐야만 했다.

생각해 보면 지금의 상황은 그때와 비슷하다. 수연이 등 뒤에 있었고 그녀를 지키기 위해 적들과 힘든 싸움을 하려 한다.

"익숙할 만했군."

진원명은 고개를 저으며 중얼거렸다. 중얼거리는 입가에 가느다란 미소가 걸린다.

생각해 보면 당시에도 이처럼 위험한 상황은 많았다. 그리고 자신은 그 대부분을 헤쳐 나왔었다.

"그러니 이번에도 충분히 해낼 수 있겠지."

"용 단주도 보았겠지만 저자는 대단한 고수다. 나나 사매도 정면으로는 당해내지 못할 것이야. 최대한 조심히 상대해야 하네."

백무귀의 중얼거림이 들려오고 동창의 삼 인이 각기 진원명의 정면과 좌, 우를 점하고 다가온다.

그래, 그리고 이번에는 아마 해낼 수 있겠지.

진원명은 적들에게 주의를 기울이며 내심 중얼거렸다.

진원명은 느끼고 있었다.

그 당시와 지금은 비슷해 보이지만 정말 큰 차이가 있다는 것을.

그때 위험에 처하던 수연을 구하던 것과 지금 위기에 빠진 수연을 구하는 것은 다르다.

수연의 의도가 어떠했던 그 당시 수연을 구하고자 했던 자신의 마음은 진심이었다.

하지만 그 당시의 자신은 그것을 이룰 수 없었다.

그래, 적어도 자신만은 어떻게 해도 수연을 구할 수 없었다. 그 당시 수연을 위기로 몰았던 것이 다름 아닌 자기 자신이었기 때문이다.

후후웅!

공격이 시작되었다. 처음은 무정귀의 공격이었다.

진원명은 그 검을 피하지 않았다. 지난번 유원협의 장원에서 싸웠을 때완 다르다. 지금은 그때와 달리 소란스러움에 대해 걱정할 필요가 없고, 자신의 장점을 굳이 포기할 이유가 없다.

쩌어엉!

진원명의 장점은 마공이 가진 무자비한 힘이다. 그것에 제대로 당한 무정귀는 울리는 가슴을 짓누르며 놀란 표정을 지었다.

"젠장, 이 정도인가?"

무정귀의 공격은 강과 유를 겸비했다. 방금 자신의 검을 피하지 않고 맞부딪친 것은 아마 무정귀의 오기였을 것이다. 무정귀가 황급히 뒤로 물러나고 진원명이 물러나는 무정귀를 쫓아 달려들 때, 두 줄기 하얀 빛살이 눈앞을 어지럽힌다.

후웅, 후웅.

백무귀였다. 지난번과 다르게 지금은 두 손에 긴 채찍을 가지고 있다. 채찍의 운용이 지난번 낮에 끈을 달았던 병기와 크게 달라 보이지 않았기에 진원명이 무정귀에서 표적을 바꾸어 백무귀의 채찍을 후려쳐 간다.

휘익, 휙!

채찍이 진원명의 검을 피해 조금씩 물러났다. 그것이 시간을 버는 행위임을 알았기에 진원명은 당황하지 않고 배후에서 들어온 용유진의 공격에 대응했다.

쩌어엉! 쩌엉!

용유진은 이합을 버틴 뒤 바로 뒤로 물러났다. 이어지는 백무귀의 채찍을 막아낼 때, 바로 반대편에서 무정귀의 공격이 들어온다.

우우웅.

데굴데굴.

진원명은 바닥을 뒹굴었다. 무정귀의 공격은 매섭다. 그것도 배후에서 들어오는 공격이라면 도저히 대응할 수 없었다. 바닥을 뒹굴며 흙투성이가 되었지만 진원명은 그것에서 불쾌함을 느끼지 않았다. 진원명은 오히려 유쾌함을 느꼈다.

내가 이처럼 싸움을 즐겼었나?

의문을 갖는 순간 전방에서 용유진과 무정귀가 동시에 공격해 들어온다.

진원명은 무정귀를 피해 용유진이 있는 방향으로 돌며 용유진을 강하게 공격했다.

쩌엉! 쩌엉!

물러나는 용유진을 쫓을 때, 백무귀의 공격이 들어온다. 진원명은 기다렸다는 듯 백무귀의 채찍을 후려쳤다.

휘익!

채찍이 진원명의 칼을 휘감는다. 백무귀의 생각은 진원명의 무기를 잠시 봉쇄하려는 것이었겠지만 오히려 반대의 결과가 나왔다.

"이런!"

백무귀의 힘이 죽 빠지면서 오히려 채찍이 휘감긴 진원명을 향해 끌려왔던 것이다. 그 상태에서 무정귀의 공격이 들어오자 진원명은 채찍이 검에 감긴 상태 그대로 무정귀의 공격을 받았다.

우웅, 우웅.

무정귀의 검술은 아민과 같은 부류고 자신 역시 아민의 검술을 연구해 그 원리를 안다. 진원명은 자신이 깨달은 그 검술을 펼쳐 무정귀와 상대했다.

서로가 서로의 요소요소를 노린다. 분명 수련의 기간이 긴 무정귀의 검술이 좀 더 능숙하고 안정되어 있지만 진원명이 가진 힘과 마공의 위협 또한 무정귀가 무시할 만한 것은 아니었다.

두 사람은 같은 검술로 팽팽한 공방을 펼쳤다.

후웅!

잠시 무정귀와 공방을 펼치던 진원명의 뒤에서 바람 소리가 들려온다.

용유진이다.

진원명이 황급히 몸을 피한다. 그 틈에 진원명의 칼과 이어진 채찍을 통해 계속 백무귀의 힘을 흩어버리고 있던 진원명의 마공이 풀린다.

한참 동안 진원명의 마공에 휩쓸려 힘을 쓰지 못하던 백무귀가 황급히 채찍을 진원명의 칼에서 떼어내며 물러섰다.

"젠장, 조심해라! 저 녀석은 상대의 힘을 흡수한다!"

"설마, 정기를 빨아들인단 말입니까?"

"이런 바보 자식, 저자가 무슨 요괴라도 되느냐?"

세 사람이 그 와중에 티격대고 있었다.

진원명은 다시 한 번 유쾌함을 느꼈다. 이번에는 그 이유도 알 수 있었다.

지금은 다르기 때문이다.

지금의 자신은 수연을 구할 수 있기 때문이다.

지금보다 강한 무공을 가졌지만 자신이 원하는 것은 무엇도 이룰 수 없었던, 무력했던 과거의 자신이 아니다. 정확하게는 무력할 수밖에 없었던 과거와는 상황이 다르다.

바뀔 여지가 있었다. 나아질 여지가 있었다.

그것이 바로 과거와 다른 점이고, 자신이 안주를 망설이는 진정한 이유이기도 하다. 지금의 상황에서 더 나아가는 것은, 더 진행하는 것은 그나마 지금 이룬 모든 것을 사라지게 만들 수도 있지만, 더 많은 자신 주변의 불행을 바꿔낼 수 있을지도 모른다.

저택 문 앞에서 희생된 이들처럼 모든 사람이 행복해질 수는 없겠지만 적어도 내 주변의, 내가 아끼는 이들만큼은 행하게 만들 수 있을지도 모른다.

그것이 자신이 바라는 것이었다.

자신은 진행을 두려워했지만, 사실 진행을 바라고 있었던 것이다. 그렇기에 이처럼 위기에 처해서도 즐거울 수 있었던 것이다.

슬쩍 뒤를 돌아보자 수연이 자신을 바라보며 걱정스러운 표정을 지어 보이고 있었다.

진원명이 검을 고쳐 쥐며 나직이 중얼거렸다.

"걱정 말고 내게 맡겨줘. 나는 아직 멈추지 않을 테니."

『귀혼』 4권에서…

도서출판 청어람을 사랑해 주시는 독자 여러분들께 감사의 마음을 전하기 위해 이 벤트를 마련했습니다. 설문에 응해주신 후 엽서를 보내주시면 매달 추첨을 통하여 청어람이 준비한 선물을 우송해 드립니다.

자세한 내용은 청어람 홈페이지(www.chungeoram.com)를 통해 확인해 주세요!

요금수취인
후납부담

발송 유효기간
2007. 6. 1~2009. 5. 31
부천우체국 승인
제40104호

경기도 부천시 원미구 심곡1동
350-1번지 남성빌딩 3층

도서출판 청어람

4 2 0 - 0 1 1

도서출판
청어람

관 제 엽 서

보내는 사람

· 구입하신 책 제목을 적어주세요.

· 청어람 무협/판타지 소설에 바라는 점은?

· 이 책을 선택하게 된 동기는?

· 이 책을 읽고 느낀 소감은?

이름

생년월일   성별

전화번호

이메일